杉
ズ3
Paradise NoiSe

Paradise NoiSe

CONTENTS

012p　1　水底に届く糸

050p　2　その恋が嘘でも

080p　3　砂漠に鳴る鐘

114p　4　置き去りのメロウゴールド

160p　5　昨日と明日のリフレイン

194p　6　楽園四重奏：ADVENT

222p　7　楽園四重奏：CHRISTMAS EVE

259p　8　楽園四重奏：CHRISTMAS DAY

282p　9　楽園五重奏：EPIPHANY

デザイン／鈴木 亨

志賀崎伽耶
Kaya Shigasaki
「男装なんですね。本気じゃないってことですか」
「正式活動中は女装してますよね。この間のステージでもそうだったし」

「真琴ちゃんに逢えてよかったよ」
12月24日の昼から夜まで
四人のちがう女の子と順番に
一緒に過ごすなんて
身体もメンタルも保たねえよ！

村瀬
Makoto Murase
真琴
「たしかにじゃないよ凛子!」
「ふうむ。たしかに」

「もう大丈夫です、真琴さんがいますから！」
「……先輩？　せんぱいっ？」

——ストラップにかかる重みは
すべて僕が引き受けよう。
きみが涙の中に迷い込まないように、
隣でずっと支えていよう。
きみはただ奏でればいい。

「なにからなにまで村瀬くんらしい」

重力が彼《かれ》を故郷へと引《ひ》き戻《もど》そうとしていた――
何世紀にもわたって楽園の噴水《ふんすい》の軌跡《きせき》をかたちづくってきた、その見えざる手で。
けれど彼《かれ》には、すでに創り上げていたものがある。
人類が智慧と意志で護《まも》ろうとする限り、それは二度と重力には囚《とら》われない。

〝The Fountains of Paradise〟Arthur C. Clarke

Paradise NoiSe
Shigasaki Kaya

1　水底に届く糸

僕が使っているフェンダー・プレシジョンベースは、中学校の入学祝いとして父から譲《ゆず》り受《う》けたものだ。サンバーストのボディには、父の青臭《あおくさ》く偏《かたよ》った音楽遍歴《へんれき》を示す様々なバンドのロゴステッカーがべたべたと貼《は》られていた。もらったその日にまず僕がしたのは、レモンオイルをたっぷり塗《ぬ》ってステッカーを残らず剝《は》がすことだった。

「ベーシストだったの？」

作業を終えた僕は父に訊《き》いてみた。

「ん？　……ふむ。まあ、……バンドで弾《ひ》いてたのはベースだな」

歯切れの悪いことこの上なかった。

思えば父は、どういう音楽の趣味《しゅみ》を持つとかっこいいかについては日頃《ひごろ》から暑苦しく語るくせに、肝心《かんじん》の自分がなにを演《や》ってきたのかはいつもぼかしていた。しかも、ギターもベースもシンセサイザーも持っていて、全部それなりに弾《ひ》けた。

「いいか、真琴《まこと》。楽器を譲《ゆず》るにあたって、おまえに言っておきたいことがある」

仰々《ぎょうぎょう》しい前置きには嫌《いや》な予感しかしなかった。

「おまえの名前は川本真琴《かわもとまこと》からとった、って話は、たしか小学校の頃《ころ》にしたよな」

「うん。授業で調べたときに」

小学二年生くらいだったか、自分の名前の由来を親に聞いてきましょう、という課題があったのだ。川本真琴《かわもとまこと》はうちの両親と同年代の個性派女性ソロシンガーで、ハードロック一本槍《いっぽんやり》の父の趣味《しゅみ》ではなさそうだから母が名付けたのかな、となんとなく思っていた。

ところが父は衝撃《しょうげき》の事実を告げる。

「名前を考えたのは俺なんだが、川本真琴《かわもとまこと》が由来っていうのは母さんを納得《なっとく》させるための嘘《うそ》だったんだ」

「……え？」

「ほんとうはな、『真の琴《こと》』って意味でつけた」

「真の琴《こと》？　ってなに」

「ギターだ。おまえにはギタリストになってほしかった」

意味がわからなかった。父はぴかぴかになったプレシジョンベースのボディを見下ろして泣きそうな声で続けた。

「ベースってのはギターやりたいやつばっかり集まったときに一番下手なやつがしかたなくやらされるんだ。俺がそうだった。だから、偽《にせ》の琴《こと》だな。おまえにはそうなってほしくない」

「えええええ……なにそれ……じゃあくれなきゃいいのに」

こんな話をされながら渡《わた》されるベースギターなんて、なんだか気分が悪くて素直《すなお》に受け取れなかった。でも父は複雑そうな顔で言った。

「いや、でも、一応ベースも弾《ひ》けるようになっておいた方が将来バンドで居場所確保しやすいだろ。俺がそうだったし……」

どっちなんだよ。知らないよそんなの。というか父親にそんな心配されたくないよ。ただで楽器をもらえるんだから文句は言わないけれど。ということで僕は『真の琴《こと》』だというワッシュバーンWI566と『偽《にせ》の琴《こと》』フェンダー・プレシジョンベースを父から受《う》け継《つ》いだ。世界中のベーシストに対して失礼な思想はもちろん受《う》け継《つ》がなかった。

この一連のやりとりは傍《はた》で聞いていた姉を通して後に母に知られ、父はこっぴどく叱《しか》られたらしく、以来まったく僕の音楽活動に関しては口を出してこなくなった。

三年後、僕は奇《く》しくも父の警告どおりバンド内で一番下手なやつとなったのだけれど、それで下された処遇《しょぐう》は「ベースをやらされる」ではなく「ベースをやめさせられる」だった。今回はそういう話だ。

＊

「お金もっとほしい……」

スタジオ練習後のマクドナルドで、朱音《あかね》がスマホの画面をにらみながらつぶやいた。

「いきなりなんだよ。おもてであんまりそういう品のないことを言わない方が」

「だってちゃんとしたエンジニアに頼《たの》んだらレコーディング費用ものすごいよ。こないだのあそこが特別高いのかと思ってたけど、プロならどこも相場は似たようなものみたい。一曲で二十万とか三十万」

「さすがに私でも厳しい出費になってしまいますね。お小遣《こづか》いを全部そちらに遣《つか》ってしまうとお花にかけられるお金がなくなりますし」

そう言って眉《まゆ》をひそめる詩月《しづき》は、華道《かどう》の家元の娘《むすめ》だ。なにかと物入りな芸事なので毎月ものすごい額を母親からもらっているそうなのだけれど、プロのエンジニアへの支払《しはら》いとなると桁《けた》がちがう。

「村瀬《むらせ》くんはバンドリーダーとしての自覚が足りない。もっと積極的に稼《かせ》ぐ方法を考えてくれないと」

凛子《りんこ》がえらそうにため息をつく。

「いや、あの、前から思ってたんだけど、……僕ってリーダーなの？」

おそるおそる訊《き》いてみると三人そろって目を丸くした。

「リーダーという呼び方が不満ですか？　マスターとかご主人様とかがよければ」

「よくないよくない。そういう話はしてない」

「こんな面倒《めんどう》くさい女三人まとめるなんて村瀬《むらせ》くん以外にだれができると思ってるの」

「自分で言うな！　反応に困るわ！」

「それにうちら三人ともボケだよ。真琴《まこと》ちゃんはツッコミだよね」

「だからなに」ツッコミだと認めてしまうのもどうかと思ったが、さておき。

「おまけにベーシストでしょ」

「え？　なんの関係あんの。バンドリーダーなんてどのパートでもあるだろ」

「しかも収益7割受け取ってるんだから実質的にいかりや長介《ちょうすけ》だよね。リーダーじゃん」

「どんな理由だよ！　長々聞いて損したよ！」

「真琴《まこと》ちゃんはいかりや長介《ちょうすけ》」

「短くまとめろって言ったわけじゃないんだが」

「真琴《まこと》ちゃんの怒《いか》りは超《ちょう》すげー」

「今の駄洒落《だじゃれ》のせいでな！」

「ライヴも一応黒字だけどやっぱり稼《かせ》ぐなら動画だよね」朱音《あかね》は平然と話を戻《もど》した。「新作をどんどんあげないと」

「だからその新作をレコーディングするのにお金がかかるんだってば」

堂々巡《どうどうめぐ》りである。

十一月の僕らは燃《も》え尽《つ》きていた。

新曲のネタはたっぷりたまっていたけれど、一曲たりともレコーディングする気が起きない。スタジオに入ってもなんとなく既存曲《きそん》を合わせて、三十分くらい雑談で潰《つぶ》す、という怠惰《たいだ》な日が続いた。

文化祭ライヴで燃《も》え尽《つ》きた——わけではない。

問題の原因はそのさらに前にあった。一度だけプロフェッショナルなスタジオとエンジニアで至《いた》れり尽《つ》くせりのレコーディングをさせてもらったあの経験が、僕らを贅沢《ぜいたく》にさせてしまったのだ。

「昔の曲聴《き》くのが恥《は》ずかしいんだよね」と僕も自分のスマホでチャンネルの動画一覧をざっと眺《なが》める。「できれば全部録《と》り直したい」

「そんなこと言い出したら百万単位でかかるでしょう」と凜子《りんこ》は冷ややか。

「うん……まあ……せめてバンドで演《や》ったやつは全部……いやそれでも百万いっちゃうか」

「できればこないだのとこにまたお願いしたいんだけど、一般人《いっぱんじん》の依頼《いらい》は受け付けてないみたいなんだよね」

「けっきょく世の中カネとコネだから」

高校一年生にしてそんな悟《さと》り方はどうかと思うけど。

コネか。なくはない、というか——できるチャンスをこないだ自分から投げ捨ててしまったというか……。

黙《だま》り込んだ僕を見て察したのか、朱音《あかね》がにいっと笑って訊《き》いてくる。

「キョウコさんのプロデュースの話、呑《の》めばよかったって思ってる？」

僕は咳《せ》き込んだ。

「い、いや、思ってないよそんなの」

ほんのちょっとだけしかね。

「とにかくお金ですよね。節約しましょう！」詩月《しづき》が意気《いき》込んで腰《こし》を浮《う》かせる。

「節約って、どこを」

うちのバンド、とくに無駄遣《むだづか》いはしていないと思うのだけれど。

「そっ……そうですね……披露宴《ひろうえん》は無しにして新婚《しんこん》旅行も国内で済ませましょう」

「しづちゃんっ？　現実に帰ってきて、酔《よ》っ払《ぱら》っていいのは二十歳《はたち》からだよ！」

「詩月《しづき》。真面目な話をしてるんだから新婚《しんこん》旅行にはひとりで行きなさい」

おまえらもツッコミできるじゃないか。やっぱり僕がバンドリーダーじゃなくていい気がする。いや、これがリーダーの職務だとは思いたくないが。

「既存《きそん》曲でいいから動画だけ撮《と》り直《なお》すというのはどう。スタジオでの演奏風景ばかりだったでしょう。もう少し凝《こ》った動画にすれば再生数を稼《かせ》げるかも」

わりとまともな案が凛子《りんこ》の口から出てきたので僕はびっくりして彼女を見つめる。彼女は訝《いぶか》しげに小首を傾《かし》げる。僕はごまかし気味に言った。

「よさそうだけど、お金はかけられないから、よっぽど切れの良《い》いアイディアでもないと」

「真琴《まこと》ちゃんが女装して除草してから助走つけて序奏を弾《ひ》く動画にしよう」

朱音《あかね》が唐突《とうとつ》にそんなことを言い出す。

「は？　え、なに？　もう一回言って？」

「だから真琴《まこと》ちゃんがじょそうしてじょそうしてからじょそうつけてじょそう」

「いやちょっと待って待って意味わかんないけどっ？」

あわてふためく僕の隣《となり》で凛子《りんこ》が冷然と言う。

「女の子のかっこうして草むしりしてから十メートルくらい走って勢いをつけながらイントロ弾《ひ》くってことでしょ」

「なんで100パーセント理解できてるんだよっ？　ていうかもう駄洒落《だじゃれ》やめようよ」

「そんなことないって、ぜったい面白《おもしろ》いよ！」と朱音《あかね》が力説する。

「滑《すべ》るのを気にしてては芸人になれない」凛子《りんこ》はあきれ顔で言う。

「芸人は目指してないんだが」

「真琴《まこと》さんが女装するっていうだけで百万再生確実ですから除草も助走も序奏もとなればその四倍ですね！」

日本語がわけわからなすぎて頭がくらくらしてきた。

スマホでなにやら調べていた凛子《りんこ》がさらに言う。

「除霜《じょそう》というのもあった。冷蔵庫の霜《しも》取りもやってもらいましょう」

「家事ばっかりだね！　じゃあメイドさんのかっこうにしようか」

「スカートの長いちゃんとしたエプロンドレスでは助走するのに邪魔《じゃま》ですからミニにしましょう、真琴《まこと》さんの脚線美《きゃくせんび》も披露《ひろう》できますし」

当事者をよそに大盛り上がりの女三人だった。

＊

ジョークかと思っていたら後日朱音《あかね》がほんとうにミニスカメイド服を調達してきた上に絵コンテまで切ってきて、雑草がぼうぼうに茂《しげ》った学校の校舎裏で撮影《さつえい》が行われた。

この動画は新規曲ではないにもかかわらずなかなかの伸《の》びをみせたものの、僕がただメイド服を着てあちこち走り回っているだけだと受け取られてしまい、五重の駄洒落《だじゃれ》に気づいたリスナーは皆無《かいむ》だった。まあどうでもいいんだけど。

もちろん動画一本ですぐに何十万円も湧《わ》いてくるほど世の中甘くはなかった。

「これをあと十本あげれば今月中に一曲録《と》れる」と凛子《りんこ》が大真面目に言う。

「やだよ！　準備めちゃくちゃたいへんだったじゃないか。衣装《いしょう》もいちいちレンタルしなきゃいけないんだろ」

「もう買っちゃおうか。真琴《まこと》ちゃん用のコスチューム十着くらい。今回の動画の収益で」

本末転倒《ほんまつてんとう》にもほどがある。

*

その夜、僕は自室のＰＣの前に座り、久しぶりにシーケンサソフトを起動した。

ここ最近、練習やライヴで忙《いそが》しかったし、新曲を作るにしろ各パートのアレンジはバンドメンバーがそれぞれよしなにやってくれるので、デモテープは弾き語《がた》りの一発録《ど》りを持っていくだけでよかった。シーケンサ上でマルチトラックをいじくり回すなんていつ以来だろう。

スクラッチノイズを混ぜた気障《きざ》なリズムパターンをつくり、耳に残る感じのベースラインを敷《し》いて、延々ループさせる。そこに思いつくままのフレーズを様々な楽器でのせていく。物足りなさを感じてきたらエフェクターを重ねてみたり、あえてクォンタイズを甘《あま》くして歯切れを悪くしてみたり……。

心地《ここち》よい。

ほんの半年ほど前まではこれが僕の世界のすべてだったのだ。ひとりきりの部屋で、キーボードとマウスだけから紡《つむ》ぎ出されるささやかな音楽。世界中でほんの千人弱ほどしか聴《き》いてくれなかった小さな楽園。

今はもう、自分でもどこまで続いているのかわからないくらい広がってしまった。

加速度もレスポンスも最高の車が手元に三台もあったら、部屋にこもっているのがもったいなくなってくる。……そう思っていたけれど、こうして以前と同じようにデスクトップの閉じた国の中で気ままに遊び回っていると、バンドでは絶対に味わえない楽しみがよみがえってくる。手のひらの中にすべてがおさまっている感触《かんしょく》。組み合わせた仕掛《しか》けのそれぞれが思い通りに動く、精緻《せいち》な細工箱だ。無限に拡散していくオーケストラと、この小さな小さなおもちゃと、どちらが良《い》いとか悪いとかではなく、どちらも僕をかたちづくる一部だ。

そして、こっちなら高い金を払《はら》ってレコーディングエンジニアに頼《たの》まなくても、それなりの質の録音になる。PCの中ですべて完結する音楽だからだ。

でも、この曲を仕上げたとして――どうなる?

Musa男だった頃《ころ》の僕には、戻《もど》れない。チャンネルもパラダイス・ノイズ・オーケストラのものに変えてしまったから、発表する場所もない。

いや、ないわけじゃない。新しく個人用のアカウントを作ってもいいし、僕のソロ曲として素知らぬ顔でPNOチャンネルにいきなりアップロードしたところでだれに迷惑《めいわく》がかかるわけでもないのだ。

だれにも望まれていない気がして、できない。

ストリングストラックまで埋《う》めたところで曲を保存して、シーケンサを閉じる。

椅子《いす》から立ち、そのままベッドに倒《たお》れ込んだ。手足も頭もぼんやりしびれている。ヘッドフォンをはずしたばかりの耳に冷たい空気が触《ふ》れて、肩《かた》と首がぶるっと震《ふる》え、毛布を身体《からだ》にしっかり巻きつけた。もうすっかり冬だ。

震《ふる》えは、寒さのせいだけではなさそうだけれど。

迷っているわけでもないし、停滞《ていたい》しているわけでもない。曲作りでもスタジオ練習でもなにかしら手応えがあるし、いま自分がなにをすればいいのかもわかっている。

でも、ひとりきりで目を閉じると、身がすくむ。

僕を取り巻くなにもかもがものすごい速さで動いて、自分が足を止めているのに風景が後ろへ押し流《なが》されていくのが怖《こわ》い。今そんな気分だ。

キョウコさんのプロデュース、請《う》ければよかったかもしれない……。

朱音《あかね》に指摘されたときはごまかしたけれど、今になって実感しつつある。

縛《しば》られるというのは楽になるということでもある。好き勝手に走っているようにみえて、首輪につながったリードをキョウコさんがしっかりと握《にぎ》っていて、まずい道に入り込みそうになったら引っ張り戻《もど》してくれるだろう。でも僕は首輪を拒《こば》んだ。まだ縛《しば》られたくなかった。自分のペースでやりたいから、断った。自分の責任、自分の判断、自分の裁量。考えるのも苦しむのも全部自分。どこにでも行ける自由を選んだくせに、どこに行ってしまうかわからなくて怯《おび》えているのだ。馬鹿みたいだ。

パラダイス・ノイズ・オーケストラは、僕の手に負える存在じゃなくなっている。

僕が始めたから僕がリーダーだとかみんなは言うけれど、もはや僕の好きな音楽をやるためのバンドという枠《わく》にはまったく収まらなくなっている。だいたい始めたのは僕じゃないぞ。四人がそれぞれなんとなく集まって、そこにたまたまフェスの話が来ただけで。強《し》いて言うなら始めたのは——

ふと思いつき、枕元《まくらもと》を手探《てさぐ》りし、スマホを持ち上げる。暗闇《くらやみ》の中で、液晶《えきしょう》画面のささやかな光が僕の顔を照らす。LINEのアイコンをタップした。

華園《はなぞの》先生とのトークルームは、あの日のまま止まっている。入院したと知った日。連絡《れんらく》ください、とだけ送ったのが最後だ。

あんたが始めたんだぞ？　と僕は声に出さずに画面に語りかける。あんたが集めて、火をつけて、燃え上がるのを見届けて、——それから勝手に消えた。責任はあんたにある。だから僕がこれからどうするべきか考える義務もあるんじゃないのか？

新規メッセージを書こうとして、指を画面から離《はな》し、スマホを枕《まくら》の下に押し込む。

相談したいことなんてひとつもない。振《ふ》り落《お》とされそうになってびくびくしているだけだからだ。それに、メッセージを送ったところで既読《きどく》だけついて返信がない、という結果がありありと予想できる。

ムサオ、心細いからあたしと話したいだけでしょ？

そう言って面白《おもしろ》がるところもはっきりと思《おも》い浮《う》かべられる。

まあ、その通りなんですけどね。

本人が目の前にいるわけじゃないからいくらでも素直《すなお》になれる、というのが想像の利点だった。欠点でもあるけれど。なにしろ恥《は》ずかしい。他のだれが見ていなくても自分で自分を見ていて恥《は》ずかしい。

僕は想像の中のスマホも暗闇《くらやみ》のどこかに突《つ》っ込んで消し去ると、目を閉じた。

眠《ねむ》りに入りかけたとき、枕《まくら》の下で（現実の）スマホが震《ふる》えた。僕は跳《と》び起《お》きる。柿崎《かきざき》、という名前が画面に表示されている。

『ご無沙汰《ぶさた》してます、ネイキッドエッグの柿崎《かきざき》です！　夜分遅《おそ》く申し訳ありません』

株式会社ネイキッドエッグは僕らのはじめてのフェス出演を企画《きかく》してくれたイベント運営会社だ。以来、担当者の柿崎《かきざき》さんにはなにかと世話になっている。

『急な話で恐縮《きょうしゅく》ですけど今週木曜か金曜にお時間いただけますかね？』

「あ、冬のフェスの話ですか。僕は、はい、どっちも大丈夫《だいじょうぶ》です」

夏フェスが好評だったらしいので、次も呼んでくれると言っていたのだ。でも柿崎《かきざき》さんは電話口の向こうで咳払《せきばら》いする。

『その話もあるんですが、ええとですね、……メンバーのみなさん全員そろって時間つくっていただくってこと、できますでしょうか？』

口調によどみを感じた。

言いにくいことをなんとか引っかかることなく伝えようと苦心して、かえって引っかかりをつくってしまっている。そんなふうに聞こえた。

『たいへん勝手なお願いになるんですが、ＰＮＯのみなさんに逢《あ》っていただきたい人がおりまして。ベーシストなんですが――』

＊

木曜の放課後、僕ら四人はそろって青山に向かった。

普段《ふだん》の打ち合わせでは柿崎《かきざき》さんが池袋《いけぶくろ》や新宿まで出てきてくれるのだけれど、その日は会社まで来てもらいたいとのことだった。

瀟洒《しょうしゃ》なオフィスビル六階のフロア半分が株式会社ネイキッドエッグのオフィスだった。内線電話で受付をすると、会議室に通される。出迎《でむか》えたのは柿崎《かきざき》さんともう一人、ゴルフ焼けした肌《はだ》をてかてかに光らせた恰幅《かっぷく》のいい中年男性だった。玉村《たまむら》社長だ。

「いやあご足労いただきまして！　どうもどうもです！」

社長はホワイトニングされた歯をぎらぎら光らせて満面の笑《え》みで寄ってくる。

「みなさん学校帰りですか、いやあ制服姿は動画でしか見ておりませんでしたが本物はやっぱりオーラがちがいますねえ、どうですか次のライヴはいっそ制服で出るというのは？　あっ、学校的にまずいですかね？　代わりに制服風の衣装《いしょう》をデザインしましょうか」

柿崎《かきざき》さんの五十倍くらい調子が良《い》い人なのである。

「ぷ、のさんは今の新鋭アーティストの中でもダントツで華がありますからねえ、うちとしても次のクリスマスイベントではもうメインアクトとして推していくことに、いやもうぷ、のさんに全社賭けておりますのでね、そういえばあのキョウコ・カシミアのプロデュースを断ったとか、いやいやさすがですよ、ぷ、のさんは音楽性も唯一無二《ゆいいつむに》ですからねえ」

PNOを『ぷの』って読むのほんとうに勘弁《かんべん》してくれないだろうか……。

「今日ご紹介《しょうかい》するベーシストもね、いやもうこれが大変な逸材《いつざい》で、若いんですが華《はな》あり腕《うで》あり度胸ありの三拍子《さんびょうし》そろっていまして絶対に認めていただけるものと思っております。最寄《もよ》りのスタジオに先入りしてもらってるのでさっそく」

「いや、あのですね、うちはべつにベーシストを探しては——」

僕の声が遠慮《えんりょ》がちすぎたか、玉村《たまむら》社長はまったく聞こえていない様子で巨体《きょたい》をのしのし揺《ゆ》すりながら会議室を出ていってしまった。柿崎《かきざき》さんはとても申し訳なさそうな顔で手を合わせてぺこぺこ頭を下げながら、僕ら四人を外へと促《うなが》した。

凛子《りんこ》も詩月《しづき》も朱音《あかね》も、そろって僕に「これ大丈夫《だいじょうぶ》なの？」と言いたげな視線を向けてくる。僕をそんな目で見られても困る。

エレベーターでも、ビルを出てからも、社長は『ぷの』の今後のヴィジョンについて武道館だの東京ドームだのと妄想《もうそう》を熱く吹《ふ》きまくり、口を挟《はさ》む隙《すき》を与《あた》えてくれない。おまけにスタジオは二つ隣《となり》のビルで、すぐに着いてしまった。

先日、柿崎《かきざき》さんからの電話で聞いた話は、こうである。

社長が例によって独断で暴走し、PNOの新メンバーを見つけてきた。顔を立てると思って逢《あ》うだけ逢《あ》ってやってくれ、と。

玉村《たまむら》社長は、夏フェスでも僕をステージの上で徹底的《てっていてき》に目立たないように演出してPNOを三人組ガールズバンドに見せかけようとした人なので、女性ベーシストを勝手に見つけてくるというのは終始一貫《しゅうしいっかん》しているというかなんというか。

そんな用事のためになんで青山まで全員で出かけなきゃいけないの、と朱音《あかね》は文句をたれた。その電話ですぱっと断ればよかっただけじゃん。うちには真琴《まこと》ちゃんていうベーシストがいるんだからさ。

まったくその通りなのだが、世話になっている人だから、とバンドメンバー三人を説得し、今日こうしてわざわざやってきた。実のところ、そのベーシストに興味があったのだ。

どんな人なんだろう。僕らと同い年で、女の子で、ベースの腕《うで》は折り紙付きで、発表されている僕らの曲は全部弾《ひ》ける、と柿崎《かきざき》さんは言っていた。それは逢《あ》ってみたい。できれば演奏を聴《き》いてみたい。

地下におり、突《つ》き当《あ》たりの分厚い防音扉《とびら》を玉村《たまむら》社長が開くと、中からベースの速いパッセージが聞こえてきて皮膚《ひふ》や天井《てんじょう》や壁《かべ》をびりびり震《ふる》わせた。

かなり広いリハーサルスタジオだった。グランドピアノとドラムセットが奥に置かれているのに狭《せま》さをまったく感じない。左手の壁《かべ》が全面鏡張りになっているところをみると、たぶんダンスの練習なんかにも使うのだろう。

ベースアンプの前に立っていた女の子が、入ってきた僕らに気づいて楽器を肩《かた》から下ろし、スタンドに置いた。あちらも学校帰りだったのだろうか、制服姿だ。

「はじめまして。志賀崎伽耶《しがさきかや》です」

彼女はそう言って僕らに向かって小さく頭を下げてくる。目が合うと、なぜかきつくにらんでくるので、僕は思わず後ずさりしかける。

玉村《たまむら》社長が言っていた通り、たしかに華《はな》がある。まるっきり棘《とげ》だらけの薔薇《ばら》だ。威圧《いあつ》的なまでの美貌《びぼう》はキョウコ・カシミアを思わせたけれど、あの人の獰猛《どうもう》な魅力《みりょく》が意識的なものだったのに対して、こちらはコントロールしきれずに熱が漏《も》れ出ているみたいな印象を受ける。左右で二つに束ねた髪型《かみがた》のせいかやや幼い印象があり、それが攻撃《こうげき》性を際立《きわだ》たせている。

なんと言葉を返したものか迷っている間に、彼女はつかつかと歩み寄ってくると、僕の顔を間近でのぞき込んできた。

「――な」

僕はのけぞる。詩月《しづき》は目を剝《む》き、凛子《りんこ》は眉《まゆ》を寄せ、朱音《あかね》は口をぽかんと開ける。志賀崎伽耶《しがさきかや》は目を細めて険のある口調で言った。

「男装なんですね。本気じゃないってことですか」

「……はい？」

意味がまったくわからなかった。

「む——村瀬真琴《むらせまこと》さんですよね？」

「……そうですけど」やけに《む》に力が入っていたが。

「正式活動中は女装してますよね。この間のステージでもそうだったし。男のかっこうをしているってことは本気のミュージシャンモードじゃないってことですよね」

その変な理屈《りくつ》どこから出てきたの？

「ふうむ。たしかに」

「たしかにじゃないよ凛子《りんこ》！　なんで納得《なっとく》してんだよ！」

謎《なぞ》の相づちにより志賀崎伽耶《しがさきかや》の方も納得《なっとく》顔になってしまう。

「所詮《しょせん》ライヴのサポートメンバーだから、と軽く思っているんですね。いいでしょう。認識《にんしき》を改めてもらいますから」

ほんとうに、まったく、話が見えなかった。ライヴのサポートメンバー？　この子いったいなんの話をしてるの？

「そうですねえまずはなにを差し置いてもセッションでしょう、せっかくメンバーみなさんでスタジオに来てもらったんだし」

玉村《たまむら》社長がずいと僕らの間に割って入ってきて暑苦しく言う。

「アーティストはやっぱりサウンドで語り合わないと！　いやもうこちらの伽耶《かや》ちゃんね、ものすごいテクの持ち主ですから。ぷのさんの曲ぜんぶ弾《ひ》けますよ。みなさん楽器は、ああ、お持ちではないですよね、ここの備え付けので申し訳ないですが、いや、はい、ものは良《い》いのがそろってますから、もうセッティングもね」

社長の調子の良《い》い語りが止まりそうにない。しかもギターアンプの用意まで社長手ずからやり始める。朱音《あかね》が僕の肩《かた》を突《つ》っついた。

「真琴《まこと》ちゃん、これどういうことなの？　なんかうちらがサポート頼《たの》んだみたいな話の流れになってるけど？」

「いや僕もさっぱり」

もう事態を収束してくれそうなのは柿崎《かきざき》さんしかいなかった。そう思って見やると、柿崎《かきざき》さんまで社長のことを「聞いてないんですけど？」と言いたげな目で凝視《ぎょうし》している。これはだめだ。もうむちゃくちゃだ。

と、志賀崎伽耶《しがさきかや》が再び自分のベースギターをスタンドから取り上げ、ストラップに肩《かた》をくぐらせた。

アンプのつまみをいっぱいに回すと、スタジオ内に息詰《いきづ》まるノイズが充満《じゅうまん》する。

ずっと後になってから思ったのだけれど、この日の出来事は、彼女がベーシストだったからこそ起きたのではないだろうか。ベースギターは旋律《せんりつ》を奏《かな》でられる楽器だが、本質的には打楽器である——と、ある著名なベーシストが語っているのを聞いたことがある。

ギターとドラムの能力を両方とも、その細身の中に宿している。

自分一本で、音の流れとビートを——つまり曲の輪郭《りんかく》そのものを作り出すことができる。

だから僕らはほんの一小節で心を持っていかれた。

なんの曲かはすぐにわかった。僕らがいつも一曲目に持ってきているアップテンポナンバーだ。僕が弾《ひ》いていたのとまるでちがうベースラインなのに、わかった。複雑なアクセントを織り交ぜたハイハットの疾駆《しっく》まで聞こえてきた気がした。

そのせいだろう、最初に動いたのは詩月《しづき》だった。ドラムセットの向こう側に回り、椅子《いす》に腰《こし》を据《す》えてスネアの上に置いてあったスティックを取り上げた。僕らの耳の中で走り始めていた幻聴《げんちょう》のビートに現実の音がぴったり重なる。続いて朱音《あかね》が好奇《こうき》心をむき出しにした顔でギタースタンドに歩み寄り、ストラトを肩《かた》にかけた。清爽《せいそう》感たっぷりなクリーントーンのカッティングがベースラインにぴったり寄《よ》り添《そ》って走り出す。最後に凛子《りんこ》が、しかたない、とでも言いたげな億劫《おっくう》そうな表情でピアノに向かい、けれど張《は》り詰《つ》めた挑戦《ちょうせん》的なグリッサンドでアンサンブルの中に一息で飛《と》び込んだ。

朱音《あかね》の歌声がマイクに叩《たた》きつけられる。

僕はひとり、音の奔流《ほんりゅう》の中に立《た》ち尽《つ》くしていた。志賀崎伽耶《しがさきかや》のほっそりした指がクリーム色のボディの上を踊《おど》り回る様子から目が離《はな》せない。その優雅《ゆうが》な動きにあまりにも魅入《みい》られていたせいで、彼女の楽器の特殊《とくしゅ》さにすぐに気づけなかった。

目よりも先に耳が違和感《いわかん》を捉《とら》えた。コーラスに入ったとき、僕の世界にそれまでまったく存在していなかったフレーズが地底からわきあがってきて僕を闇《やみ》の中に引《ひ》きずり込んだ。沈《しず》んだその先には息もできないほど星が密集する夜空が広がっている。なんでこんな深みにまで潜《もぐ》れるんだ？

それからようやく気づく。

五弦ベースだ。

普通《ふつう》のベースの最低音E弦のさらに下にもう一本、より太い弦《げん》が張ってある。彼女の指が今その表面を、まるで猫《ねこ》の喉《のど》をくすぐるときのような優《やさ》しいストロークで掻《か》いている。それでいてオーケストラの足下《あしもと》に張《は》り詰《つ》めた低音は暗いガラスの湖面のように硬《かた》く揺《ゆ》るぎない。

知らなかった。凛子《りんこ》のピアノがこんなにも高く空を焦《こ》がすほど燃え立つなんて。詩月《しづき》の踏《ふ》み込むキックがここまで痛烈《つうれつ》に大地をえぐるなんて。朱音《あかね》の歌声がこれほどに力強く世界をまっぷたつにするなんて。

知らなかった。僕らの歌が、こんなに遠かったなんて。

名残《なごり》を惜《お》しむように長く長く引き延ばしたエンディングの和音を、朱音《あかね》が振《ふ》り上《あ》げた腕《うで》で断《た》ち切る。四人の少女たちは汗《あせ》ばんだ顔を見合わせる。耳に残った響《ひび》きが僕を壁際《かべぎわ》まで押しやって、そのままぐったりと背をもたれさせてしまう。

「……五弦いいねえ！　サビでＣシャープまで下がるじゃん、あそこでぐいっぐいってステップするのがすごい歌ってて気持ちいい」

朱音《あかね》が息を弾《はず》ませて言う。そう、五弦ベースは四弦のそれよりさらに低い音が出せるため、フレージングの幅《はば》が圧倒的《あっとうてき》に広いのだ。僕の楽器では越《こ》えることができない物理的な壁《かべ》だ。

「この曲は五弦ですね。はじめて聴《き》いたときから思ってました」と伽耶《かや》がうなずく。「ＰＮＯの他の曲は四弦の方がいいです。次の曲も演《や》るなら替《か》えます」

「曲によって替《か》えるんですね」と詩月《しづき》がドラムセットの向こうから言う。「やっぱり五弦だとスラッピングしづらそうですものね。今の曲は縦ノリだからいいですけれど跳《は》ねる曲だと」

「そう！　そうです、全然べつの楽器ですから。ミュートしなきゃいけない場所が増えて弾《ひ》けるフレーズも変わってきます」

答える伽耶《かや》の口調は変わらず棘《とげ》がありつつも、どこかうれしそうだ。

「なかなかよかったけれど低音部抜《ぬ》いて中音部上げてほしい。村瀬《むらせ》くんより音が太いしピアノの左手と食い合ってしまう」

凜子《りんこ》も話に加わってくる。それからしばらく四人はさかんに意見交換《こうかん》し、それぞれのポジションに戻《もど》っていく。玉村《たまむら》社長は我が子の運動会でも眺《なが》めるような表情でうんうんと微笑《ほほえ》ましくうなずいている。

社長に事の次第《しだい》を問いただそうなんて考えは頭から消し飛んでいた。僕は壁《かべ》にへばりついたまま、僕のいないパラダイス・ノイズ・オーケストラが見知らぬ海へと漕《こ》ぎ出していくのを見つめていた。

前にも、似た体験をした。

キョウコさんがベースをとって、僕の代わりに目の前でバンドに合わせて演《や》ってみせた。あのときの僕は、彼我《ひが》の腕前《うでまえ》の差にひたすら打ちのめされた。でも、今の僕を支配しているのはまったく別の感情だった。たしかに伽耶《かや》もまた僕よりはるかに巧《うま》い。でも自分と比較《ひかく》しようという気がそもそも起きなかった。なにもかもがちがう。アタックも、レガートの移ろいも、ざらりとした舌触《したざわ》りも、意識を一瞬《いっしゅん》で奪《うば》い去《さ》るような休符《きゅうふ》の入れ方も——。まるで僕の知らない楽器みたいだ。これは一体なんだ？　彼女が自分の身体《からだ》の一部みたいになめらかにたおやかに奏《かな》でているあの楽器は一体なんなんだ？

ああ——そうか。

あれがベースギターなのか。

三曲目のコーラスでは僕をさらに茫然自失《ぼうぜんじしつ》の極致《きょくち》にたたき込む出来事が待ち受けていた。伽耶《かや》が朱音《あかね》のマイクスタンドに歩み寄り、身を乗り出して歌声をからめたのだ。

朱音《あかね》の灼《や》け焦《こ》げたハスキーヴォイスとは対照的なクリアで鮮烈《せんれつ》なハイトーン。僕の声ではぜったいに創り出すことができない、魂《たましい》の正中線を断《た》ち割《わ》るハーモニーがスタジオ内いっぱいに響《ひび》いた。

休みも入れずに四曲続けて演《や》りきった四人は、ようやく手を止め、そろって天井《てんじょう》を仰《あお》いで熱い息を吐《は》き出《だ》した。

玉村《たまむら》社長の無遠慮《ぶえんりょ》な拍手《はくしゅ》が曲の余韻《よいん》を乱す。

「いやあもうほんと最高で最高に最高！　伽耶《かや》ちゃんもぴったしマッチしてたし！」

ベースをスタンドに置いた伽耶《かや》はタオルで首筋の汗《あせ》をぬぐいながら答える。

「満足してもらえるプレイができたと思います」

「もちろん大満足だよ！　みなさんもそうでしょ？　じゃあこれからの話もしてもらうってことで、柿崎《かきざき》くん後はよろしくね、私これから別件で打ち合わせ入ってってね」

「えッ？」

居心地悪《いごこちわる》そうにスタジオの隅《すみ》っこに控《ひか》えていた柿崎《かきざき》さん、いきなり話を振《ふ》られて変な声をあげた。まったく取《と》り繕《つくろ》う余裕《よゆう》もなく心底驚《おどろ》いている様子だ。

「いやあの社長ちょっと」

じゃ！　と言って玉村《たまむら》社長はスタジオを出ていってしまった。

あろうことか柿崎《かきざき》さんは僕に助けを求めるような目を向けてくる。こっちも困る。これから起きることに悪い予感しかない。

「どうでしたか村瀬《むらせ》さん。合格ですか？」

伽耶《かや》が歩み寄ってきて責めるような口調で訊《たず》ねる。

「わたしほどのベーシストをライヴ要員だけというのはもったいないと思ったはずです。わたしならＰＮＯのサウンドを絶対にもっともっと上のレベルに持っていけます。正式メンバーに採用するべきです」

高圧的なまでの自信だった。それだけのプレイヤーではあったけれど。

それはそれとして――

「あ、あの、ですね、僕らは社長さんからちょっと聴《き》いてもらいたいベーシストがいるからって言われて来ただけで、その……ライヴ要員がどうとかそういう話は全然聞いてなくて」

伽耶《かや》の顔がこわばり、かすかに歪《ゆが》んだ。

そこに横から柿崎《かきざき》さんがこわごわ口を挟《はさ》んでくる。

「伽耶《かや》さん、うちの玉村《たまむら》から、どういうような話を聞いていたんですか」

伽耶《かや》は目をしばたたき、迷路《めいろ》の出口を探すように僕らの顔を順番に見て、また柿崎《かきざき》さんに視線を戻《もど》す。

「だから、……あのＰＮＯが次のライヴのためにベーシストを探してる、って。それでオーディションもやったんですよ。五十人近く来たって玉村《たまむら》さんが言ってました。当然わたしで決まって、今日顔合わせするからって。そこでものすごいプレイを聴《き》かせたら正式メンバーにもなれるかもしれない、って」

柿崎《かきざき》さんは両手で顔を覆《おお》ってしゃがみ込んでしまった。いい歳《とし》した大人がそんなしぐさをするところなんてはじめて見た。

「……マジすみません……うちの社長、よくそういうことするんですよ……」

消え入りそうな柿崎《かきざき》さんの声がスタジオの床《ゆか》を濡《ぬ》らす。

「はったりっていうか、話を盛るっていうか、各方面に調子の良《い》いこと言いまくって後で辻褄《つじつま》が合えば儲《もう》けもん、みたいなところがありまして……」

ああ、うん、だいたい知ってる。そういう人だよね。そしてたぶん自覚してる。だからこの場も柿崎《かきざき》さんに押しつけて逃《に》げやがったのだ。僕は凛子《りんこ》と、詩月《しづき》は隣《となり》の朱音《あかね》と、弱り果てた顔を見合わせる。

ひとり堪《た》えかねた伽耶《かや》が爆発《ばくはつ》した。

「じゃあ嘘《うそ》だったんですかッ?」

僕らはそろってびくりとなる。

「オーディションまでやったのにッ? 信じられない、サポートどころかメンバー募集《ぼしゅう》なんてしてなかったってことなんですか?」

質問先が僕であることにしばらく気づけなかった。……というのはもちろん嘘《うそ》で、どう見ても僕に対して訊《き》いているのだけれど認めたくなかったのだ。返答に困るので。

「……うん、まあ……そう……なんだけど」

「じゃあ最初からそう言えばいいじゃないですかッ！　それ以前になんで来たんですか、話を聞いたときに断ればよかったのに、音合わせまでしたわたしがばかみたいじゃないですかッ」

なにもかもおっしゃる通りです。

事態をかろうじて収拾《しゅうしゅう》させたのは柿崎《かきざき》さんの土下座だった。

「ほんッとうに申し訳なくッ！　このたびはッ！　後で社長とよくよく話してお詫《わ》びにうかがいますのでなにとぞッ」

一気に毒気を抜《ぬ》かれた伽耶《かや》は、目をそらし、なにかもぐもぐとつぶやき、それから二本のベースギターをせかせかとケースに詰《つ》めると、剣呑《けんのん》なほど深々と頭を下げてスタジオを出ていった。言葉をかけられる雰囲気《ふんいき》ではなく、僕らはそろって黙《だま》り込んだまま見送るしかなかった。防音扉《とびら》が閉まり、気圧差で鼓膜《こまく》がきゅうんとなると、ずっと止めていた息を僕はようやく吐《は》き出《だ》した。

＊

翌日のスタジオ練習も、まったく身が入らなかった。

演奏中でもふと気づくと昨日聴《き》いた伽耶《かや》のベースラインを思い出し、追いかけようとしてしまう。そして思い至る。僕のベースに五本目の弦《げん》はないし、ここに伽耶《かや》はいないのだ。

あんなの聴《き》かなきゃよかった。

キョウコさんにやられたときと、ほんとうになにからなにまで逆だった。あのときは打ちのめされて、憧《あこが》れて、なんとか追いつこうともがいた。でも、伽耶《かや》に対しては悔《くや》しさすらおぼえない。街でスポーツカーを見かけたときみたいな心持ちにしかならない。うわあすげえかっこいいし速そう、でも僕は免許《めんきょ》すら持ってないしな……。

「ストップ」

凛子《りんこ》が曲の途《と》中《ちゅう》で演奏を止めた。

「今日は無理。やめておきましょう」

責める視線を向けてくる。

詩月《しづき》もうなずいて立ち上がり、朱音《あかね》も肩《かた》をすくめてギターからシールドコードを引《ひ》っこ抜《ぬ》き、片付け始める。え、終わるの？　あと十五分くらいあるけど？　無言のうちに合意が形成されて粛々《しゅくしゅく》と撤収《てっしゅう》作業が進められているのがなんか怖《こわ》い。僕もしかたなくアンプのつまみをゼロまで落とす。

コード類を片付け終えた凛子《りんこ》がパイプ椅子《いす》を僕のそばに引っぱってきた。腰《こし》を下ろして脚《あし》は組むわ腕《うで》も組むわ。朱音《あかね》も同様に寄ってきて、背の高いベースアンプにもたれかかり、唇《くちびる》だけ

ゆがめたなんともいえない表情をつくる。目が笑っていない。詩月《しづき》はさすがにそんな攻撃《こうげき》的な態度はとらないだろうと思っていたら、ドラムセットの椅子《いす》をわざわざ僕の目の前に運んできて、ふんぞり返る。もともと所作《しと》が淑やかなせいで中途半端《ちゅうとはんぱ》な様が笑えるが、どうも笑ってはいけない雰囲気《ふんいき》だった。

「ええと。なんでしょうか」

おそるおそる訊《たず》ねる。

「村瀬《むらせ》くん。あの娘《こ》——志賀崎伽耶《しがさきかや》さん、だっけ」

凛子《りんこ》が平べったく押しつぶしたような声で言う。

「あの娘《こ》、バンドに入れたいって考えてるでしょう?」

「……え? いやあ、……そんな」

「真琴《まこと》ちゃん、とぼけるの下手なんだから無理しない方がいいよ。あの娘《こ》のフレーズ真似《まね》しようとしてあたふたしてたのばればれだからね」

ばればれか。そりゃそうか。昨日ちょっと練習したんだけどそもそも音域足りないし無理があったか。

「真琴《まこと》さんはまたそうやって可愛《かわい》い女の子とみれば見境なくっ」

「い、いや、あの、ちょっと待って、可愛《かわい》いとかは関係ないだろ」

「じゃあ可愛《かわい》くなかったんですかっ?」

なんの話になってるんだよ。

「……可愛《かわい》かったけど」

「私の目の前で他の女性を可愛《かわい》いと褒《ほ》めるなんてなにを考えてるんですかっ」

「なに考えてるはこっちのせりふだ！　どうすりゃいいんだよっ？」

「真琴《まこと》ちゃん、たいへんたいへん、しづちゃんが愛情欠乏症《けつぼうしょう》で暴走しかかってるから十回くらい可愛《かわい》いって言ってあげて！」

「えええええ……なんでそんな」

「早くしないと発作《ほっさ》起こすよ！　見えないドラムをＢＰＭ２６０くらいで叩《たた》き始めるよ」

どういう病気なんだよ。しょうがないな。

「詩月《しづき》、可愛《かわい》いよ可愛《かわい》い可愛《かわい》い可愛《かわい》い可愛《かわい》い可愛《かわい》い可愛《かわい》い可愛《かわい》い可愛《かわい》い可愛《かわい》い」

途中《とちゅう》から自分でも「かわいい」が「こわい」に聞こえてきて頭がおかしくなりそうだった。

「あああああ真琴《まこと》さんだめです幸せすぎて両手がＢＰＭ２６０くらいで震《ふる》えてきました」

結果同じじゃねえか。

「村瀬《むらせ》くん、わたしは二十回くらいでいいから」

「いいからじゃないよ！　増えてるよ！　ていうかなんなのこれ？」

「迂闊《うかつ》にバンドメンバー以外に可愛《かわい》いなんて言う村瀬《むらせ》くんが悪い。反省して」

「ほんとに可愛《かわい》かったんだからべつにいいだろ。可愛《かわい》けりゃ可愛《かわい》いって言うよ」

すると詩月《しづき》が真っ赤になって両手で顔を覆《おお》い床《ゆか》を転げ回り始めた。なんだこいつ。どうしたいきなり。……あっ、おまえのことじゃ——いや、おまえのことでもなくもないが……

「朱音《あかね》、聞いた？　今みたいなのを無意識に言えてしまうんだから信じられない。最近あんまり責めないようにしてたけどやっぱり性犯罪者だと思う」

「ほんとにするっと自然に言ったねえ。きっと他でも言いまくってるんだよね」

「バンドの外でこんなん言える相手そうそういるわけないだろ！」

わりと墓穴《ぼけつ》(?)だった。朱音《あかね》はにまにま笑いながら顔を寄せてきた。

「ふうん？　バンド内なら言えるってことかな？　しづちゃん以外にも？　たとえば？」

マジでなんなんだこの展開。

「そう、村瀬《むらせ》くんはわたしで我慢《がまん》しなさい。わたしなら可愛《かわい》い百万回でも受け止めるから」

「きもすぎるんだが？」

「凛子《りんこ》さんと朱音《あかね》さん相手なら特別に認めますよ、真琴《まこと》さん」

なんで詩月《しづき》はしれっと復活してて態度えらそうなの。

「まあでも実際可愛《かわい》かったよね、あの娘《こ》」と朱音《あかね》は急激に平常テンションに戻《もど》る。「なんだっけ、ええと、志賀崎《しがさき》伽耶《かや》さん」

「ものすごい芸能人オーラ出してましたね」

「どこかで見たことある気がする。テレビに出てた？」

こいつら、いつもコントから一瞬《いっしゅん》にして普通《ふつう》の会話に戻《もど》るけど、目眩《めまい》を起こしたりしないんだろうか。僕の方はもう疲労感《ひろうかん》でぐらぐらきてるんだけど。

「あ、ぐぐったら出てきた」

朱音《あかね》が言うので、詩月《しづき》も凛子《りんこ》もスマホを横からのぞきこむ。僕もそうっと近づいて反対側から見た。

「うわあ、志賀崎京平《しがさききょうへい》の娘《むすめ》さんだあ！」

「俳優の？　あ、もともと歌手でしたっけ」

「そうそう、紅白常連！　お母さんが黛蘭子《まゆずみらんこ》！　言われてみれば似てる！」

「どうりで歌もプロ級だったわけですね。お父さんの仕込《しこ》みでしょうか」

「両親ともロックと縁《えん》はなさそうだけど、不思議」

「凛《りん》ちゃんだって親の意向なんて無視してロックやってるじゃん。そんなもんだよ」

「言われてみれば。詩月《しづき》も家元の娘《むすめ》なのにロックドラマーだし」

「ていうか年下だよ、中学生！　あれで？　発育良すぎないっ？」

女たちが盛り上がっていて画面がさっぱり見えないので、自分のスマホで検索《けんさく》した。

歌謡界《かようかい》のプリンスこと志賀崎京平《しがさききょうへい》（本名、志賀崎耕平《しがさきこうへい》）。プリンスというのもデビュー当時につけられたニックネームがずるずる使われ続けているだけなので今は還暦《かんれき》近い。最近は俳優としての活躍《かつやく》の方が目立っていて、僕も歌手としてより大河ドラマのイメージが強かった。実に派手な女性遍歴《へんれき》の持ち主で、三番目の妻である宝塚《たからづか》出身女優・黛《まゆずみ》蘭子《らんこ》との間に生まれた娘《むすめ》が伽耶《かや》だった。伽耶《かや》には母親のちがう三人の姉と兄がおり、それぞれ演歌歌手や俳優として芸能界に身を置いていた。伽耶《かや》もまたテレビ出演およびファッションモデルの経験多数あり。今年の春に公開された映画にもそれなりの役で出ている。

とんでもないサラブレッドじゃないか。なんでそんなやつがうちのバンドに入ろうなんて。年齢《ねんれい》は——今年で中学三年生。僕らと同い年、という柿崎《かきざき》さんの言葉は嘘《うそ》ではなかったが、学年でいうとひとつ下なのか。なるほど。玉村《たまむら》社長が嘘《うそ》をついてまでうちに入れようとしたのもわかる。ルックス、演奏技術、話題性に加えて僕らよりさらに若い。《ガールズバンドぷの》の四人目としてここまで条件がそろった逸材《いつざい》はそうそう見つからないだろう。オーディションの必要なんてなかったんじゃないのか。即決《そっけつ》だろう、これは。

「まあでも、どれだけ逸材《いつざい》でも、女の子は加入させない」

凛子《りんこ》がにべもなく言ってスマホを朱音《あかね》の胸元《むなもと》に押しやった。

「そうですね。これ以上増えては困ります」と詩月《しづき》もうなずいた。

「百歩譲《ゆず》っても凛《りん》ちゃんは自分より胸がある娘《こ》は絶対拒否《きよひ》だよね」と朱音《あかね》。

「えっ？　それじゃ女はだれも入れられな——あいたたたた凛子《りんこ》痛い痛い踏《ふ》んでる！」

今のはさすがに僕が悪かった。凛子《りんこ》も珍《めずら》しく目がマジギレだ。

「だいたい向こうもかなり怒《おこ》っていたし、連絡《れんらく》先だって知らないわけだし、今さらどうしようもないでしょう」と凛子《りんこ》はむくれて言う。

「そもそもうちには真琴《まこと》さんがいますから。ベーシストなんて要《い》らないです」

「あの社長さん、どうしてもうちらをガールズバンドで売り出したいんだろうね」

「とっくにガールズバンドですから。真琴《まこと》さんのかわいさが目に入っていないだけです」

三人ともがいきなり素っ気なく結論を出したので安心してしまう僕だったけれど、僕自身はそんなシンプルな結論をけろりと吐《は》き出《だ》せなかった。だってみんな伽耶《かや》のプレイにあんなに夢中になっていたじゃないか。ベーシストとしてだけじゃない、ヴォーカリストとしても朱音《あかね》に引けをとらない力の持ち主だった。

ほんとにみんな、惜《お》しくないのか？


僕ひとりもやもやを抱《かか》えたまま、その日のスタジオ練習はお開きとなった。

ロビーで会計を終えたところで、カウンターの奥にいた黒川《くろかわ》さんが声をかけてくる。

「マコ、今日ちょっと手伝って。うちのウェブサイト用に新しい動画作りたいんだけど、そういうの得意だろ」

「あ、はい」

黒川《くろかわ》さんは、僕らの根城であるこのスタジオ『ムーン・エコー』の若きオーナーだ。前々から僕に気軽にあれこれ用事を頼《たの》んでくるのだが、代わりにスタジオ代をしょっちゅう無料にしてもらっているので文句は言えない。僕をマコと呼ぶのは他に姉だけであり、こき使いっぷりも相まって姉がもう一人増えたみたいな気分になる。

他の三人はとくに手伝えることもないので解散。僕は事務所に引っぱっていかれ、PCで動画編集をさせられた。三十分くらいで終わる軽い作業だったので助かった。

外に出ると、もうだいぶ暗かった。十一月の日は短い。東新宿のオフィス街は小さめのビルが道の左右に肩《かた》を並べていて、空が中途半端《ちゅうとはんぱ》に狭《せま》く、吹《ふ》き下《お》ろすビル風も夜の冷たさをストレートに運んでくる。僕はコートのボタンをいちばん上まで留《と》めた。

駅に向かって歩き出そうとしたとき、背後から呼び止められる。

「――むっ、……村瀬真琴《むらせまこと》さん！」

振《ふ》り向《む》き、目を見開いた。

志賀崎伽耶《しがさきかや》だった。スタジオのロビーから出てくるところだ。

「……な、なんで？　こんなとこに」

僕が訊《たず》ねると伽耶《かや》は『ムーン・エコー』の看板を振《ふ》り仰《あお》いで言う。

「PNOがここ使ってるのは有名な話だから。運が良ければ逢《あ》えるかと思って」

有名なのか。MVの撮影《さつえい》でいつも使っているから特定するのは難しくないとはいえ、僕らもそろそろ身辺に気をつけた方がいいんだろうか。

「昨日はごめんなさい。いきなり帰ってしまって」

しおらしく頭を下げてくるので僕は対応に困る。

「……いや、その……無理もないというか……」

けれど伽耶《かや》はすぐに顔を上げ、僕に詰《つ》め寄《よ》ってきた。

「それで、あらためて話を聞いてほしいんです」

僕は迫力《はくりょく》に圧《お》されて後ずさり、段差に脚《あし》を引っかけて転びそうになった。

「わたしをバンドに入れてください」

2　その恋《こい》が嘘《うそ》でも

　寒い屋外での立ち話もどうかと思ったので、僕は伽耶《かや》を連れてスタジオのロビーに戻《もど》った。カウンター越《ご》しに黒川《くろかわ》さんが「あれ？」という目で見てきたけれど、僕の背後に伽耶《かや》の姿を見つけてなにやら納得《なっとく》顔になる。

　スタジオのロビーは毎時0分と30分の前後は待ち合わせや支払《しはら》いなどの客でごった返すのだけれど、それ以外の時間は閑散《かんさん》としており、ソファ席を確保できた。

「……ええと。昨日はほんとに、すみませんていうか……」

　なにをどう話したものか迷った僕がとりあえず頭を下げると、伽耶《かや》は不機嫌《ふきげん》そうに僕の言葉を遮《さえぎ》ってきた。

「む——村瀬《むらせ》さんが嘘《うそ》をついたわけじゃないでしょ。むしろ被害《ひがい》者じゃないですか。謝るのはおかしいです。謝ってほしくて来たわけじゃないし」

「はあ」

　それはその通りなのだが、こうも威圧《いあつ》的な態度で出られると筋合いはなくても恐縮《きょうしゅく》してしまうではないか。

「玉村《たまむら》社長は、前々からなにか調子の良すぎる人だなと思っていたのだけれど、あれで会社を伸《の》ばしてきたところもあるらしくて。辻褄《つじつま》合わせの片棒を担《かつ》ぐのはちょっとどうかと思うけれど、でもわたしがPNOに認められるほどの実力があるのはたしかなんだし、結果的に加入できるなら赦《ゆる》してあげようと思います」

天上界から見下ろすような物言いだった。傲岸不遜《ごうがんふそん》を通《とお》り越《こ》していっそすがすがしい。もちろん大口にふさわしい実力ありきだけれど。

「いや、あの、志賀崎《しがさき》さんのベースはたしかにすごかったけど」

「待って」

伽耶《かや》がいきなり険しい声で僕の言葉を遮《さえぎ》る。

「その名字で呼ぶの、やめてください。お願いします」

耳を食いちぎられるかと思うくらいの目つきだった。

「伽耶《かや》、で。みんなそう呼んでもらっているから」

そういえば玉村《たまむら》社長も柿崎《かきざき》さんも下の名前で呼んでいたっけ。理由はわからないけれどここまで嫌《いや》がっているのだから僕も従うことにした。

「伽耶《かや》さんは、すごいプレイヤーだったけど、でもうちにはベーシストがもういるので。というか僕なんだけど」

自分で言っててちょっと恥《は》ずかしい。しかし卑屈《ひくつ》になっていたってしょうがない、とキョウコさんの一件で学んだのだ。伽耶《かや》の顔をまっすぐ見つめて言う。

「もちろん僕の方がずっと下手だけど、だからって僕が抜《ぬ》けるわけにはいかなくて」

「なに言ってるんですかッ？　先輩《せんぱい》が抜《ぬ》けたらなんの意味もないでしょ！」

いきなり食ってかかられたので僕は目を白黒させる。

「……先輩《せんぱい》ってなに」

「あ」

伽耶《かや》は顔を赤くして、浮《う》かせていた腰《こし》をソファに戻《もど》した。

「……すみません。……みなさんと同じ高校を受ける予定なので、つい」

学校まで同じにする？　僕らの追っかけなのか、この子。

「そこまでうちのファンでいてくれるのはうれしいけど、ベースは二人も要《い》らないし」

「先輩《せんぱい》はベース専門じゃないですよね。レコーディングでも弾《ひ》いてないし。ライヴ音源と聴《き》き比べたらわかります」

「……ん、まあね……」

わかるのか。大したもんだな。レコーディングでは僕よりずっと上手《うま》い朱音《あかね》にベースも担当してもらっているのである。

「ギターも鍵盤《けんばん》もだいたいなんでも弾《ひ》けるしヴォーカルもとれるし、ベースにこだわることないでしょう。ライヴでももう一本ギターがほしいと感じてたはずですよね？　わたしっていうスペシャリストが入れば先輩《せんぱい》はサイドギターに回れます。曲によっては他の楽器でも、たとえばパーカッションとか、あとはハーモニカ使ってるのも一曲あったし、ライヴパフォーマンスの幅《はば》がぐっと広がります」

「ああ……なるほど……」

めちゃくちゃ早口で色々言われたが、どれも深々と同意できてしまうことばかりだった。

うちには凛子《りんこ》という卓越《たくえつ》したキーボーディストがいて、巧《たく》みに音の厚みを保ってくれるのでこれまで目立った問題にはなっていなかったけれど、朱音《あかね》がギターソロを弾《ひ》いているときとかアコギとエレキを両方入れたいときとか、ギタリストがもう一人いれば、と思うことは何度もあった。僕がベース担当から解放されれば、いわば遊撃《ゆうげき》部隊として足りないところを臨機応変に埋《う》めることができる。ステージは一層色彩《しきさい》豊かになるだろう。

「しかもわたしなら上ハモリもつけられます」

「うっ……」

そこもポイントが高い。僕は男なので女の朱音《あかね》よりも高い声が出せず、必ず下ハモリになってしまう。上ハモリがつけられるヴォーカルがいたらコーラスワークでも千人力だ。

やばい。加入させない理由が見当たらないぞ。

駄目《だめ》押しとばかりに伽耶《かや》は再びテーブルに手をついてぐっと身を乗り出してくる。

「ルックスでもみなさんに負けてないです。先輩《せんぱい》の眼鏡にかなう自信があります」

「え……うん、いや、僕が見た目でバンドメンバー選んでるみたいな言い方は――」

「見た目で選んでもいないのにあんな三人が集まったんですかっ？　あり得ないです！」

なんで怒《おこ》るんだよ。

「それじゃ先輩《せんぱい》はオーディションでルックスを選考基準に入れないんですか」

「そもそもオーディションなんてしたことないけど」

「オーディションもしないであんな三人が集まったんですかっ？　あり得ないです！」

でかい声出さないでくれ。スタッフがこっちを見てるだろ。

「運良く集まったっていうか、もともとバンド組むつもりだったわけじゃなくて。三人それぞれと知り合って、せっかくだからバンドやるかって話になっただけで」

伽耶《かや》はわざとらしいほど深い息をついた。

「先輩《せんぱい》がなにかそういう引き寄せるものを持ってるってことですよね」

「僕はべつになにも――」

「げんにこうしてわたしっていう四人目が来たわけですし」

こいつ、呼吸するように自信満々アピールするな？　清々《すがすが》しすぎて、聞いててだんだん気持ちよくなってきた。

「とにかくわたしを入れてくれるわけですよね」

わけのわからない話の運び方なのに、なぜか僕は退路を断《た》たれていた。

いや、自分に正直になろう。なぜか、ではない。僕としては、もはや伽耶《かや》をバンドに入れたい気持ちで固まっていたのだ。

「……でも僕の一存で決めるわけにはいかなくて」

あっ、この言い方じゃ僕が加入を認めてるみたいじゃないか。認めてるんだけど。そうと知られたって問題はないのだけれど。

伽耶《かや》は心外そうに首を傾《かし》げる。

「先輩《せんぱい》のバンドですよね？　リーダーがＯＫなら決まりじゃないんですか」

「リーダーがだれとかはべつに決まってなくて」

「えええええええ？　だって先輩《せんぱい》がメンバー集めて、曲も先輩《せんぱい》が全部作ってて、動画も先輩《せんぱい》が全部やってて、リーダーじゃないんですか」

なんか最近ほうぼうから突《つ》っ込まれるな。リーダーがだれかってそんなに重要なの？

「うん、とにかく、入れるかどうかは他のメンツに訊《き》いてみるよ。さっきまで全員いたんだけどね、三十分くらい早ければこの場で話し合えたんだけど」

「あ……そうですか」伽耶《かや》はなぜかしょんぼりした顔でつぶやいた。「もうちょっと早く来ればよかったですね、わたし」

ところがそこで、いつから横にいたのか、黒川《くろかわ》さんがいきなり口を挟《はさ》んできた。

「あんた一時間くらい前からここにいたでしょ」

伽耶《かや》は跳び上がった。黒川《くろかわ》さんは肩《かた》をすくめて続ける。

「マコ以外が帰るの待ってたじゃん」

ん？　つまり僕ひとり相手に交渉《こうしょう》した方が加入が認められやすいと思って、機会をうかがってたってこと？　黒川《くろかわ》さん、それをばらしちゃうのは無慈悲《むじひ》すぎるんじゃ……。僕はべつに気にしないけれど。

「え……あ……い、いえっ」

真っ赤になった伽耶《かや》はソファから弾《はじ》かれるように立ち上がった。

「それじゃっ、メンバーのみなさんにもよろしく伝えてくださいっ」

そのまま早足でロビーを出ていってしまうので僕はあわてて追いかけ、自動ドアのすぐ外で伽耶《かや》の背中を呼び止めた。

「待って待って！　連絡《れんらく》先！　ＬＩＮＥやってる？」

伽耶《かや》は跳《と》び上《あ》がるようにして立ち止まり、振《ふ》り向《む》く。まだ顔が赤い。

「ＬＩＮＥ？　先輩《せんぱい》と？　い、いいんですかっ？」

「いいもなにも。連絡《れんらく》つかなきゃこれから困るだろ」と僕はスマホをポケットから出した。

「あっ……そ、そう、ですね」

あたふたとスマホを取り出した伽耶《かや》と、ＬＩＮＥのＩＤを交換《こうかん》した。伽耶《かや》はスマホの画面を見つめて頬《ほお》を緩《ゆる》める。なんだ、僕のアイコンそんなに可笑《おか》しいやつだったっけ？

「それじゃっ」

髪《かみ》の房《ふさ》が躍《おど》り上《あ》がるほど勢いよくお辞儀《じぎ》をした伽耶《かや》は、踵《きびす》を返《かえ》して大通りの方へと走り去っていった。

*

「村瀬《むらせ》くんが入れたいなら、いいけど」

凛子《りんこ》は不機嫌《ふきげん》そうに素っ気なく言った。

「真琴《まこと》さんが決めたなら、どんなつらいことでも受け入れます」

詩月《しづき》は悲壮《ひそう》な表情でうなずいた。

「真琴《まこと》ちゃんの判断なら間違《まちが》いないんじゃない」

朱音《あかね》はあまり興味なさそうに言った。

翌日の昼休み、音楽室に集まったバンドメンバーに伽耶《かや》の話を伝えると、この反応である。

僕は三人の顔を順繰《じゅんぐ》りにうかがっておそるおそる言った。

「……なんかまずかった?」

「全然まったくこれっぽっちもまずくないけど」と凛子《りんこ》。「村瀬《むらせ》くんがいきなり女の子を拾ってくるなんて、もう慣れっこだし」

「凛子《りんこ》さんはこれで三回目ですものね。私は朱音《あかね》さんのときしか経験がなかったので心の準備が足りませんでした」

「えっ毎回こんななの？　あたしはじめてだけど。あっ、でもあたしが拾われたときとなんか似てるね？　ほんとに当たり前みたいに女の子に声かけるんだねぇ真琴《まこと》ちゃん」

「待て、待て待て！」

僕は思わず声を荒《あら》らげていた。

「色々言いたいことはあるが、まず！　僕から声をかけたことは一度もないぞっ？　どれも偶《ぐう》然《ぜん》知り合ったし、声をかけられたのは全部僕の方！　そうだろ？」

「そう？　わたしは『きみのために一曲書いたから弾《ひ》いてくれ』っていきなり言われたけど」

「あたしも『その歌声が絶対に必要なんだ』って夕暮れの川辺で誘《さそ》われたっけ」

「私も『親の言いなりの結婚《けっこん》なんてしなくていい』ってお見合いの席から連れ去られました」

「記憶《きおく》改竄《かいざん》すんな！　とくに詩月《しづき》のなんて100％捏造《ねつぞう》じゃないか！」

「でも今回は村瀬《むらせ》くんの方から声をかけたわけでしょう」

だからって改竄《かいざん》が許されるわけじゃないだろうが。

「僕の方から――いや、もともと向こうがバンドに入りたがってたわけで――ううん、まあどっちでもいいんだけど」

「全員賛成なんだから問題はなにもないのに村瀬《むらせ》くんはさっきからなにを騒《さわ》いでいるの」

おまえが余計なことを言うからだよ！　と怒鳴《どな》りつけてやりたかったが、余計なことが五倍くらいに増えて返ってきそうなので僕は口をつぐむ。

たしかに、問題はない。今すぐここで伽耶《かや》に連絡《れんらく》を入れて、おめでとう、僕らのオーケストラにようこそ、と言えばいいだけなのに、なにが引っかかっているのか。

「積極的に賛成じゃないのはたしかだよ」と朱音《あかね》がいつになく真面目な顔で言う。「真琴《まこと》ちゃんが言い出さなかったら新加入なんて考えもしなかった」

「この四人でうまくやってきたので、変えるのは怖《こわ》い面もあります」と詩月《しづき》。「とくに私はリズム隊なのでいちばん影響《えいきょう》受けますし」

「え、でもこないだのセッションで詩月《しづき》と呼吸ばっちりじゃなかった？」

「ばっちりでしたけど真琴《まこと》さんとの間にはそれ以上のものがあるんです！」

そんなスピリチュアルなこと言われても困る。

「クリスマスのライヴまで二ヶ月ないわけでしょう。こんな時期にメンバー変更《へんこう》するなんて。村瀬《むらせ》くんはほんとうに、好みの娘《こ》を見つけたらまっしぐらなんだから」

「好みって、あの、プレイが、だぞ？　音楽の話だぞ？　変な言い方やめて、詩月《しづき》がにらんでるし！　朱音《あかね》も笑ってないでフォローして！」

さっきから同じ場所をぐるぐる回っている気がしてきた。メンバーに諒解《りょうかい》をとって伽耶《かや》を加入させる、それだけのシンプルな件のはずなのに、なんなんだろう。

見透《みす》かしたように凛子《りんこ》が言った。

「たぶんいちばん引っかかってるのはわたしたちじゃなくて村瀬《むらせ》くん自身」

「……え？」

「ほんとうは今日、わたしか詩月《しづき》か朱音《あかね》が新加入に反対するだろうと思っていたんでしょう。一人でも反対ならしかたない、加入は無しで、という結末になるはずだった。ところがだれも反対しなかったものだから、もやもやしたままあの子と向き合わなきゃならなくなった」

僕は口を薄《うす》く開いたまま固まった。

なにひとつ反論できなかった。

代わりに詩月《しづき》が感じ入った様子で口を開く。

「凛子《りんこ》さん、さすがですね。真琴《まこと》さんのことをよくわかっている。嫉妬《しっと》します」

「それはもう、村瀬《むらせ》くんとは長く付き合っているから」

「凛《りん》ちゃん今の発言危ないよ！　『長い付き合い』ならいいけど『長く付き合ってる』はだいぶライン越《こ》えてるよ！」

「そこを拾うなんて朱音《あかね》もわたしのことをよくわかってる」

「えへへ。凛《りん》ちゃんとは長く付き合ってるからね」

詩月《しづき》が心配そうに僕の顔をのぞき込んでくる。

「真琴《まこと》さん、図星なのがよほどショックだったんですね。いつもの真琴《まこと》さんなら今の一連の会話に三回くらいはつっこんでいたはずです」

「ああ、うん。代わりにやっといて……」

僕は音楽室の窓際《まどぎわ》の席に腰《こし》を下ろし、窓枠《まどわく》にぐったりと背中をつけた。

完全に凛子《りんこ》の言う通りだった。なんだかんだで三人のうちだれかは伽耶《かや》の加入に難色を示すだろう、そしたら断りの連絡《れんらく》を入れておしまい。安心して日常に戻《もど》れるはずだった。そう、安心したかった。伽耶《かや》のプレイはわくわくさせられたけれど、それをバンドに受け入れるとなると不安も大きかった。なにか大切な部分が壊《こわ》れてしまいそうで——

「やってみて、だめならまた考え直せばいい」

凛子《りんこ》の言葉に僕ははっとさせられる。彼女はスマホを取り出して画面をとんとんと指で叩《たた》いて示した。

「話は決まったんだから早く連絡《れんらく》して。LINEは交換《こうかん》した？　そのままバンドのLINEグループに招待していいから」

「ああ、うん……」

向こうも昼休みだからか、すぐに返信があった。各自のスマホで《かや》のグループ加入を確認《かくにん》する。

「じゃあさっそく明日のスタジオ練習に呼ぶということで」と凛子《りんこ》がメッセージを打つ。

「中学生だからって優《やさ》しくしないからね！　びしばし鍛《きた》えちゃう！」

「真琴《まこと》さんに手出しするというのがどういうことか教え込《おし》んで差し上げますから」

「しづちゃん、お局《つぼね》様みたいだね」

「ええ！　春日局《かすがのつぼね》ばりに大奥《おおおく》はびしっと取り仕切ります！」

「正式にベーシストとして採用するということはベースアレンジを任せるということ。村瀬《むらせ》くん、新曲のデモをまたアップしておいてくれる。こないだ仮レコしたやつじゃなくて、ギターと歌だけの最初のデモ。まっさらな状態からアレンジを出せないとメンバーとしては使い物にならない」

「え、明日までにやらせるの」と僕は心配になって確認《かくにん》した。

「当たり前でしょう。新人でも甘やかさない」

これはまさか三人がかりの新人いびりでは……？　五人体制となったバンドの未来に僕は早くも暗雲を感じていた。

＊

「あらためて、先輩《せんぱい》がた、よろしくお願いします！」

翌日の夕方、『ムーン・エコー』Ｂ６スタジオに一足早く来ていた伽耶《かや》は、到着《とうちゃく》した僕ら四人に向かって元気よく頭を下げた。

「加入認めてくださってありがとうございます。マイクのセッティングはしておきました。それから飲み物ですけど朱音《あかね》先輩《せんぱい》は蜂蜜《はちみつ》茶でしたよね。凛子《りんこ》先輩《せんぱい》はいつもゲロルシュタイナー。詩月《しづき》先輩《せんぱい》の紅茶は無糖と微糖《びとう》両方用意しておきました」

三人ともぽかんとしている。

「……なんで飲み物の好みまで知ってるの」と僕はおそるおそる訊《き》いてみた。

「PNOの動画はもう何度も見ましたし、あと柿崎《かきざき》さんにもリサーチしてあります」

徹底《てってい》ぶりが怖《こわ》い。それでいて僕に渡《わた》されるのは小さな水筒《すいとう》。なんだこの格差は。いや、ありがたくいただきますけれども。

「先輩《せんぱい》……ってなに」と凛子《りんこ》が複雑そうな表情で耳打ちしてくる。

「ああ、うちの高校受ける予定らしくて」

聞きつけた伽耶《かや》が勇ましく言う。

「来年から後輩《こうはい》です、学校でもよろしくお願いします！」

初対面のときの印象からだいぶずれているので三人とも面食らっているようだった。

伽耶《かや》の《後輩《こうはい》力》が最初に突《つ》き刺《さ》さったのは朱音《あかね》だった。

「朱音《あかね》先輩《せんぱい》、今日もジャズベとサドウスキーの五弦を両方持ってきていますから、フレージングについて意見どんどんいただけますか」

「せんぱい、だって……」朱音《あかね》は感じ入った様子でつぶやき、伽耶《かや》の両手を握《にぎ》る。「うん、伽《か》耶《や》ちゃんもどんどん言ってね！　ベースについても真琴《まこと》ちゃんよりあたしの方がアレンジ案出してるから、迷ったらあたしが弾《ひ》いてみるし」

　優《やさ》しくせずびしばし鍛《きた》えるんじゃなかったの？　と僕は朱音《あかね》の顔を横からうかがう。相好を崩《くず》しまくっていて溶《と》けかけた餅《もち》みたいな表情だ。そうか、こいつ中学二年と三年をほとんど不登校で過ごしてるから、人生において後輩《こうはい》に慕《した》われた経験がまったくないのだ。

　詩月《しづき》もすぐに籠絡《ろうらく》される。

「詩月先輩《しづきせんぱい》、立ち位置こっちでいいですか。先輩《せんぱい》ってジャズ出身だからベースが右手側にいた方がやりやすいですよね」

「えっ。……は、はい。かまいませんけれども」

「先輩《せんぱい》のドラミングは動きに無駄《むだ》がないので、なるべく近くで呼吸を合わせたいんです。体温が感じられるくらいの距離《きょり》で」

　詩月《しづき》の頬《ほお》がぽうっと染まった。

「え、ええ！　もちろんです、密着するくらい近くで！　私が支えますから！」

　お局《つぼね》として取り仕切るんじゃなかったの？

　まさか凛子《りんこ》は情に絆《ほだ》されたりしないだろうと思いきや——

「凛子先輩《りんこせんぱい》の左手ってすごくハマるタイミングでベースをぴったりトレスしますよね。しかもけっこうアドリブ入れてるときでも。どうやってるんですか」

「特に難しいことはしていない。わたしは村瀬《むらせ》くんのことならなんでも知ってるから、プレイ中も村瀬《むらせ》くんのことを考えていればだいたいこういうフレーズが来るだろうなってわかる」

「そうなんですか。じゃあ今日からはわたしがむ——村瀬《むらせ》先輩《せんぱい》になります」

「わたしにとっての村瀬《むらせ》くんになるというのがどういうことかわかって言っているの？」

「はい。どんな罵詈《ばり》雑言《ぞうごん》も受け止めます！」

「そう。わかっているならいいのだけれど」否定しないのかよ。「そんな殊勝《しゅしょう》な覚悟《かくご》を決めている歳下《としした》の女の子にひどいことは言えない。お互《たが》いに気遣《きづか》い合いましょう」

同い年の男の子も気遣《きづか》おうよ？

しかも当然というかなんというか、実際に演奏が始まってみると伽耶《かや》は僕よりずっと凛子《りんこ》と息が合っていて、ベースを担当せずに傍《はた》で聴《き》くことに専念できた僕は、凛子《りんこ》ってこんな難しいことを平然とやっていたのか、とあらためて感心してしまう。

スタジオ練習後、マクドナルドでのミーティングは、もう和気《わき》藹々《あいあい》だった。

「えっ伽耶《かや》ちゃんモデルなのにマツキヨでコスメ買ってるの」

「はい。値段とかより、肌《はだ》に合うかどうかなので。安くても良いのはたくさんありますし」

「KATEは私も使ってますよ。リップの保ちがすごくいいので」

「ブラシなんて資生堂公式のより100均のやつの方がマッチしてたりする」

「凛子先輩《りんこせんぱい》のセットかわいいですね。これダイソーでそろうんですか」

吹《ふ》きすさぶ疎《そ》外《がい》感の風の中、僕は氷が溶《と》けて薄《うす》まったアイスコーヒーをちびちび飲んでいた。

なんなんだこの場は。

いつものミーティングならこんなことにはならない。みんなその日の練習で気になったところについて話し合ったり、最近良かった新譜《しんぷ》の話をしたり、とにかく音楽の話題ばかりだ。今日に限ってなぜコスメトークなんだ。練習が充実《じゅうじつ》しすぎてとくに反省点がなかったからか。あるいは新メンバーがモデル・女優なのでプロの美容事情がみんな気になるのか。どちらの理由もあるだろう。でもいちばんの理由は、五人だからだ。

四人だった頃《ころ》は、一座の一角が僕だった。でも五人になると僕が隣《となり》のテーブルに弾《はじ》き出《だ》されて、女子スクウェアが完成し女子キングダムが設立され女子ディメンションが収束し始める。

やばい。来週あたりには僕の存在は完全に忘れ去られていてスタジオ練習を休んでもだれにも気づかれないかもしれない。

そんな僕の居心地《いごこち》悪そうな様子に気づいたのか、詩月《しづき》がわざとらしく話を振《ふ》ってきた。

「あっ、真琴《まこと》さんの普段《ふだん》使いしてるコスメブランドはどこですか」

「ひとっつも知らねーわ！」

無理して水を向けてくれなくていいんですよ？

「村瀬《むらせ》くんはこの話題に入れたくない。なんにもしていないのにその肌《はだ》は卑怯《ひきょう》すぎる」

「信じられないよね。毛穴とかどうなってんの」

「真琴《まこと》さんがスキンケアにまで本気を出したらどうなってしまうんでしょう。美しすぎて動画チャンネルがBANされるかもしれません」

「え、えっと、村瀬《むらせ》先輩《せんぱい》は女性ホルモンを補うためにも発酵《はっこう》食品や食物繊維《せんい》を」

「伽耶《かや》もがんばって参入しなくていいから！　そういうのは求めてないから！」

三人がかりですでに絶望的だったのに四人目になられたらおしまいだ。

「あのさ、バンドの話をしようよ、五人でのはじめての練習だったんだよ？　なんかあるだろ、ここが良かったとか、もっとこうした方がいいとか」

「そう言われてもね」

「全部良かったですよね」

「文句をつけるところがなかった」

熱の入ったコスメトークとの落差に僕は寒気をおぼえる。

「わたしも期待されてる以上の音を出せたと思います。先輩《せんぱい》たち、この間のセッションは探《さぐ》り探《さぐ》りだったんですね。今日は圧力が段違《だんちが》いで。わたしも200%出し切りました」

伽耶《かや》のコメントがいちばん心がこもっていて救われた。しかしこいつ、自信の表れと腰《こし》の低さをよくここまで両立できるな。どういう精神構造してるんだろう。

「村瀬《むらせ》先輩《せんぱい》、これでわたしは本採用ということでいいですよね？」

「えっ……ああ、うん、ええと？」

それだと仮採用だったみたいじゃないか。いや、実際そうなのか？　僕は凛子《りんこ》と詩月《しづき》と朱音《あかね》の顔を順繰《じゅんぐ》りにうかがう。あれだけばっちりはまっていたのだからOKそうだけれど。

「……みんなは、いいよね？」

「それは村瀬《むらせ》くんが決めること」

「真琴《まこと》さんがいいというなら」

「リーダーが決めるんだってば」

なんでこの件に関しては僕に丸投げしてくるんだよ？　そりゃあ、伽耶《かや》を加入させたいって言ったのは僕だけど、判断まで一任するのはおかしいだろ。僕ひとりのわがままにしかたなくつきあってるみたいじゃないか。

……その通りなのか？　完全なわがままだと自分でも薄々《うすうす》気づいているから、伽耶《かや》の完璧《かんぺき》なフィットぶりを目《ま》の当《あ》たりにしても、妙《みょう》にもやもやしたままなのだろうか。

「どうなんですか、先輩《せんぱい》」

伽耶《かや》がぐっと身を乗り出して顔を近づけてくる。僕は目をそらしてしまう。

「ああ、うん。もちろん僕はいいと思ってる、けど」

けど。

なにか保留したい。条件を挟《はさ》んでおきたい。先延ばししておきたい。

「あ、そうだ、バンドを正式にやるのはいいんだけど、忙《いそが》しくないの？　モデルとか女優とかの仕事もあるんだろ」

ふと思いついて訊《き》いてみると、伽耶《かや》の表情からいきなり色がごっそり抜《ぬ》け落《お》ちた。

「……モデルは……欲《ほ》しい楽器がまだあるので、お金が貯《た》まるまではやりますけど、もうすぐやめます。演技の仕事はもう絶対にやらないです」

僕は音を立てないようにそっと紙コップをトレイに置いた。なにかまずいことに触《ふ》れてしまったのだろうか。伽耶《かや》は空っぽになったフライドポテトの容器を凝視《ぎょうし》しながら乾《かわ》いた声でつぶやき続ける。

「どうせなにをやっても親のコネっていわれるんです。去年の映画の役も——ほんとは別の子に決まりかけてたのをねじ込んだとか」

僕らは押し黙《だま》っているしかない。知らない世界の話だ。

「それで信じられないような嫌《いや》がらせされるんです。わたしの学校、芸能人多いからそういう噂《うわさ》すぐ広まって。お弁当に接着剤《ざい》入れられたり。中高一貫《いっかん》なんですけどあと三年もいるなんて絶対にいやなので先輩《せんぱい》たちの高校受けます」

「それ、ご両親に話したんですか」

さすがに気になったのか詩月《しづき》が慎重《しんちょう》そうに訊《たず》ねた。伽耶《かや》は首を振《ふ》った。

「勝手に受けます。よそを受験すると高等部に進級する資格がなくなるから、親としても認めるしかないんです」

いいのかそれは？　よその家庭の問題だから口出しはできないが。

「えっと、じゃあ、ベースやってるとかバンドに入るとかも話してないの？」

朱音《あかね》が心配そうに伽耶《かや》の顔をのぞきこむ。

「ベースをやっていることは――さすがに知ってますけど。バンドのことは言ってないです。バンドなんて認めないとか言い出すだろうし」

なんでうちのバンドはこういう厄介《やっかい》な親事情抱《かか》えたやつばっかり集まるんだ……。

「ふうん。てっきりお父さんの影響《えいきょう》で音楽始めたのかと思った。歌もめっちゃ上手《うま》いじゃん。お父さんに習ったとかじゃないの」

「父は関係ないです！」

店内の他の客がみんなこっちを見るくらいの声だった。

「父の歌なんて聴《き》いたこともないし聴《き》きたくもないです。歌謡曲《かようきょく》なんて昭和からずっと同じことやってるじゃないですか。わたしは自分の音楽を演《や》りたいんです。自分の力で」

吐《は》き出《だ》された激情が、紙コップに残った氷水を震《ふる》わせた。

僕は苦い唾《つば》を飲み下し、伽耶《かや》の顔をそっとうかがう。目に涙《なみだ》の予兆さえ見つかる。

以前、伽耶《かや》は自分を名字で呼ぶなと怒《おこ》ったことがあった。つまり、こういうことなのか。

なんと言葉をかければいいかわからない。抱《かか》えていた事情がいちばん近そうな凛子《りんこ》に、僕は視線で助けを求めた。察してくれたのかどうかわからないが、彼女は目配せを返してくると、口を開いた。

「まあ、わたしたちには関係ない。雇《やと》うわけでもないから親の許可とかも別に要《い》らないし。この先商業でやることになってなにか揉《も》めそうならそのときに考えればいい」

凛子《りんこ》のリアリストぶりはこういうときありがたいやら怖《こわ》いやら。

「そうだね。伽耶《かや》ちゃんがベース選んでくれてよかったよ。演歌とかに行ってたらうちら逢《あ》えなかったもんね」

朱音《あかね》のまっすぐさは素直《すなお》にありがたかった。伽耶《かや》はふうっと細く息を吐《は》き、こわばらせていた肩《かた》を落とした。

「……すみません、いきなり大声出して」

詩月《しづき》も、重たい雰囲気《ふんいき》を変えようと思ったのだろう、わざとらしいくらい明るい声で伽耶《かや》に訊《たず》ねた。

「そういえばっ、どうしてベースなんですか。最初からベース選ぶのって珍《めずら》しいですよね。バンド組んで任されて、っていうパターンが多いって聞きましたけど」

伽耶《かや》は詩月《しづき》に視線を移し、目をしばたたいた。

「……それは――」

楽器ケースの背からスマホを取り出してテーブルに置く。

「映画の撮影《さつえい》ですっごく忙《いそが》しくて、たまに学校行くといやな目で見られて、毎日しんどくて。もう死んじゃおうかと思ってたときに、ネットで動画を見たんです」

画面に表示されるのは、パラダイス・ノイズ・オーケストラのホーム画面だ。チャンネル登録ボタンが登録済みの灰色に染まっている。並んだ動画サムネイルには、凛子《りんこ》と詩月《しづき》と朱音《あかね》の制服姿が躍《おど》っている。

伽耶《かや》はスマホを両手で包んで持ち上げた。割れかけた卵を守るみたいに。

「わたしと変わんないくらいの歳《とし》の女の子が、こんな——すごい音楽やってて。びっくりして、ぶわーってなって、色んなことがどうでもよくなって。それでどうしても同じ場所に行きたくなって」

彼女の目に浮《う》かんでいるのは、ちがう色の涙《なみだ》の予感だ。

「隣《となり》にいるためにはどうしたらいいんだろうって考えたら、これでした」

すぐそばにある黒いケースのヘッド部分を、伽耶《かや》はそっと引き寄せて額を触《ふ》れさせる。

「ずっと憧《あこが》れだったんです。わたし今すごく幸せです」

＊

その夜、僕は自室で自分たちのバンドのMVをひとつずつ見返していた。

音をミュートしているのに、それでも三人の少女たちが画面の枠《わく》をぶち破ってこちらの肋骨《ろっこつ》に音を突《つ》き刺《さ》してくるような気がしてくる。シンバルの光の合間に飛《と》び交《か》う詩月《しづき》のスティックの軌跡《きせき》は月の下で開いていく花弁だ。激しいパッセージのたびに鍵盤《けんばん》の上を薙《な》ぐ凛子《りんこ》の髪《かみ》は夜風にさんざめく森の梢《こずえ》。そこを突《つ》き抜《ぬ》けて飛び立つ白い鳥の群れは、ソロを弾《ひ》ききった興奮のままにピックを投げ上げた朱音《あかね》の手のひらだ。

伽耶《かや》が憧《あこが》れた場所。

ベーシストがどれも映っていないので、ベース不在のバンドなのかと勘違《かんちが》いされてもしかたがない。半分は勘違《かんちが》いでもない。

というか、あいつ、PNOを知ってからベースを始めたってことは歴めちゃくちゃ短いってことだよな。それであのプレイなのか。ポテンシャルでいえばうちのバンドのだれよりも上じゃないか？

僕はスマホを枕元《まくらもと》に置いて寝返《ねがえ》りを打った。

伽耶《かや》がいれば確実にPNOはもう一回り大きくなれる。願ってもないプレイヤーだ。でもあんな事情を聞かされると正直、重たい……。なにか彼女の居場所を守っていく責任を負わされたような気がしてくる。セッションが大満足だったのにそれでも引っかかりをおぼえているのはそのせいだろうか。

いやいや。責任なんてなんにもないぞ。気のせいだ。ただのバンドメンバー。凛子《りんこ》が言ってたじゃないか。好きな音楽をやるために集まっただけなんだから、どこに義理立てをする必要もないんだ。

それからふと思い至る。

玉村《たまむら》社長には――一応、義理を通しとかなきゃいけないな？

あの人を通じて伽耶《かや》と知り合ったわけだし……あの後どういう話として伝わっているのかよく知らないんだけど、このまま知らん顔で伽耶《かや》をバンドメンバーに加えて活動してたらさすがになんだか失礼な気がする。

玉村《たまむら》社長に報告するところを想像してみた。

色々ありましたけど伽耶《かや》さんにはＰＮＯの正式な一員としてがんばっていってもらうことになりました。すごく良《い》い人を紹介《しょうかい》していただいて、ありがとうございました。

いやぁそうですかそうですかよかったよかった！　そうでしょうそうでしょう、なにからなにまでぷのさんにぴったりの子でしょう？　絶対に喜んでくださると思ってましたよ。

……うん、言うだろうな。あの社長なら絶対にこんなことを言う。自分が噴《ふ》きまくったおかげで問題が起きたなんておくびにも出さず悪気ゼロの笑顔《えがお》で手柄《てがら》を自慢《じまん》しまくるはずだ。寒気がしてきた。

でもなあ。

報告とお礼、しないわけにもいかないよな。

スマホをもぞもぞ引き寄せ、柿崎《かきざき》さんの番号を呼び出した。

*

三日後の夕方、僕はひとりで青山のネイキッドエッグ社に赴《おもむ》いた。

電話口での柿崎《かきざき》さんは平身低頭で、こちらから社長が伺《うかが》ってお詫びとお礼を、と言い張ったのだけれど、僕としては出向かれる方が嫌《いや》だった。話をさっさと終わらせて帰る、ということができないからだ。

オフィスビルの入り口で、ちょうど歩道の反対側から歩いてくる巨漢《きょかん》と鉢合《はちあ》わせする。玉村《たまむら》社長だった。光沢《こうたく》のある派手なファーつきのコートはなんかもうイメージ通り過ぎて引いてしまう。

「ああ村瀬《むらせ》さん！　お早いですね、どうもどうもです！　いやよかった私も今ちょうど出先から戻《もど》ってきたところで、危《あや》うくお待たせしちゃうところでしたね」

エレベーターに一緒《いっしょ》に乗り込むと、社長の《ぷの》未来トークがまたも展開される。ドラマ主題歌とかMステとか紅白とかまで言い出したのでほんとうにもうかんべんしてほしかった。やっぱり電話でちょろっと報告するだけで済ませればよかったか。

オフィスに着き、積み上げられた資材の間を縫《ぬ》って奥の会議室の方へと僕を案内しながら、社長の舌はさらに回転を増す。

「いやあ今回のお話は私もずいぶん強引《ごういん》なことをしてしまってみなさんにご迷惑《めいわく》をおかけしたかと思いますが、それほどの逸材《いつざい》なんですよ伽耶《かや》ちゃんはねえ！　丸く収まったということで結果オーライで！」

それを言っていいのは迷惑《めいわく》をかけられた側だけでは……？

「なにしろあの志賀崎《しがさき》京平《きょうへい》と黛《まゆずみ》蘭子《らんこ》の娘《むすめ》さんですからね、あっこれご存じでしたよね？　若い頃《ころ》の黛《まゆずみ》蘭子《らんこ》にクリソツですからねえ！　京平御大《きょうへいおんたい》から話を持ってこられたときにはこりゃまた親馬鹿炸裂《さくれつ》かと頭を抱《かか》えたもんですがプレイ聴《き》いてみたらあれですからもう色んな意味でぶったまげましたよ」

僕は足を止め、社長の後頭部を凝視《ぎょうし》した。

社長も訝《いぶか》しげに振《ふ》り返《かえ》る。

「どうかされました？」

「……京平《きょうへい》……って、え？　伽耶《かや》のお父さん？　話を、って……どういう……」

わずかに気まずそうな苦笑いを浮《う》かべて玉村《たまむら》社長は頭を搔《か》く。

「あー、御大《おんたい》がですね？　娘《むすめ》さんがぷのさんに入りたがってるって知って、なんとかツテがないかと総動員して最終的にたどり着いたのが私んとこってわけなんですよ」

「え……？　だって、オーディションした、って」

「あっははは！　いやまあそういう体《てい》でね！　伽耶《かや》さんのプレイを聴《き》かせてもらうときに、やっぱりその、口実が必要じゃないですか、御大《おんたい》もこっそりツテたどったなんて娘《むすめ》さんに知られたくないでしょうし」

僕は口をあんぐり開けてしばらく固まっていた。

そのとき、オフィスの奥の方でなにかが倒《たお》れるものすごい音がした。ぎょっとしてそちらに目をやると、いちばん手前のミーティングスペースのドアが開き、飛び出してきた人影《ひとかげ》が見えた。スティールラックと段ボール箱の山の間を走《はし》り抜《ぬ》けて、向こう側の出入り口から廊下《ろうか》に出ていってしまう。

制服の背中とふたつに束ねた髪がちらと見えた。

伽耶《かや》だ。なんで？　なんでここに来てる？　今の聞いてたのか？　どこからどこまで？

机の島を迂回《うかい》して近づいてくる足音がある。

「あっ、村瀬《むらせ》さん」

柿崎《かきざき》さんだった。お茶のペットボトルと紙コップを手にしている。

「いま伽耶《かや》さんが会議室で待ってるはずで――」

振《ふ》り向《む》いた僕の形相でただごとではないと察したのだろう、柿崎《かきざき》さんは社長と僕の顔を見比べて声を低くする。

「ど、どうかしましたか？　伽耶《かや》さんから昨日電話で……社長に報告するなら自分も行くって言って……あれ？　村瀬《むらせ》さん、聞いてませんでした？」

僕は手で顔を覆《おお》い、嘆息《たんそく》し、もう一度ドアを見やった。

帰宅してから確認《かくにん》してみると、伽耶《かや》はバンドのＬＩＮＥグループから抜《ぬ》けていた。

僕は枕《まくら》に顔を押しつけたままぐったりと目を閉じた。

3　砂漠《さばく》に鳴る鐘《かね》

「……あの社長とは縁《えん》を切った方がいいと思うのだけれど」

凛子《りんこ》が冷酷《れいこく》な口調で言った。

「そうですね。今後もっとひどいトラブルにつながるかもしれませんし」

さしもの詩月《しづき》も苦い顔で同意する。

「悪気がぜんっぜんなさそうなのが逆に怖《こわ》いよね」

朱音《あかね》がパックジュースのストローをくわえながらぼやいた。

翌日の放課後、音楽室に集合し、事の次第《しだい》をみんなに報告したところ当然のように厳しい見解がこうして噴出《ふんしゅつ》したというわけなのである。

「うん、まあ、そうなんだけど、でも柿崎《かきざき》さんにはいっぱい世話になってるし、あとクリスマスライヴはもう出るってことでかなり話が進んじゃってるし……」

要領を得ない返しをしてしまう。

「クリスマスライヴは出るよ、もちろん」と朱音《あかね》。「ライヴやりたいし。無料《ただ》で大きい箱で演《や》らせてもらえるんだからありがたく出るけど、でも、その後はちょっと考えないと」

まあそうだよな。柿崎《かきざき》さんには申し訳ないが、あの会社のイベントに出るのはこれっきりにしておくべきか。というか柿崎《かきざき》さんも転職すべきでは？　あの会社やばくない？

「それで伽耶《かや》とは話したの？」と凛子《りんこ》。

「メッセージは送ってるんだけどなんにも返ってこない。既読《きどく》だけついてて。僕とは話したくないのかも。代わりにだれかやってみてよ」

「村瀬《むらせ》くんがやるにきまってるでしょ」

「真琴《まこと》さんでだめなら世界中のだれでもだめです！」

「メッセでだめなら電話かけなよ！　なにやってるの！」

なんでこんなにいっぺんに怒《おこ》られなきゃいけないんだよ？

「女が既読《きどく》だけつけてるってのは電話待ちってことなの！」

え、そうなの？

「私が既読《きどく》だけつけるのはよく考えて返信しなきゃってときですね……」

「わたしは面倒《めんどう》くさいけど無視するとうるさそうな相手に既読《きどく》だけつける」

「ちがうんじゃん！　言ってることが！　三人とも！」

「二人ともなんでほんとのこと言うの。真琴《まこと》ちゃんがだまされてくれたら既読《きどく》スルーするだけで電話かけてくれるようになったのに」

「しまった」「すみません読みが浅くて……」

「え、嘘《うそ》？　嘘《うそ》なの？　どうなの？」

「いいから早く電話しなさい。既読《きどく》がついたってことはブロックはされてないってことでしょう。なら話す気はあるってことだから」

軽く言ってくれるが、出てくれるとは限らないし、呼び出している間じりじり心を削《けず》られなきゃいけないのは僕なんだぞ？

でも、話さなきゃ始まらないのはその通りだ。しかたなくＬＩＮＥ電話をかける。

大きな受話器アイコンを見つめている間は、二時間くらいに感じられた。三人がじっとこっちを見つめてくるので、なんとはなしに背を向ける。

通話がつながった。僕は跳《と》び上《あ》がって窓際《まどぎわ》に走った。

「……村瀬《むらせ》です」

しばらく、なんの反応もなかった。何枚も重ねたガーゼのような沈黙《ちんもく》の向こうで、たくさんの人の気配や、木材と金属のこすれあうような音や、ゴムとコンクリートが何度もぶつかる音がかすかに聞こえた。ほんとうに伽耶《かや》とつながっているのか不安になる。向こうも放課後すぐのはずだから、まだ学校にいるのだろうか？

『……すみませんでした』

声が聞こえた。僕はぐっと唾《つば》を飲み込んだ。なにを謝っているんだ？

「ううん、こっちこそ——いきなり電話してごめん。ええと」

何度も唇《くちびる》を舌でぬぐう。なにをどう話せばいいのか、心の準備を全然していなかった。スピーカーモードにして後ろの三人に喋《しゃべ》ってもらおうか、とまで考える。でも首を振《ふ》って自戒《じかい》した。伽耶《かや》を誘《さそ》ったのは僕なのだ。僕の責任だ。

「昨日、あの会社に……いた、よね？　ちらっと見かけただけだから」

『はい。……すみませんでした。話聞こえちゃって』

聞こえた。どこまで？　とは、訊《き》かなかった。わかりきっている。

「それで、バンドのＬＩＮＥグループ――」

『みなさんには謝っておいてください。せっかく入れてもらったのに』

遮《さえぎ》られた言葉が僕の喉《のど》の奥で凝固《ぎょうこ》してごろごろと痛みに変わった。

『先輩《せんぱい》たちと演《や》る資格はないので』

「いや、待って、待って」

とにかく声を押し出しながら、紡《つむ》ぐべき言葉を必死に考えた。なんなんだ？　どうしてこうなるんだ？

「資格ってなんだよ？　僕らはみんな伽耶《かや》のプレイを認めてるんだよ。すごいベーシストだし絶対に一緒《いっしょ》に演《や》りたいって思ったから入ってもらったんだ。オーディションが社長の嘘《うそ》だったからって関係ない」

すん、と鼻を鳴らすのが聞こえた。

『……でも、わたしが紹介《しょうかい》してもらえたのがそもそも父のコネだったんですよ』

「そんなのもっと関係ないじゃないか！」

『わたしがこのまま先輩《せんぱい》たちとバンド続けることになったら、父の施《ほどこ》しを受けたっていうのがずっと残るんですよ。ずっとずっと。そんなの抱《かか》えて音楽やれっていうんですか』

そうだよ。抱《かか》えて演《や》り続けろよ。僕はそう思ったけれど、声に出せなかった。伽耶《かや》の涙声《なみだごえ》がほんのひと触《ふ》れで砕《くだ》け散ってしまいそうだったからだ。

『だから、ごめんなさい』

通話は切れた。

煮《に》えた氷水みたいな矛盾《むじゅん》する感情を臓腑《ぞうふ》に溜《た》めて僕はスマホを握《にぎ》った手を下ろした。目を上げると窓の外では、中庭の高い銀杏《いちょう》の梢《こずえ》にしがみついた真っ黄色の葉の一群れが、冬のはじまりの風にもぎとられそうにはためいている。

振《ふ》り返《かえ》ると、凛子《りんこ》と詩月《しづき》と朱音《あかね》が、黒板そばの机のまわりに集まってこちらをじっと見ている。彼女たちの目に一様に浮《う》かんでいるのは、不安でもないし心配でもない。なんだろう。強《し》いていうなら、なにかを待っている。

僕はすぐ近くの席に腰《こし》を下ろした。

とっくに暗転してしまったスマホの画面をぼんやり見つめる。

近づいてくる気配があった。影《かげ》が僕の手元に落ちかかる。

「だいたいわかった。村瀬《むらせ》くんの声聞いてるだけで」と凛子《りんこ》。

詳《くわ》しい説明を僕の口からしなくていいのは助かった。

もう一人の気配が僕の隣《となり》の席に座る。長い髪《かみ》の房《ふさ》が僕のスラックスの太ももをなでる。これは詩月《しづき》か。それから背中にもかすかな体温。朱音《あかね》が、たぶん僕の手元をのぞき込もうとしているのだ。

「……伽耶《かや》は、その……」

三人に囲まれて、困惑《こんわく》しきっていた気持ちはずいぶん落ち着いてきた。代わりに湧《わ》き上《あ》がってくるのは憤《いきどお》りだ。

親父《おやじ》のコネがどうしたっていうんだよ。どうでもいいだろ。くだらない、つまんない、取るに足らない意地っ張りじゃないか。

でも、ほんとうはわかっている。そのつまらない意地が根を張っている同じ場所、心の深く暗い底から、あのグルーヴも歌声も生まれてくるのだ。だから言葉も理屈《りくつ》も今はなんの意味もない。

どうすりゃいいんだ。

いらだちで指が勝手にスマホの画面を引《ひ》っ搔《か》く。気づけば、伽耶《かや》の父親の名前で検索《けんさく》している。御大《おんたい》とか呼ばれていたけどそんな大した親父《おやじ》なのかよ？　レコ大がどうした。紅白十七回連続出場がどうした。見ろ、最近はろくに新譜《しんぷ》も出してないじゃないか。歌ってるのも大昔の昭和歌謡《かよう》ばっかりだ。屁《へ》でもないだろ。

　イヤフォンをポケットから引っぱり出してスマホにつないだ。

　フリックするたび、脂臭《あぶらくさ》さと加齢臭《かれいしゅう》にまみれた曲名や歌詞が画面を流れ過ぎていく。腹の中で粘《ねば》っこく蠢《うごめ》いていた憤《いきどお》りは、また別の感情に変質していく。吐《は》きそうだった。乾《かわ》ききった口の中で舌を転がして何度も何度も乏《とぼ》しい唾《つば》を飲み下した。

「それで真琴《まこと》ちゃん」すぐ後ろで朱音《あかね》の声。「どうするの」

「伽耶《かや》さんがいなくても、演奏に穴はあきませんけれど」と隣《となり》で詩月《しづき》がささやく。「真琴《まこと》さんがどうしても一緒《いっしょ》に演《や》りたかったんですよね。自分のパート譲《ゆず》ってまで」

「ん……うん……」

　僕は曖昧《あいまい》に答えた。指の動きは止めないまま。

「でも芸能人一家だとなんか闇《やみ》が深そうで他人が口出ししていいのかわからないよね……」

「私は真琴《まこと》さんがいればいいので、無理にとは……」

「伽耶《かや》ちゃんいるときドラミングはっきり変わるよね。すっごいイケイケで気持ちよさそうになる。あれ、あきらめきれる？」

「麻薬《まやく》みたいに言わないでください！　朱音《あかね》さんだって上ハモリつけられたときなんかもう恍《こう》惚《こつ》じゃないですか、あの声は真琴《まこと》さんじゃ出せませんからねっ？」

　僕は両方のこめかみを手のひらでぐっと押さえて短く息をついた。

詩月《しづき》と朱音《あかね》はまだなにか言い合っている。イヤフォン越《ご》しなので言葉はよく聞き取れない。ときおり詩月《しづき》が僕の顔を横からまじまじとのぞき込む。だんだんとその目が不安に濁《にご》っていくのがわかる。なにか言い返そうと思うのだけれど僕の意識の半分はスマホの画面にかかりきりでうまく言葉にできない。

「二人とも、大丈夫《だいじょうぶ》だから」

不意に降ってきた凛子《りんこ》の言葉は、なぜかはっきりと聞き取れた。

「ほら、正面からよく見ればわかる。どうしようか迷ってる目じゃない」

机を挟《はさ》んだ向かい側にかがみ込んだ凛子《りんこ》が僕の顔を下の方からぐうっと見つめてくるので僕はのけぞる。

「これは、どの曲にしようか迷ってる目」

視線を、凛子《りんこ》の顔とスマホの画面との間で三往復くらいさせてから、僕はあきらめて大きく息を吐《は》き出《だ》し、力を抜《ぬ》いて椅子《いす》の背もたれに身体《からだ》を預けた。

ほんとうに凛子《りんこ》は——ときに僕以上に、僕のことをわかっている。

「付き合って長いから」と凛子《りんこ》は淡《あわ》く微笑《ほほえ》み、詩月《しづき》と反対側の席に腰《こし》を下ろすと、机を寄せてきた。手が僕の耳に伸《の》びる。

「って凛子《りんこ》さんっ、なんで当たり前みたいにイヤフォンをシェアしてるんですかっ」

詩月《しづき》が素《す》っ頓狂《とんきょう》な声をあげる。抜《ぬ》き取《と》った片方のイヤーピースを耳に押し込んだ凛子《りんこ》は肩《かた》をすくめて言う。

「何度もやっていることだけれど」

一度しかやってないが。

「だめですっこっちは私がもらいますからね！」

残ったもう片耳からも詩月《しづき》の手でピースが抜《ぬ》き取《と》られる。僕はイヤフォンでつながった凛子《りんこ》と詩月《しづき》に挟《はさ》まれるかっこうになった。なんだこれ。

「二人ともずるいよ！　両方あたしがもらうから！」

後ろから朱音《あかね》が二人のイヤフォンを引《ひ》っこ抜《ぬ》いた。

「公平のために左右ともあたしが聴《き》くね」

「どこが公平なんですか、朱音《あかね》さんしか得してないじゃないですか！」

「イヤーピースは二つ、わたしたちは三人、どうやっても戦争しかない」

僕を囲んで大騒《おおさわ》ぎする女たちに痛み始めたこめかみを右手で押さえ、左手でイヤフォンジャックをスマホから引《ひ》き抜《ぬ》いた。

「あ……」

三人の動きが止まる。

「……そ、そうですよね、外部スピーカーにすれば全員で聴《き》けますね、真琴《まこと》さん天才です」

「当たり前だよ！　ていうか邪魔《じゃま》しないでくれるっ？」

「えー。いいじゃん。みんなで曲選ぼうよ」

「いや、こういうのは大勢でやったって決まらずに時間がかかるだけで——」

でも、決まるときは一瞬《いっしゅん》だった。

その曲をワンコーラス聴《き》くと、だれからともなくお互《たが》いの顔を見た。

確認《かくにん》を求める言葉はひとつも交《か》わされなかった。朱音《あかね》はすぐに自分のスマホを取り出して歌詞を調べ始めたし、凛子《りんこ》はピアノの椅子《いす》に移って伴奏《ばんそう》をトレスし始めたし、詩月《しづき》は自分の鞄《かばん》からICレコーダーを取り出して、譜面台《ふめんだい》をスタンド代わりにセッティングした。

そういう曲が、世の中にはあるのだ。

「あ、英語詞があった。こっちにする？」と朱音《あかね》が僕を見る。「なんの曲か、わからない方がいいでしょ」

「ああ、うん。好都合」と僕はうなずく。

「凛子《りんこ》さん、譜面《ふめん》書きます？」

「大丈夫《だいじょうぶ》。そんなに難しいコードじゃない。デモテープだし」

凛子《りんこ》のピアノと朱音《あかね》のヴォーカルだけの簡素なデモを、ICレコーダーによる一発録《ど》りで作成する。歌詞にコードを添《そ》えたテキストファイルと一緒《いっしょ》に、クラウドにアップしてバンド内でシェアする。一時間とかからずに終わった。

「あー、ありがとう」

僕は三人の顔をちらちらうかがいながらはっきりしない口調で言った。

「こんなに手伝ってもらえると思ってなかった。ほら、なんか、僕がわがままで伽耶《かや》を引き入れちゃって、みんな気に食わなかったような雰囲気《ふんいき》があったから……」

「自覚はあったんだ」と朱音《あかね》は笑う。「気に食わないのは伽耶《かや》ちゃんじゃないけどね」

「え？」

「ベーシストは真琴《まこと》さんの方がいいという意見には変わりありませんけれど」と詩月《しづき》。「こんなやり方で伽耶《かや》さんが脱落《だつらく》するのはもっと気に食わないですから」

「村瀬《むらせ》くんにはちゃんと選択肢《せんたくし》がある状態で選んでほしい」と凜子《りんこ》もうなずく。「そのために伽耶《かや》は全力で取《と》り戻《もど》す」

僕は硬《かた》い笑いを返すしかない。

ほんとうに――良《い》い性格のやつらが集まったもんだ。

それからイヤフォンを再び耳に差《さ》し込《こ》み、朱音《あかね》の声と凜子《りんこ》のピアノに意識を浸《ひた》す。あとは僕のアレンジ次第《しだい》だ。これ、かなりの難曲だぞ。メロディの息が長くて休符《きゅうふ》も多く、オブリガートが決まらないと間の抜《ぬ》けたプレイになってしまう。弦《げん》、ブラス、ピアノ、ギター、色とりどりの楽器を頭の中で響《ひび》かせる。様々な光景がまぶたの裏を流れていく。

選択肢《せんたくし》、と僕は凜子《りんこ》の言葉を反芻《はんすう》した。

もし伽耶《かや》が戻《もど》ってきてくれたとして――パラダイス・ノイズ・オーケストラのベーシストに

なった彼女に、最初にかける言葉を、僕はそのとき思いつく。

ひどいな、これは。最悪だ。でも僕の正直な気持ちだ。

エゴと選択肢《せんたくし》と愛おしい孤独《こどく》のために、僕はいま伽耶《かや》が欲《ほ》しい。

*

十一月も終わりに近づくと日も短くなり、夕暮れには急激に冷《ひ》え込むようになった。新宿駅から『ムーン・エコー』までのさほど長くもない道のりだけでも手がかじかんでしまい、スタジオに入ってもしばらく楽器どころではない。

「それで伽耶《かや》は来るの？」

使い捨て懐炉《かいろ》を両手でがさがさ鳴らしながら凛子《りんこ》が訊《たず》ねる。

「いやあ、どうだろ……連絡《れんらく》はしたけど既読《きどく》だけ」

「またそれ？　なんで電話しないのさ」

ぼやく朱音《あかね》は詩月《しづき》と両手を握《にぎ》り合ってじゃれながら暖をとっている。

「最後の通話があんな雰囲気《ふんいき》で切れちゃったのに、電話なんて怖《こわ》くてできないよ。どうせ出てくれないだろうし」

「そんなことありませんよ！　私なら真琴《まこと》さんからの電話は2秒以内に絶対出ます！」

詩月《しづき》の話はしてないです。

「デモテープと歌詞カードは送っといたし、あとは一応、なんとか来てくれるように――」

耳がきいんと痛み、僕は言葉を途中《とちゅう》で飲《の》み込んだ。

僕らの視線はドアに集まった。重たい防音扉《とびら》がいらだたしげにゆっくり引き開けられ、身を滑《すべ》り込ませてきたのはコートで着ぶくれた伽耶《かや》だった。走ってきたらしく顔は真っ赤に汗《あせ》ばんでぜいぜいと肩《かた》で息をしており、マフラーはゆるんでずり落ちそうだ。

「伽耶《かや》ちゃん！　来てくれたんだ！」

朱音《あかね》がぴょんと立ち上がって駆《か》け寄《よ》る。伽耶《かや》はその朱音《あかね》を押しのけて僕のところに詰《つ》め寄《よ》ってきた。

「配信っ？　もうやっちゃったんですかっ？　止めてください！」

訝《いぶか》しげな視線が僕に集中する。

「配信って」と凛子《りんこ》が僕と伽耶《かや》を見比べる。

僕は視線をどこに置いたらいいかわからず、アンペグのキャビネットに向かって言った。

「ええと。伽耶《かや》が来てくれるかどうかわからなかったんで、今日の六時からスタジオで生配信するって言っちゃったんだ。新メンバー加入発表する、って、もちろん嘘《うそ》なんだけど……」

「嘘《うそ》だったんですかッ？」

伽耶《かや》の声が耳に突《つ》き刺《さ》さるので僕は顔を伏《ふ》せるしかない。

「うわ、真琴《まこと》ちゃん最悪」

「息をするように自然に女をだます真琴《まこと》さん、素敵《すてき》です」

「今回の件で何度も嘘《うそ》をつかれて傷ついてる伽耶《かや》をさらに陥《おとしい》れるなんて人間とは思えない」

ひどい言われようだった。

「しょうがないだろ！　だって返信もなかったし来てくれなかったら準備無駄《むだ》になるし」

伽耶《かや》は晩秋のほおずきみたいに真っ赤になり、そのまま踵《きびす》を返《かえ》してスタジオのドアに向かおうとした。僕はあわてて呼び止める。

「ちょっ、ま、待って！　だましたのは悪かった、謝る！　でも、一曲だけ！　一曲だけでいいからつきあってよ！」

「失礼しますっ」

僕を振《ふ》り切って出ていこうとする伽耶《かや》の手首を、横から伸《の》びてきた手がつかんだ。振《ふ》り払《はら》おうとするけれど、のらりくらりと八方に力を逃《に》がしてほどかせない。

凛子《りんこ》だった。

「伽耶《かや》。これから演《や》るのは——」

伽耶《かや》を押さえ込むようにして身体《からだ》を押しつけ、凛子《りんこ》は耳元にささやく。

「特別な曲。ネットにもあげないし、ライヴでも演《や》らないし、今夜一度きり、わたしたちパラダイス・ノイズ・オーケストラがあなたのためだけに演《や》る」

凛子《りんこ》の腕《うで》の中で伽耶《かや》の身体《からだ》はびくりと震《ふる》える。

「あなたがここで出ていっても、かまわず演《や》る。そして、もう二度と演《や》らない。それでもいいなら出ていけばいい」

伽耶《かや》は身をよじり、凛子《りんこ》をにらみ返した。その唇《くちびる》の奥で言葉が煮《に》え立つのがわかった。けれどけっきょく一語たりとも漏《も》れ出ることはなかった。やがて伽耶《かや》はうつむき、のろのろと壁際《かべぎわ》に後ずさり、コートを脱《ぬ》いでうずくまった。

だれにも聞こえないようにと僕は小さく安堵《あんど》の息をつく。

ベースのセッティングを終えると、伽耶《かや》にそっと近づいて声をかけた。

「……曲、送ったやつ、聴《き》いてくれた？」

伽耶《かや》は僕の方を見ないまま、ほとんどわからないくらい小さくうなずく。

「……先輩《せんぱい》の曲じゃないですよね、あれ。英語だったし」

「うん。……『アームズ・オブ・アナザー』っていう、ゴスペルの曲。ヘレン・シャピロっていうイギリスの大昔のジャズシンガーの……まあ、知らないか」

なんの曲かわからなかったのだ。よかった。今はわからない方がいい。

そしてこれから——なんの曲か、わからせなきゃいけない。

「できれば伽耶《かや》にベース弾《ひ》いてもらいたいんだけど……」

「……わたしは、部外者なので」

ぼそぼそした声で伽耶《かや》は答えた。あいかわらず僕を見ない。

しかたない。僕はアンプのそばに戻《もど》り、ストラップを肩《かた》にかけた。

四人の視線がスタジオの真ん中で交わる。

詩月《しづき》の抑制《よくせい》的な4カウントから、僕は静かな波紋《はもん》のようなビートを広げていく。ピアノストロークとバスドラムはその水面を刻む櫂《かい》のひとさしだ。先の見えない暗闇《くらやみ》に、やがて朱音《あかね》の歌声が射《さ》し込む。

ほんの一筋の光なのに、胸に焼きつく。

逢《あ》えてよかった、と僕は、不意に湧《わ》き上《あ》がってきた感慨《かんがい》に喉《のど》をふさがれる。こいつらに逢《あ》えてほんとうによかった。凛子《りんこ》に逢《あ》えたおかげで、どこにでもあるのに触《ふ》れることのできない密《ひそ》かな楽園の存在を知った。詩月《しづき》に逢《あ》えたおかげで、遠い海から流れ着く名前も知らない花のしおれた骸《むくろ》の美しさを知った。朱音《あかね》に逢《あ》えたおかげで、黄昏《たそがれ》の空に残る陽を大地の裏側へと押し流《なが》していく夜の力強さを知った。

それから僕は部屋の隅《すみ》に縮こまる伽耶《かや》に目をやる。

きみに逢《あ》えたおかげで、自分自身を内側から食《く》い荒《あ》らしそうなほどに貪欲《どんよく》なエゴを知った。

だからきみにも知ってほしい。この歌のことを。

暗闇《くらやみ》を踏《ふ》み分《わ》け、朱音《あかね》の声を背に歩き出す。足下《あしもと》に、今はたしかな形がある。地面が僕の身体《からだ》を支えて、突《つ》き上《あ》げて、駆《か》り立《た》てている。加速するステップに詩月《しづき》のキックがぴったりと寄《よ》り添《そ》っているのだ。なんて底知れなくて優《やさ》しいドラミングだろう。凜子《りんこ》が不協和な鐘《かね》にも似たコードの連続を歌の切れ間にそっと染《し》みこませる。孤独《こどく》を埋《う》めるにはとても足りない、むしろ向かい風の険しさが際立《きわだ》つ哀切《あいせつ》なフレーズ。

マイクスタンドに歩み寄った。

僕らは砂漠《さばく》の空に解き放たれる。

踏《ふ》みしめた砂粒《すなつぶ》のひとつひとつがスネアの残響《ざんきょう》となって散り、僕らの後ろに誇《ほこ》らしげな航跡《こうせき》を綴《つづ》る。朱音《あかね》の歌声が力強く高く空を押し広《ひろ》げていく。僕の声はそれを頌《たた》えるための篝火《かがりび》となる。たくさんの声が火に投《な》げ込まれ、烈《はげ》しく燃え立たせる。凜子《りんこ》の声。詩月《しづき》の声。それから、コーラスを丸ごと包み込むほどに巨《おお》きな——男の声。

僕はもう一度、伽耶《かや》を見やった。

少女はいつの間にか立ち上がっている。大きな瞳《ひとみ》をさらに大きく開いて、その声の源を探している。そう、きみはもちろん知っているはずだ。ずっときみと共にあった声だ。きみというのちが歩み出したそのときから、寄《よ》り添《そ》い、見守り、手を引いてきてくれた人の声だ。

だから。

歌が一巡《ひとめぐ》りする。朱音《あかね》の声がまた地上に降り立ち、砂の上に足跡《あしあと》をしるす。僕は伽耶《かや》にそっと歩み寄り、プレシジョンベースのボディを指さしてうなずいてみせる。

きみが弾《ひ》くべきだ。

伽耶《かや》はためらい、僕から視線を逃《に》がすようにうつむく。僕は開放弦《げん》を優《やさ》しく爪弾《つまび》きながら、また一歩彼女に近づく。これはきみの場所だ。きみがきみであることからはどうやったって逃《に》げられないんだ。

やがて伽耶《かや》は顔を上げる。

泣き出しそうな目で、それでも僕の方に一歩踏《ふ》み出《だ》してくる。僕は長いネックを持ち上げ、右手でボディを彼女の方へそっと押しやる。歌を途切《とぎ》れさせてはいけないから、ストラップにかかる重みはすべて僕が引き受けよう。きみが涙《なみだ》の中に迷《まよ》い込まないように、隣《となり》でずっと支えていよう。きみはただ奏《かな》でればいい。

伽耶《かや》がその小さな身体《からだ》を僕の腕《うで》の中に滑《すべ》り込ませ、僕の左手からネックを奪《うば》い取《と》る。右手の指がブリッジを探《さぐ》り、弦《げん》の表面を擦《こす》る。

そうして僕は伽耶《かや》のビートに引《ひ》きずり込まれる。

音は背後のスピーカーから出ていて、僕の腕《うで》の中にあるこの楽器は電気で増幅《ぞうふく》しなければほとんど聞こえないくらいの音しか発していないはずなのだ。でも僕は心臓に弦《げん》が直結されたのではないかと錯覚《さっかく》するほどの震《ふる》えをボディから受け取る。鳴《な》り響《ひび》くのは楽器だけではないのだと僕はそのときはじめて悟《さと》る。それぞれの音がただの空気の震動《しんどう》という現象を飛《と》び越《こ》えて幾重《いくえ》にも結びついて音楽をかたちづくるとき、楽器と世界と人間との境界はすべて消える。僕らの血と肉と骨が鳴り、奏《かな》で、聴《き》き、震《ふる》える。

再び飛び立つ朱音《あかね》に追いすがるように伽耶《かや》がマイクに声を浴びせかける。何万人もの影《かげ》を引き連れてまたあの声が地表から湧《わ》き上《あ》がる。僕にできることはもうほとんどなかった。もっと高く遠くへ、と祈《いの》りながら、自分自身をも火にくべてしまうしかなかった。繰《く》り返《かえ》される三度目のコーラスではもう僕と伽耶《かや》の区別もつかなくなっていた。プレシジョンベースと僕の身体《からだ》とで挟《はさ》まれた彼女の身体《からだ》が溶《と》けて完全に同化して、僕の指を弦《げん》の感触《かんしょく》が切り裂《さ》き、僕の喉《のど》を少女の声が通《とお》り抜《ぬ》けていくような錯覚《さっかく》さえあった。朱音《あかね》がブレイクの瞬間《しゅんかん》に振《ふ》り返《かえ》り、静まってゆくピアノのきらめきを背に最後の詩句を投げかけてきたときも、僕に向けた言葉なのかと思ってしまったほどだ。

ちがう。これは伽耶《かや》のための歌。伽耶《かや》のための場所。

シンバルが長く細くたなびいて粉々に砕《くだ》け、風に吹《ふ》き散《ち》らされ、やがてすべての楽音が空気に吸い取られて消えてしまうと――

伽耶《かや》はもじもじと僕から身を離《はな》して壁際《かべぎわ》に後ずさっていった。

僕は、まるで自分の身体《からだ》の左半分がもぎ取られていったような、ぞっとする幻痛と喪失《そうしつ》感とを味わった。

ホワイトノイズがうっすらと充満《じゅうまん》したスタジオ内で、僕らはしばらく一様に押し黙《だま》り、歌のたどり着いた先をじっと見守っていた。

「……今の」

最初に口を開いたのは、伽耶《かや》だった。

「……父の、声……ですよね。どうして」

僕は息をつき、凜子《りんこ》の足下《あしもと》に置いてあるノートPCに目をやった。

よかった。ちゃんと届いたのだ。

「うん。志賀《しが》崎京平《さききようへい》のアルバムから、サンプリングしてコーラスに使った」

「えっ……だって、……え？　父の曲？　だって英語の――」

「ああ、うん」

ちょっと気まずくて僕はノートPCを見たまま答えた。

「何度もだましたみたいでごめん。これ、英語版カヴァーなんだ。原曲は、『あの鐘《かね》を鳴らすのはあなた』っていう――もう何十年も前の曲。紅白でも何回も歌われてる。伽耶《かや》がさんざん腐《くさ》してた、昭和歌謡曲《かようきよく》だよ」

息を呑《の》む音が聞こえる。

「色んな人にカヴァーされてて、お父さんも歌ってた。あのね、お父さんの曲を、サブスクに入ってるやつ、片《かた》っ端《ぱし》から聴《き》いたんだ。僕も伽耶《かや》とだいたい同じことを思った。ほとんどは古くさくて、つまんなくて、どうでもいい歌だった。こんなに上手《うま》いのにどうしてろくでもないのばっかり歌うんだろうって思った。でも、この曲だけは」

僕はプレシジョンベースのピックアップをそっと指でなぞる。

「聴《き》いてすぐにわかった。特別だって。四人で聴《き》いてたんだけど、みんなすぐにわかった。そういう曲って、あるんだ。だから選んだ」

顔を上げる。

戸惑《とまど》ったままの伽耶《かや》の視線を、ようやくまっすぐに受け止められる。

「音楽ってそういうものだと思う。良《い》いと感じたところだけ受け取って、残りは捨てて進めばいい。たぶん僕らがいま夢中になっている音楽も、五十年、百年先には同じことをされる。わがままな子供たちが千分の一だか一万分の一だか気に入った部分だけを毟《むし》り取《と》って、食《く》い荒《あ》らして、呑《の》み込んで、次の時代に持っていくんだ。音楽なんてそういうわがままの連続でここまできたんだ。これからもそうにきまってる」

ストラップを肩《かた》から外し、重たい楽器をスタンドに置いた。身体《からだ》から熱が浮《う》き上《あ》がって空気中に散っていく。伽耶《かや》は壁《かべ》に背中を押しつけ、ずるずると腰《こし》を落としてしまう。

一歩、また一歩近づき、膝《ひざ》を折って目の高さを合わせた。

「だから、伽耶《かや》ももっとわがままになっていい。使えるところだけもらえばいい。コネとか負い目とか、そんなの、今ここで鳴ってたアンサンブルに比べればなんでもない。捨てちゃえばいいいんだ」

手を伸《の》ばし、自分のエゴに正直な言葉を突《つ》きつける。

「僕は、伽耶《かや》の音が欲《ほ》しい」

彼女はなにも答えなかった。その唇《くちびる》から、ついにひとつの言葉も落ちなかった。何度も瞳《ひとみ》が涙《なみだ》に砕《くだ》けそうになり、そのたびにまぶたで押しつぶし、こらえた。

やがて――

彼女はそっと手を伸《の》ばし、おずおずと僕の手を取った。

いちばん安堵《あんど》していたのは、だれよりも僕だろう。それをみんなに悟《さと》られないように、乱暴なくらい強く腕《うで》を引き、伽耶《かや》を助け起こした。

スタジオを出ると、空は真っ暗だった。火照《ほて》った身体《からだ》に吹《ふ》き下《お》ろすビル風が痛いほど冷たく、ベースケースを肩《かた》に深く掛《か》け直してコートのポケットに手を突《つ》っ込む。ガードレール際で四人の少女たちが僕を待っている。

「えっスタジオ代は村瀬《むらせ》先輩《せんぱい》が全部払《はら》ってるんですか」

「そう、代わりに動画収益をほとんど」

「たまに無料にしてもらってるし、まとめちゃった方がわかりやすいからね」

「そういえば伽耶《かや》さんが入るとなると分配を――」

バンドの事務的なあれこれを伽耶《かや》に教えていたようだ。わだかまりもほとんどなさそうなのを見て僕は内心ほっとし、足早に彼女たちのところに行った。

「それで、今日もマック寄る？」と朱音《あかね》が僕に訊《たず》ねる。「今日は一曲しか演《や》ってないし、べつにライヴで演《や》る曲でもないしミーティングの内容がとくにないかも」

「でもあの出来ならレパートリーに加えてもいいんじゃないかって思いました」

「わたしも。ちょっともったいない」

ミーティング。ミーティングか。

あえて腰《こし》を落ち着けて聞いてもらう話では——ない気がする。想像すると気が重くなってくる。だから路上で今ぱぱっと済ませてしまうべきじゃないのか。

「あー。ええと。ライヴのことなんだけど。ひとつ……」

当然ながら僕に視線が集まるので、身がすくむ。

おい、ちゃんと言え。自分で決めたことだろ。

凛子《りんこ》、朱音《あかね》、詩月《しづき》、そして最後に伽耶《かや》。一人一人の顔をそっとうかがい、いったん目を伏《ふ》せて息を詰《つ》め、吐《は》き出《だ》し、覚悟《かくご》を決めて顔を上げる。

「ひとつ、僕のわがままも……言っていいかな」

だれからも返事がなかったので嫌《いや》な予感がした。ガードレールの向こうの車道を何台もの車が行《い》き交《か》い、エンジン音がしばらく僕の言葉の向かう先を煙《けむ》らせた。凛子《りんこ》は、勝手に言えば、という目をしている。詩月《しづき》は、怖《こわ》いほどの包容力を目に湛《たた》えている。朱音《あかね》は明らかに面白《おもしろ》がっている。伽耶《かや》の方は申し訳なさすぎて見られなかった。

なんとか口を開く。

「クリスマスライヴは、僕抜《ぬ》きで演《や》ってほしいんだ」

立っている場所が凍《こお》った湖の真ん中だといま気づいた、みたいな硬《かた》く張《は》り詰《つ》めた沈黙《ちんもく》が僕らを取り巻いた。

十秒くらい後で、凜子《りんこ》が「どうして？」と言った。なんの感情もない声だったけれど、黙《だま》り込んだままよりは何万倍もありがたかったので、僕はその問いにすがりつくようにして言葉を継《つ》いだ。

「つまり、……最近、ずっと迷ってて。バンドがものすごい勢いで大きくなってて、お客も増えてて、箱もでかくなって、……でも僕はもともとネットでひとりでぼちぼちやってたわけで、今すごく——自分でも、うまく言えないけど……落ち着かないっていうか」

ポケットから両手を出し、冷たい風にさらした。何度も握《にぎ》り、現実感をつかもうとするけれど、うまくいかない。

「ひとりで考える時間がほしい。それから、……このバンドの音を、いっぺん外から聴《き》いてみたい。だから」

詩月《しづき》が僕の方に半歩身を寄せて、精一杯《せいいっぱい》柔《やわ》らかさを保った声で訊《たず》ねる。

「それは、じゃあ、クリスマスライヴが終わったら戻《もど》ってきてくれる、ということですか」

僕は詩月《しづき》を見つめ返し、口ごもり、目を伏《ふ》せてしまう。

朱音《あかね》が薄《うす》く笑った。

「真琴《まこと》ちゃん、こういうとき嘘《うそ》つけないの損な性格だよね」

首をすくめたのは寒さのせいだけではなかった。

「もちろん戻《もど》るよ、ってとりあえず即答《そくとう》しとけばいいのに。……でも、そんなこと言える人ならそもそもこんなぶきっちょなわがままは言い出さないか」

なにもかも見透《みす》かされていた。恥《は》ずかしさと申し訳なさで顔を上げられない。おまけに凜子《りんこ》がしれっと言う。

「わたしはかまわないけど。村瀬《むらせ》くんはどうせ戻《もど》ってくるだろうし」

詩月《しづき》もぐっと拳《こぶし》を固めて言う。

「私も大丈夫《だいじょうぶ》です。刑期《けいき》が終わるのを待つ気持ちで乗り切りますから！」

朱音《あかね》も僕の耳をいたずらっぽく引っぱって言う。

「ちょっとソロ活動してバンドを見つめ直すのは定番だよね」

しかし収まらないのが一人だけいた。伽耶《かや》が顔を真っ赤にして声を高くする。

「な、なんですかそれっ？　せっかくわたしが入ったのにっ？　ひょっとしてわたしを引き入れたのって代役のためなんですかっ？」

「ああ……うん、いや、そう思われちゃうのも無理ないんだけど、順番が逆で、伽耶《かや》が入ってくれたからこそ一度脱《ぬ》けようかなって」

「あれだけ熱く誘《さそ》っておいて自分は脱《ぬ》けるなんてなに考えてるんですかっ！　わっ、わたし、どう、どうすれば、む、村瀬先輩《むらせせんぱい》が——わたしは……」

返す言葉もなかった。紅潮しきった伽耶《かや》は途中《とちゅう》で言葉を詰《つ》まらせ、歯がみし、踵《きびす》を返《かえ》してしまう。

「もうっ、わたし帰ります！」

伽耶《かや》は憤然《ふんぜん》と大股《おおまた》で歩道を歩き去っていった。——かと思いきや、横断歩道のところで立ち止まって振《ふ》り返《かえ》り、大声で言う。

「火木は家庭教師来るのでスタジオ入れません！　他は五時以降で！　LINEにスケジュール書いておいてください！　あと村瀬先輩《むらせせんぱい》のばか！　せったいにゆるさないから！」

青信号が点滅《てんめつ》する下を伽耶《かや》は駅の方へと走り去ってしまった。ビルの角を曲がり、後ろ姿はすぐに見えなくなる。

僕はぐったりとガードレールに腰《こし》を下ろした。自分の爪先《つまさき》に向かって粘《ねば》っこいため息を吐《は》き落とす。

「ほんとうのほんとうに最低の最低」と凛子《りんこ》が平べったい口調で言った。僕は両手で頭を抱《かか》えた。ところが彼女はこう続ける。「でも村瀬《むらせ》くんのそういうところがわたしは——」

「凛《りん》ちゃんがそうやって甘やかすからっ」と朱音《あかね》が遮《さえぎ》る。声の調子から笑いをこらえている感じが伝わってくる。

「しかたありません。こういうのは死ぬまで治らないから愛するしかないんです」

詩月《しづき》がわかったようなわからないようなことを言う。

今回は。今回ばかりは。まったくなにも言い訳できない。

「伽耶《かや》さんはしっかり面倒《めんどう》を見ますから、真琴《まこと》さんはしっかり勤め上げてきてください」

ほんとに刑期《けいき》みたいに聞こえるからその言い方は勘弁《かんべん》してくれないかな……。

「うん。とにかく、……伽耶《かや》のこと、お願いします」と僕は頭を下げた。「あの子もＰＮＯに憧《あこが》れてたわけだし、みんなと演《や》るのは夢だっただろうし……セッション重ねてけば、機嫌《きげん》も直してくれる――んじゃないかな……」

ぽかんとした沈黙《ちんもく》が差《さ》し挟《はさ》まれた。なにごとか、と僕は顔を上げる。凛子《りんこ》も詩月《しづき》も朱音《あかね》も目を見開いて僕を凝視《ぎょうし》している。

え、なに？　僕なにかまずいこと言った？

「今のがいちばんの重罪」と凛子《りんこ》は口元を歪《ゆが》めた。

「刑期《けいき》五倍だね……」朱音《あかね》もあきれる。

「まさか気づいていなかったんですか。さすが真琴《まこと》さんです」

「ええと」

「伽耶《かや》さんが言ってたじゃないですか。映画の撮影《さつえい》で忙《いそが》しくて大変な時期にネットで動画を見てベースを始めた、って。最低でも一年前ですよ。その頃《ころ》ＰＮＯはまだありません」

僕は口をあんぐり開けて固まった。

そう、今年の春公開の映画だから、撮影《さつえい》はどんなに早くても去年──僕らのバンドの結成は今年の夏で……いや、でも、伽耶《かや》はたしか「わたしと変わんないくらいの歳《とし》の女の子が」って言ってたはずで──

不意に思い至る。女の子。

「──ああああああっ」

詩月《しづき》がため息交じりに言う。

「そうですよ。伽耶《かや》さんが憧《あこが》れてたのはＭｕｓａ男です」

たしかに、女装してた。

Ｍｕｓａ男としてはギターとキーボードしか演奏してなかったから、一緒《いっしょ》に演《や》りたいと思い立ったときにベースを選ぶのもなるほど筋が通っていて……いや、でも……

「伽耶《かや》ちゃん何度も『ムサオ』って呼びそうになって言い直してたじゃん」

朱音《あかね》も追い打ちをかけてくる。

「自分を慕《した》ってあそこまでベースを仕上げてきた子に、あの仕打ち。人間とは思えない」

凛子《りんこ》の容赦《ようしゃ》のなさはいつも通りで、なんかもう頭が麻痺《まひ》してきた。

「でも村瀬《むらせ》くんのそういうところがわたしは」

「だから凛《りん》ちゃん甘やかしちゃだめだってば！」

「今回は真琴《まこと》さんのひどさは都合が良《い》い方に作用してますので私も甘やかします」

「えー。しかたないな。そんじゃあたしも甘やかそうかな。真琴《まこと》ちゃん、これからも人の心を平気で踏《ふ》みにじるわがままな人でいていいからね」

砂糖を溶《と》かしてつくったナイフで胸をざくざく刺《さ》されている気分だった。寒空の下、うずくまって目を閉じてそのまま眠《ねむ》ってしまいたかった。

でも、僕が選んだことだ。罪悪感をおぼえるくらいなら最初からやらなきゃいいのだ。気《き》丈《じょう》に顔を持ち上げ、バンドメンバー三人の視線を受け止める。

「……あの、……うん、ほんとに、僕の完全なわがままなのは言い訳のしようもないんだけど、このバンドでやっていきたいって思ってるのもほんとで、そのために色々見つめ直したいっていうか、でも絶対戻《もど》ってくるって言っちゃうのも、なんか、誠実じゃないっていうか」

「大丈夫《だいじょうぶ》。わかってる。絶対戻《もど》るって確信があるならそもそも脱《ぬ》ける意味がない」

凛子《りんこ》が淡《あわ》く微笑《ほほえ》んで言う。僕は耳のあたりまでかあっと熱くなり、彼女の顔を直視できなくなる。ほんとうに、なぜこうも僕を僕以上にわかっているのだろうか。

「クリスマスライヴも関係者席で悔《くや》しがりながら観《み》るといいよ。復帰させてくれって泣きながら土下座させちゃうからね！」

朱音《あかね》が言って僕の胸をぱあんと平手で叩《たた》く。僕はその心地《ここち》よい痛みを噛《か》みしめ、何度もうなずいた。

ほんとうに、こいつらと逢《あ》えてよかった。

僕らは並んで、駅への道を歩き出す。吹《ふ》き下《お》ろすビル風はあいかわらず厳しいけれど、さっきよりも寒さがやわらいでいる気がした。

この雰囲気《ふんいき》のまま帰宅の途《と》につければ良い一日で終わったのだけれど、残念ながらそうはいかなかった。詩月《しづき》がいきなり声をあげたのだ。

「そういえばっ！　セッションの余韻《よいん》ですっかりスルーしてましたけれどっ！」

僕らは一斉《いっせい》に詩月《しづき》の方を振《ふ》り向《む》く。

「……なに？」

「もっと赦《ゆる》せない重罪がありました！　伽耶《かや》さんと！　なんかもう当たり前みたいな顔して、ものすごいくっつき方してましたよね！」

「え」

思い出す。

「そういえば密着してベース弾《ひ》かせてたね。うわあ、あんまりにも普通《ふつう》にやってたからあたしもスルーしちゃってたよ」

「二人羽織《ばおり》で弾《ひ》く体《てい》で女の子に触《さわ》るのは村瀬《むらせ》くんの十八番《おはこ》だから」

「え、い、いや、あのっ」

僕はあわてて言葉を探した。

「あれはだって、ほら、外して渡《わた》して——なんてやってたらベースが止まっちゃって演奏に穴があくだろ、しかたなく」

「伽耶《かや》さんが楽器を持ってこないのも最初は弾《ひ》こうとしてくれないのも予想できていたはずですよねっ！　だからあれは全部計算ずくですよねっ？」

「そっ、そんなことないよ！　あのときはとっさにああしただけで——」

「とっさにあれやっちゃう方がすごいよね。普通《ふつう》は女の子に密着するってなったらちょっとはためらうでしょ」

「ああああああ」

逃《に》げるしかなかった。ひどい一日で終わりそうだった。

でもしかたない。これも僕のエゴイスティックな選択《せんたく》の結果。だれも助けてはくれない。この先しばらくは、道に迷うのも、暗闇《くらやみ》に火を灯《とも》すのも、鐘《かね》を鳴らすのも、僕ひとりだ。

Paradise NoiSe
Murase Makoto

4　置き去りのメロウゴールド

つい最近読んだ小説に、自分で自分の葬式《そうしき》を生前準備する老婦人が出てきた。

彼女が式中のBGMとしてわざわざ指定したのがビートルズの『エリナー・リグビー』で、孤独《こどく》な老婆《ろうば》の葬式《そうしき》までを描《えが》いた歌詞なのでたしかにぴったりはぴったりなのだが、自分でそれを選ぶのか、と背筋がうそ寒くなったのを憶《おぼ》えている。

自分ならどうするだろう。

音楽をやっている以上は葬式《そうしき》でも自分の音楽をかけてほしい、……だろうか？　そうなると葬式《そうしき》っぽい曲をひとつは書いておかないといけない。ロックミュージシャンの葬儀《そうぎ》のニュースでご機嫌《きげん》なロックナンバーが流されて参列者も気分良く故人を見送った、みたいなことが書いてあったりするけれど、同じ記事内に「戒名《かいみょう》は＊＊院居士」なんて付記されているのを見るとミスマッチぶりにもやもやする。やっぱり葬式《そうしき》は葬式《そうしき》なわけで、僕ならしめやかな曲でやってほしい。

でも冷静になって考えてみれば、自分の葬式《そうしき》がどうなるか、なんてどうでもいいな。死んでるわけだし。

葬式《そうしき》は死者じゃなく生者のためにやるものだから、生きてる人たちが納得《なっとく》するようにやればいいし、なんならやらなくたっていい。というか、僕が死んだときにはやってほしくないな。僕もだれかの葬式《そうしき》になんて出たくないし。

けっきょくのところ僕は死を想《おも》うには幼すぎたのだ。でもその十六歳の冬、否応《いやおう》なしに向かい合わなければいけなくなる。

＊

バンドを一時的に離脱《りだつ》し、自室でヘッドフォンをかぶってシーケンサソフトのピアノロール画面と向き合っていると、しみじみ思う。たしかにライヴは楽しい。ステージの上できらびやかな光と沸《わ》き立つ歓声《かんせい》を浴びて楽器を掻《か》き鳴《な》らしマイクに歌声をぶつけるのは他のなににも代えがたい快感だ。でも、僕がほんとうに好きなのは作曲なのだ。ひとりきりの部屋で、自分自身の中にどこまでも深く潜《もぐ》って音を探《さぐ》り、ひとつひとつ塡《は》め込んでいく。ほとんどの場合はうまくいかない。何度も何度も戻《もど》る。ときには最初まで戻《もど》って全部消す。そうして目を閉じ、吹《ふ》いてもいない風の中に鼻歌の兆《きざ》しを求め、待ち続け、ふと指先に触《ふ》れた旋律《せんりつ》の端《はし》っこを必死につかみ、たぐりよせる。それは決して天から降ってくるようなものじゃない。暗くじめじめした奥底に埋《う》まっているもので、爪《つめ》の間を土だらけにしながら素手《すで》で慎重《しんちょう》に掘《ほ》り出《だ》すしかない。

だからこそ愛おしい。やめられない。なんとか自分が納得《なっとく》できる一曲が仕上がったときは、昂《こう》揚《よう》感で気を失いそうになる。

しかも今の僕には、すぐに聴《き》いてくれる仲間がいる。

音声ファイルに統合し、バンドで使っているサーバスペースにアップすると、LINEグループですぐに報《しら》せる。

ところがその日、凜子《りんこ》からこんなメッセージが入っていた。

『わたしも曲作った』

僕は驚《おどろ》いてそのファイルをタップした。

翌日の昼休みの音楽準備室ではすぐに凜子《りんこ》の新曲の話題になった。

「凜《りん》ちゃん曲作れたんだ。びっくり！」

「基礎《きそ》教養なので」

「良《い》い曲だと思いますけどバンドサウンドが合うかどうか。伽耶《かや》さんがキーですね」

「そのへんはみんなの協力次第《しだい》で。というか、わたしもギターを少し練習しようと思う。作曲のためには知っておかないと」

「あ、じゃあ楽器屋いっしょに行こ！　あたしひとに楽器買わせるの大好き！」

僕はスマホで楽譜《がくふ》をあらためて読みながら押し黙《だま》っていた。

「どうしたの村瀬《むらせ》くん。わたしの曲が思ったよりもちゃんとしていて自分の存在意義に危機を感じているところ？」

「え？　ああ、いや、うん」

だいたいその通りだった。このうえ作曲まで他のメンバーができるようになってしまったら僕は本格的に要《い》らなくなってしまうではないか。

「でも真琴《まこと》ちゃん、居場所もなにもバンド脱《ぬ》けてるし」

「うっ……そうなんだけど……」

「真琴《まこと》さんは私の目の保養というとても大切な役目がありますから」

「待ち受けにでもしとけば……」

「もちろんしてます！」

え、してるの。怖《こわ》いんだけど。ていうか文化祭のときの女装写真じゃねえか！　消せ！

「それで村瀬《むらせ》くん。バンド活動からも解放されて、気楽な独り身生活を満喫《まんきつ》していて、現在だいぶ時間に余裕《よゆう》ができていると思うのだけれど」

あらたまった口調で凛子《りんこ》が言う。

「まあ、そうだけど」

「音楽祭のカンタータの全体練習、村瀬《むらせ》くんが全部面倒《めんどう》見て」

「だってわたしにそんな時間ないし」

「──はあああっ？」

三学期に開かれる全校行事である音楽祭のメインはクラス対抗《たいこう》の合唱だが、特別枠《わく》として音楽授業選択者《せんたく》を中心にした有志によるバッハのカンタータ上演が予定されていた。さすがに全曲はやらないが、合唱のみの抜粋《ばっすい》でもかなりの量で、練習は難航していた。

「村瀬《むらせ》くんが全部取り仕切ってくれるんだよね。ありがとう！」と小森《こもり》先生は安堵《あんど》の笑《え》み。彼女は華園《はなぞの》先生に代わってこの二学期から音楽教師を務めている音大卒業したての二十二歳なので、いきなりカンタータの練習指揮は荷が重いだろう。

それを言ったら僕にも荷は重いのだけれど。

「凛子《りんこ》が手伝ってくれないとかなりきつい。伴奏《ばんそう》も要《い》るし」

「練習用の伴奏《ばんそう》くらい村瀬《むらせ》くんならできるでしょう。わたしはクリスマスライヴの準備で死ぬほど忙《いそが》しいから。こんな時期にいきなりバンドリーダーが脱《ぬ》けてしまったし」

「あっ……すみません……」

「というか本番の伴奏《ばんそう》も村瀬《むらせ》くんが全部やって。カンタータをピアノ伴奏《ばんそう》なんて貧相《ひんそう》になるだけだしオケを打《う》ち込んだ方がいいでしょ」

「えええぇ？　僕ひとりに全部押しつけんの？　音楽祭は三学期なんだから本番の頃《ころ》には凛子《りんこ》もひまになってるんじゃ」

「クリスマスの後もバンドリーダーが戻《もど》ってくるかどうかはっきりしないからひまかどうかはわからない」

「あっ……ごめんなさい……」

「それと烏龍茶《ウーロンちゃ》が飲みたくなってきたから買ってきて」

「なんも関係ないパシリなんだがっ？」

「バンドリーダーが脱《ぬ》けて心労が溜《た》まっているから購買《こうばい》まで行く体力がないの」

「あっ……ほんとうに申し訳――いや待て一生こうやってたかるつもりかッ？」

「そうだけど」

凛子《りんこ》は悪びれもしなかった。こういうやつだった！

この間はなんだかわだかまりもなく僕の離脱《りだつ》を認めてくれたような雰囲気《ふんいき》だったけれど、実はしっかり根に持っていたのか。全面的に僕が悪いので突《つ》っぱねづらい。

そこで小森《こもり》先生が横から申し訳なさそうに言う。

「わたしが頼《たよ》りっぱなしなのがいけないんだし、責任とって、一緒《いっしょ》に購買《こうばい》に行くね」

「はあ」

なにをどう責任とっているのかわからない。頼《たよ》りっぱなしなのを負い目に感じているなら、一緒《いっしょ》に行くんじゃなくて代わりにパシられてくれた方がいいんだが。仮にも教師なのでそんなことは言えないけれど。

ところが僕と小森《こもり》先生がドアに向かおうとすると凛子《りんこ》が急に不機嫌《ふきげん》そうな顔になる。

「やっぱりわたしもついていく」

「はぁ？　ついてくるなら自分で行けばいいだけだろ」

「それじゃ意味がないでしょ」

「三人いっしょに行く方がよっぽど意味ないだろ！」

「それなら私もご一緒《いっしょ》させていただきます！」と詩月《しづき》も立ち上がる。「凛子《りんこ》さんだけが監視《かんし》役だと不安ですから」

「あたしひとりお留守番はさみしいよ！　いっしょに行くね」

五人ぞろぞろ連れ立って購買《こうばい》に向かった。ほんとに意味わからん。

＊

スタジオ練習にもけっきょく顔を出すことになった。

「あの、僕、バンド脱《ぬ》けるって……言った……よね？」

あまりにもいつも通りの空気で『ムーン・エコー』まで連れてこられてしまったので、入り口のところでおそるおそる確認《かくにん》する。

「うん。だから真琴《まこと》ちゃんは機材運びとセッティングとお金払《はら》うのだけでいいからね」

「あっ、ＰＣとミキサーとレコーダーの操作もお願いします。あとは私の目の保養も」

「それから烏龍茶《ウーロンちや》」

おまえらいい加減にしろよ？

伽耶《かや》まで僕の態度に文句をつけてくる。

「わたしはまだみなさんとほとんど交流がないんですよ、村瀬《むらせ》先輩《せんぱい》がいなかったら気まずいじゃないですか！　毎回来てください！」

おまえ初回のミーティングですでに三人と仲良く喋《しやべ》ってたよね？　女子トークから疎外《そがい》されて気まずかったのはこっちなんだが？

練習が終わり、会計を済ませると、メンバーたちは特になにも言わずにいつものミーティングに使っているマクドナルドへと足を向ける。僕はなるべく早く帰ってこいと姉に念押しされていたので、あわててみんなの背中に言った。

「今夜でかい宅配便が届く予定なんだけど、家に姉貴しかいなくて。僕と交代で出かけたいからすぐ帰ってこいって。……ミーティングは、べつに僕いなくてもいいよね」

振《ふ》り向《む》いた伽耶《かや》は不機嫌《ふきげん》丸出しになる。

「この四人体制になってからはじめての練習だったんですよ。反省点がたくさんあります。傍《はた》で聴《き》いていた先輩《せんぱい》の意見がないと困ります！」

「そう言われても、用事が」

「じゃ、じゃあっ、先輩《せんぱい》の家にお邪魔《じゃま》しますから！　宅配便待つだけならミーティングできますよねっ？」

それを聞いた詩月《しづき》が目を見開いて声を震《ふる》わせる。

「伽耶《かや》さん、素質ありすぎます。私でもそんな強引《ごういん》な口実は思いつきません……」

「こっ、口実じゃありませんってば！」と伽耶《かや》は顔を赤くしてむきになる。

「行こう行こう。真琴《まこと》ちゃんの部屋見たい。こんなチャンスなかなかないよ」

朱音《あかね》はもう好奇心《こうき》オンリーであることを隠《かく》そうともしない。

けっきょく五人そろって駅に向かい、同じ電車に乗った。車内でもさっそく女子会がきゃいきゃいと開かれる。

「凛《りん》ちゃんは一度行ったことがあるんだっけ」

「そう。わたしの家みたいなものだから気兼《きが》ねしなくていい」

「えっ？　凛子先輩《りんこせんぱい》が、ええと、あのっ、村瀬先輩《むらせせんぱい》とはど、どういう関係で」

「他人以上友達未満といったところ」

「それ他人ですよね」

「伽耶《かや》さん、つっこみが全然面白《おもしろ》くありません。そんなのでは正式にベーシストとして認めるわけにはいきません」

「あっ、すみません、わたしそういうの慣れてなくて」

「そっか、真琴《まこと》ちゃんが脱《ぬ》けるってこういうことなのか。つらいね」

「もっと音楽的な理由でつらくなってくれないっ？」

「あっ伽耶《かや》さん、これですこのテンポ！　本家を感じていただけましたか？」

指導入れたわけじゃないんだが？

駅で降り、自宅のマンションに向かう。流されて全員連れてきてしまったが、さてどうやって姉に気づかれずに家にあげたものか。ひとまず四人を外で待たせて――とか思案していたら、建物が見えてきたところで凛子《りんこ》が指さして言う。

「あそこの六階。お姉さんが待ってるし急ぎましょう」

止めるひまもあらばこそ、四人は足を速めてマンションのエントランスに入る。

姉とは玄関先《げんかん》で遭遇《そうぐう》する羽目になった。

「マコお帰り――あれ」

僕の背後の廊下《ろうか》に控《ひか》えた四人を目にして姉は少しだけ目を見開く。

「お客さん多いね」

「あっ、う、うん、バンドメンバー」

お邪魔《じゃま》します、とそろって頭を下げる女どもをかき分けるようにして姉は廊下《ろうか》に出た。

「散らかってるけどゆっくりしてってて。んじゃ私出かけるから」

エレベーターの方に向かいかけ、ふと気づいて振《ふ》り向《む》いた姉は凛子《りんこ》に向かって言う。

「あれ、たしか前に泊《と》まりにきた」

「はい。その節はお世話になりました。いきなり押しかけてすみませんでした」

凛子《りんこ》はしおらしく答える。

「んーん。べつにいいよ。あれからもうまくやってたんだ、よかった」

「って、気づいてたのッ？」僕は声を張り上げた。凛子《りんこ》が家出してきたときには姉にばれないようにと細心の注意を払《はら》って部屋に招き入れたのに。

「隠《かく》せてると思ってたの？」姉は心底あきれた目になる。「それじゃみなさんマコのことよろしくね。お父さんお母さんは十時くらいに帰ってくると思う」

ひらひら手を振《ふ》り廊下《ろうか》の角に姿を消す。気づかれてたのか。冷《ひ》や汗《あせ》が出てきた。凛子《りんこ》は平然としているけど。

「……あ、あ、あれが、真琴《まこと》さんのお姉さま……つまりお義姉《ねえ》さま……き、緊張《きんちょう》してろくにご挨拶《あいさつ》もできませんでした……」

見送った詩月《しづき》が声を震《ふる》わせる。

「めっちゃ美人だったね……」と朱音《あかね》も嘆息《たんそく》する。「真琴《まこと》ちゃんも女子大生になったらあんなふうになるのかあ」

「ならねえよ！　そもそも女子大生に！」

「あ、あの、あの人！　わたしが憧《あこが》れたＭｕｓａ男はあの人ですよねっ？」

いえ、残念ながら、あの人のセーラー服を着た僕です。すみません伽耶《かや》さん……。ただでさえ楽器と積み上げられた本や楽譜《がくふ》とPCデスクとで狭《せま》い僕の部屋に、五人も詰《つ》め込まれればもう身体《からだ》の向きを変えるのも一苦労の惨状《さんじょう》となった。

「あははは想像通り！　真琴《まこと》ちゃんの部屋って感じ！」と朱音《あかね》はさっそくベッドに転がる。

「ちょ、ちょっと待ってください、こんな狭《せま》い部屋に凛子《りんこ》さんは泊《と》まりにきたんですか、いったいどこでどう寝《ね》たんですか」

「わたしは普通《ふつう》にベッドで寝《ね》たけれど」

「婚前《こんぜん》ですよッふしだらですっ」

「僕が床《ゆか》で寝《ね》たんだよ！」

騒《さわ》いでいる間も、伽耶《かや》は部屋のあちこちを嗅《か》ぎ回って頰《ほお》を紅潮させている。

「ああ、ここで全部撮《と》られたんですね……あっ、このアイバニーズは『ロココ調スラッシュ』で弾《ひ》いていたやつですよね！　こっちのハープは『似非《えせ》ラフマニノフ小ロンド』で吹《ふ》いてたやつだし、これは『聖ヒエロニムス幾何学《きかがく》エレクトロポップ』でスタンド代わりに使っていたタオル掛《か》け、こっちは『大干魃《だいかんばつ》バロックメタル』で足置き台にしていた広辞苑《こうじえん》！　感激です、ここからＭｕｓａ男の音楽がみんな生み出されて……」

声が恍惚《こうこつ》となって上ずる。僕がてきとうにつけた曲名を全部正確に諳《そら》んじられるとめちゃくちゃ恥《は》ずかしい。

「伽耶《かや》さん、なんというか、本物ですね……」さしもの詩月《しづき》もおののいている。

「美沙緒《みさお》さんとタメ張れる古参ガチファンだね……」朱音《あかね》もちょっと引いている。

座れる場所はほとんどないので、伽耶《かや》と詩月《しづき》がベッドの縁《ふち》に腰掛《こしか》け、朱音《あかね》はその背後に寝転《ねころ》がり、唯一《ゆいいつ》の椅子《いす》は凛子《りんこ》が占拠《せんきょ》し、僕は入り口そばに立ったままでいることになった。

「それじゃあ今日のミーティングの議題だけれど」

あらたまった口調で凛子《りんこ》が言う。

「十時に帰ってくる村瀬《むらせ》くんのご両親にこの状況《じょうきょう》をどう説明するか考えましょう」

「いや、ミーティングさっさと済ませればいいだけだろ」

「でも遊びにきただけだから他に議題もないし」

「今すぐ帰れ！」

＊

華園《はなぞの》先生からLINEがきたのは、そんな十二月はじめのことだった。夕食後、自室にこもって卓上《たくじょう》スピーカーから流れるチャイコフスキーのピアノトリオをぼんやり聴《き》いていると、スマホが震《ふる》えて通知音が鳴る。

画面を二度見した。たしかに、華園《はなぞの》先生からだった。

［バンドやめたの？］
　僕はスマホをそうっとベッドまで運ぶと背を丸めて毛布をかぶった。返信を打とうとするのだけれど指がうまく動かなかった。
［なんで知ってるんですか］
　こんな素っ気ない短文を打《う》ち込むのにも十分くらいかかってしまった。すぐにメッセージが返ってくる。
［ライヴの告知見た　カヤってだれ］
　確認《かくにん》してみると、今度のクリスマスライヴの告知サイトがすでにできていてパラダイス・ノイズ・オーケストラの名前もあり、ベーシストとして僕の代わりにKaya Shigasakiの名前が表示されている。
［良《い》いベーシストを紹介《しょうかい》してもらったので今回だけ代わってもらって客として聴《き》いてみようかと。やめたわけじゃないです］
［それならよかった］
　それならよかった。
　簡素なLINE上での文字のやりとりでは、表情もわからない。先生はどういう意味で書いているんだろう。それに、もっと。もっと他に──話したいこと、訊《き》きたいこと、教えたいこと、教えてほしいことが──たくさんある気がする。フリックしようとした指先が文字を見失う。なにひとつ言葉にならない。

ぽん、と灰色の吹《ふ》き出《だ》しが画面にまた生まれる。

［配信ないの？］

僕はそうっと息を吐《は》き出《だ》した。何回かに分けて、少しずつ。

事務的な会話の方が、気が楽だった。

［今回はネットミュージシャンばっかりじゃなくてもっとメジャーどころも出るイベントなので配信できないそうです］

［残念　でもすごいね］

それからしょんぼりしたタヌキのスタンプが挟《はさ》み込まれる。

先生にも聴《き》いてもらいたかった。できれば会場に来て――というのは無理だとわかっているけれど――

［それじゃ連れてってよ　ムサオも現場で観《み》るんでしょ］

僕は目を見開いてそのメッセージを凝視《ぎょうし》した。

連れていく？　先生を？　もう退院しているのか？　僕はスマホを両手で握《にぎ》りしめて腰《こし》を浮《う》かせた。背中から毛布が滑《すべ》り落《お》ちる。

でもすぐに次が送られてくる。

［スピーカーモードで通話つなぎっぱなしにして］

二度読み、腰《こし》を落とす。ベッドに再び仰向《あおむ》けになる。

スマホ経由で、ということか。

返信をのろのろ打《う》ち込む。

[おおっぴらにはできませんけどポケットに入れっぱなしでよければ]

[ありがと　楽しみ]

じゃあね、と手を振《ふ》るタヌキのスタンプで、会話は打ち切られた。

僕はその短いやりとりを何度も何度も読み返した。

けっきょく声は聴《き》けなかった。文字だけだ。元気そうな感じ——ではあったけれど。夜遅《おそ》いから声を立てられないとかかもしれない。そう、向こうからメッセージをくれたということは少なくともLINEでならやりとりしてくれるってことだ。半年間まったく連絡《れんらく》がなかったんだぞ。大きな進歩じゃないか。

その夜遅《よるおそ》く、Misa男チャンネルに久々の新着動画がアップロードされた。

ベッドシーツの上にのっているのは、おもちゃのピアノだ。枕《まくら》よりもさらに小さく、アンティーク調の装飾《そうしょく》が細やかで美しい。わずか2オクターヴしかない鍵盤《けんばん》はひとつひとつが指よりも細い。左右の手のひらを器用に重ね合わせて、ちゃんと三声のアレンジで奏《かな》でているのだから大したものだ。

ワム！の『ラスト・クリスマス』。

僕は昔、この曲名を「最後のクリスマス」だと思い込んで、歌詞もよく聴《き》かないまま、恋人《こいびと》か自分が死んでしまう悲劇的な歌なんだろうなと勘違《かんちが》いしていた。歌詞カードを読んでみたらなんのことはない、「去年のクリスマス」に振《ふ》られたから今年は別の恋人《こいびと》を見つけるぞ、という割と情けない歌だった。

最後の、じゃない。

今年も、来年もある。だって、生きているのだから。

ふと動画の説明文を見ると、〝Advent #1〟とだけ書いてある。待誕節《アドベント》。クリスマスまであと何日、と数えながら、カレンダーの窓を開いてお菓子《かし》を取り出したり、週替《が》わりの蠟燭《ろうそく》に火を灯《とも》したり、大きな菓子《かし》パンを少しずつ薄《うす》切りにして食べたり……。

次の曲のアップロードが、そしてクリスマスの到来《とうらい》が、待ち遠しかった。

それから、ふと思い至って各SNSにあるパラダイス・ノイズ・オーケストラのアカウントをチェックしてみる。

ライヴ告知の記事に大量のコメントが寄せられていた。

『ムサオやめちゃうの？』『ベーシストかわったんですか』『マコトさんいなくなったら別のバンドになってしまいます』『性転換《てんかん》して芸名変えた？』『シガサキカヤって本当にあの志賀崎《しがさき》伽耶《や》？』『ショックです』

あわてて各所に説明文を出した。

村瀬《むらせ》は久々にソロ曲を作りたいので今回のライヴを休みます。ベーシストは強力な新メンバーでPNOのサウンドにも完璧《かんぺき》にマッチしておりクリスマスには最高のパフォーマンスをお見せできると思います……。

僕はスマホを枕元《まくらもと》に伏《ふ》せ、電気を消して毛布をかぶった。

目を閉じ、考える。

ソロ曲を作りたい、と外向けに発表してしまった。クリスマスまでになにかしらアップしないとかっこうがつかない。

いや、発表どうこうじゃないな。Misa男がやるってのに、本家のMusa男がぼんやりしているわけにはいかない。クリスマスまでに、何曲仕上げられるだろうか。どんな曲にしよう。どんな音を何色の夜に響《ひび》かせようか。自分の中の暗闇《くらやみ》からとりとめもなく浮《う》かんでくる音の泡《あわ》を数えながら、僕は眠《ねむ》りに落ちた。

＊

スタジオ練習には相変わらず毎回参加し、カンタータの練習は一手に引き受け、おまけに学期末試験も迫《せま》ってたいそう忙《いそが》しい十二月だったけれど、それでもバンドを脱《ぬ》ける前に比べればずいぶん時間がとれるようになった。

心の余裕《よゆう》ができたのが大きい。

ここ半年、ずっとバンドのことだけ考えていた。パラダイス・ノイズ・オーケストラが僕の生活のど真ん中にあって、しかも存在がでかいので九割方を占《し》めていた。目を醒《さ》ましてまず考えるのは次のスタジオ練習のことや直近のライヴのことだった。

義務感の蓋《ふた》が、今は取り除かれている。空がとても広く見える。

曲を書くだけじゃなくて、聴《き》くのももっと増やさないと。僕は久しぶりに一晩を音楽の海の遊泳に費《つい》やした。新譜《しんぷ》を片《かた》っ端《ぱし》から視聴《しちょう》し、サブスクリプションのおすすめ機能をたどり、好きだった音楽ブログを読みあさり、ネットミュージシャン仲間のチャンネルを巡回《じゅんかい》する。出力するばかりでは感性なんてすぐに干涸《ひから》びてしまう。潤《うるお》さなければ。

そうして僕は、その音源に出逢《であ》った。

きっかけは、昔からよく読んでいた音楽ブログだった。面白《おもしろ》い曲を聴《き》いたけどだれの曲かわからない、という記事だ。マイナーな動画投稿《とうこう》サイトにアップロードされていたのを巡回《じゅんかい》中に見つけたのだそうだ。

『プレイもレコーディングもどう聴《き》いてもプロレベル。でもまったく正体不明。声も聴《き》いたことあるようなないような。あちこちの音楽検索《けんさく》サービスにかけてみても、それらしいものはヒットしない。ネットの片隅《かたすみ》にこんなのが転がってるなんてわくわくする』

ブログ主はそう書いていた。

半信半疑でリンクをクリックした僕は、脳天を撃《う》ち抜《ぬ》かれた。

鋸《のこぎり》で心の表面を削《けず》ってくるような荒々《あらあら》しいアコースティックギターのストローク。土の匂《にお》い立つパーカッションの雨。ラップがいつ始まったのか、すぐにはわからなかった。先住民の哀《かな》しみを煮詰《につ》めたようなつぶやきがドラムスと完全に同化していて区別がつかない。一人の声のはずなのに、僕はそこに少年たちや少女たちや死者たちの輪唱を聴《き》く。シタールの不気味なアルペッジョが夜を焦《こ》がす。

不意にファルセットが空を切り裂《さ》き、あふれ出た光がすべての煙《けむり》と闇《やみ》を放逐《ほうちく》する。僕は息もできなくなる。これはなんだ？　どうしてこんな曲がだれにも知られずにネットの路地裏に打ち棄《す》てられていたんだ？

深呼吸をして心を落ち着け、もう一度再生する。

動画はついていない。AUDIO ONLYと画面に素っ気なく表示されているだけだ。タイトルも、0000864.mp4とあるけれど、たぶんこれはファイル名そのままで曲名というわけではないのだろう。正体不明。でも間違《まち》いなくプロの作品だ。声に張りと華《はな》があり、アレンジに緊《きん》張《ちょう》感があり、音域がバランス良く満たされ、そして——

それでもこれは未完成品だ。

どことなく女性的な甘みも含《ふく》んでいるせいで過剰《かじょう》なまでに刺々《とげとげ》しく響《ひび》くラップと、澄《す》み渡《わた》ったハイトーンのコーラス。どちらも胸に迫《せま》る圧力があるけれど、調和していない。ぎりぎりのところで喧嘩《けんか》している。

この隔絶《かくぜつ》を丸ごと包《つつ》み込むための声が、もっと要《い》る。

それからこの過剰《かじょう》なオリエンタリズムあふれるリズムに潮の香りを加えるために……たとえばストリングスをうねるような感じで……あとはベースラインが弱いので補強して……

僕はＤＡＷアプリケーションを立ち上げ、0000864.mp4をトラックに取《と》り込んだ。思いついた限りのアレンジをそこに塗《ぬ》り重ねていく。二人の声をつなぐ新しい旋律《せんりつ》が意識の表面からひとりでに染《し》み出《で》てくる。ギターソロに沿うファルセットの息の長いフレーズに対して、シンコペーションで問いかけと答えを繰《く》り返《かえ》すような音型だ。一度譜面《ふめん》に起こし、歌の締《し》めくくりを引《ひ》き継《つ》ぐエレクトリックピアノのパッセージを打《う》ち込む。押し入《い》れの中でマイクに歌を吹《ふ》き込み、エフェクターで音の細さを補う。曲ができあがっていく様は、まるで涸《か》れた川が洪水《こうずい》によって流れと形をよみがえらせていく過程のようだった。

ミックスダウンが終わったところで我に返った。部屋は暗く、冷え切っていた。現実の寒さが一気に押し寄《よ》せてきて僕は身震《みぶる》いし、あわてて毛布を身体《からだ》に巻きつけた。

もう日付が変わっている。

何時間ぶっ続けでやっていただろう。夕食を摂《と》るのも忘れていた。

部屋を出ると家中真っ暗だ。家族はみんな寝《ね》てしまったらしい。台所に残っていた食パンをもらって自室に戻《もど》り、コーヒーで胃に流し込みながらまたヘッドフォンをかぶる。

できあがった曲をもう一度聴《き》いてみる。

これ――どうしよう?

ネットで拾った音源を勝手に使っているのだ。著作権的にまずい。

でも、発表したい。PNOチャンネルの登録者数でもって拡散すれば音源の正体がわかる人にも行き当たるかもしれないし――いや本音は全然そんなところにはなくて、純粋《じゅんすい》な自己顕《けん》示《じ》欲だ。こんなすごい曲、みんなに聴《き》かせずにしまい込むなんて、できない。

ベッドに転がり、何度も寝返《ねがえ》りを打って煩悶《はんもん》したあげく、欲望に負けた。

電灯をつけると、ギターをセッティングし、ごくシンプルな演奏動画を撮《と》る。音源をかぶせてざっくり尺を調整するだけの編集を施《ほどこ》し、PNOチャンネルにあげた。なるべく問題が起きないようにと、まず収益受け取りをオフにする。動画説明文に、こちらの曲をバッキングトラックとして使用しています、とリンクを添《そ》えて附《ふ》記する。どなたのなんという曲かもわからないので許可の申請《しんせい》もできません、なにかご存じの方いらっしゃったら教えてください、問題があるようならすぐに削除《さくじょ》します……。

アップロードを見守りながら抱《いだ》いていたのは、これまでとはまったくちがう形の不安だった。もう僕ひとりのチャンネルじゃないのだし、勝手なことをしたらバンドに迷惑《めいわく》がかかるかもしれないし、かといって新しくチャンネルを作っても聴《き》いてもらえないかもしれなくて、できれば一人でも多くの人に聴《き》いてほしいし、多分そんなに大きな問題にはならないはずで……。

もうなるようになれ。

僕はやけっぱちの気分でベッドに這《は》い戻《もど》った。

*

Musa男としての久々のソロ作品は、バンドの演奏動画とほとんど変わらない再生数の出足をみせた。女装もしていないし動画タイトルも『この曲知ってる人教えてください』なので全然視聴《しちょう》されないのではないかと案じていたけれど杞憂《きゆう》だったようだ。

『男みたいな格好しててもかわいいですね』

……とかいうコメントがいのいちばんについていたので消してやろうかと思ったが、その後は楽曲の方への言及《げんきゅう》が多かったので一安心。

原曲についての憶測《おくそく》は早くも百出していた。とくに、非常に特徴《とくちょう》的なラップの声にリスナーの興味は集中しているようだった。何人ものミュージシャンの名前が挙がっていたので片《かた》っ端《ぱし》から聴《き》いてみたけれど、どれもちがう気がする。

PNOのメンバーたちにも、心当たりはなかった。

「海外アーティストじゃないの。だとしたらもう広すぎて探しようがないよ」

昼休みの音楽準備室で、原曲を一聴《いっちょう》した朱音《あかね》が言う。

「でもコーラスの方が日本語ですよ」と詩月《しづき》が指摘《してき》する。

「そもそもこの原曲というのも、だれかの曲をサンプリングして歌をかぶせたのかも」

凛子《りんこ》の指摘《してき》に朱音《あかね》は、ああ、とうなずく。

「ラップってそういうの多いもんね。それじゃますますわからないね」

僕は彼女たちの会話をびくびくしながら聞いていた。途中《とちゅう》でそうっと訊《き》いてみる。

「あの、これ、著作権的にかなり危ないんだけど、みんなそのへんどう思ってるの。自分でやっといてなんだけど……」

「村瀬《むらせ》くんが自分の責任でやってることだし、べつに」と凛子《りんこ》は肩《かた》をすくめる。

「商用利用でないのなら権利者から怒《おこ》られてもごめんなさいして動画を消せば済むことでしょう。隠《かく》しているわけでもないですし」詩月《しづき》も珍《めずら》しく普《ふ》通《つう》の意見を言う。

「びびるくらいならアップしなきゃいいのに！」朱音《あかね》は容赦《ようしゃ》がない。

まあ、その通りだ。心配ならやらなければよかった。でも、すごい曲だったし、それを踏《ふ》み台《だい》にしてさらにすごい曲ができてしまった。

「村瀬《むらせ》くんは最近どんどんわがままになっている」

凛子《りんこ》にずばりと言われて僕は青ざめる。

「……え……そ、そう？」

声が震《ふる》えているのは図星だったからだ。

新しいベーシストを勝手に見つけてきて、バンドを勝手に脱《ぬ》け、拾いものの音源で勝手に曲を作ってアップロードし……。

「どんどんわがままになっていいんですよ、なんでも言ってください！　真琴《まこと》さんの言うことならなんでも聞きますから」

詩月《しづき》さんは普段《ふだん》から僕の話を普通《ふつう》に聞いてくれませんかね。

そこでスマホを熱心にフリックしながら見ていた朱音《あかね》が言う。

「コメントすごい伸《の》びてるけど。……窪井拓斗《くぼいたくと》、ってだれ？」

僕らはそろって画面をのぞき込んだ。

新着順にしたコメント欄《らん》に、ここ数時間のコメントがずらっと並び、同じ名前への言及《げんきゅう》がいくつも目についた。

『このラップ窪井《くぼい》拓斗《たくと》では？』

『窪井《くぼい》拓斗《たくと》かも。似てる』

『窪井《くぼい》拓斗《たくと》がウェブラジオやってた頃《ころ》にこんな曲やってた気がします』

僕らは顔を見合わせた。

どこかで見た名前のような気がするけれど、思い出せない。

検索《けんさく》すると、すぐに写真が大量に出てきた。それで僕ら全員が思い出した。

「ああ、見たことある。モデル……？　だったか、俳優じゃなかった？」

「ミュージカルをやっていたような。あと個展とか開いていませんでしたっけ」

「ダンサーじゃないの？　動画で見たよ」

三人とも言っていることがちがっていて混乱したが、さらに調べてみると驚《おどろ》いたことに全部真実だった。

窪井《くぼい》拓斗《たくと》。日本人の父親と英国人の母親の間に生まれ、幼少期は東京で育ち、十歳のときにロンドンに移り住み、ダンスと歌唱を学んでミュージカル俳優として活躍《かつやく》。日本では個性派ファッションモデルとして数年前に脚光《きゃっこう》を浴びる。油絵でも才能を認められ個展開催《かいさい》多数。作詞作曲もできてギターも弾《ひ》きこなす。ルックスも、背筋が凍《こお》るようなシャープさと翳《かげ》りを併《あわ》せ持《も》つ美青年で、天から何物与《あた》えられたのかとあきれてしまう。

動画チャンネルを持っているらしいのでアクセスしてみた。

ほとんどはダンスの動画だったけれど、ぽつぽつとギターを抱《かか》えたサムネイルがある。直近のひとつをタップした。

ベックの『ウェア・イッツ・アット』のカヴァーだ。

けだるくもの悲しいワンフレーズを聴《き》いただけですぐにわかった。この人だ。

「この人だね」と朱音《あかね》がつぶやき、凛子《りんこ》と詩月《しづき》もうなずく。

演奏動画を一通り再生してみたけれど、例の《原曲》はなかった。

「レコードを出したりはしていないようだけれど」

「でも、あの音源めっちゃプロ仕様だよ。本気で作られてるよ」

「海外だけで発売、とかでしょうか」

「日本語の歌詞も入ってるからそれはない。お蔵入《くらい》り音源かもしれない」

「それがどうしてネットにアップされてんの？」

三人はしばらくああでもないこうでもないと言い合っていたが、やがて朱音《あかね》がぱっと僕の方を見て声を明るくした。

「とにかく本人に訊《き》いてみればはっきりするよね！　合ってたらついでに使用許可の話もしちゃえばいいんだし！」

本人に訊《き》く。それしかないか。

せっかく手がかりが見つかったのに、どうにも気が重い。ほんとうにこの窪井《くぼい》拓斗《たくと》という人の曲だったとして、使用許可をもらえるとは限らないし、削除《さくじょ》しろと怒《おこ》られたり、あるいは損害賠償《ばいしょう》を請求《せいきゅう》されたり……

頭を振《ふ》る。

自業自得《じごうじとく》だ。もうネットの海に放ってしまった後なのだ。取り返しはつかない。やるべきことを粛々《しゅくしゅく》とやるしかない。

動画チャンネルのプロフィールに書かれた連絡《れんらく》先アドレスをタップする。

窪井《くぼい》拓斗《たくと》様、はじめまして。ウェブで音楽活動をしている村瀬《むらせ》真琴《まこと》という者です。このたび、こちらの動画共有サービスにアップロードされておりましたこの音源をバッキングトラックとして使用したのですが、こちらは窪井《くぼい》様の作品でしょうか？　もしそうでしたら事後許諾《きょだく》になってしまって申し訳ないのですが――

一文字打つたびに胃が痛んだ。

驚《おどろ》いたことに、その日の夜に返信があった。

『村瀬《むらせ》様　はじめまして。新島《にいじま》と申します。窪井《くぼい》拓斗《たくと》の代理人としてマネジメント業務全般《ぜんぱん》を行っている者です。突然《とつぜん》で恐縮《きょうしゅく》ですが、今週どこかでお時間をいただくことは可能でしょうか。本件に関しましては非常に話が込《こ》み入《い》っており、また当方でも不明な点が多く、ぜひ村瀬《むらせ》様と直接おあいして話したいと窪井《くぼい》が申しており――』

急展開すぎて目眩《めまい》がしてきた。

＊

三日後の夕方、僕はお茶の水にある小さなビルを訪《おとず》れた。

約束の五時ぴったりにエントランスに入ると、ロビーのソファに腰掛《こしか》けていたダークスーツ姿の三十歳くらいの男性が立ち上がった。眼鏡をかけ、髪《かみ》をきれいになでつけた折り目正しそうな人だ。

「村瀬《むらせ》さんですね。新島《にいじま》です。今日はわざわざご足労いただきありがとうございます」

もうネットでかなり顔を晒《さら》しているのでこういう初対面での待ち合わせのときには向こうが一目で見つけてくれて便利だった。僕は深々と頭を下げる。

「今回は、ええと、その、勝手に音源を使ってしまってすみません、それでその」

「ああいや、そのお話はまた後ほど。窪井《くぼい》が下で準備しておりますので」

新島《にいじま》さんは僕をエレベーターの方へと促《うなが》す。

地下のだだっ広いスタジオには、すでに楽器類が準備されていた。二台のアンプ、キーボードスタンドにのせられたKORG KRONOS LS、二本のマイクスタンド。

ギターアンプの前のパイプ椅子《いす》に座った一人の若い男が、オベイションのエレアコギターを調律している。

顔を上げ、僕を見た。

「窪井拓斗《くぼいたくと》です」

ぼそりとそれだけ言った。

ネットにあがっている画像を見たときも、こちらを不安にさせる美貌《びぼう》だなと感じていたけれど、実物は比べものにならないくらい殺気走っていた。真っ白に脱色《だっしょく》した髪《かみ》に、つららの先でざっくり彫《ほ》って造ったかのような切れ長の両眼。僕がちょっと脇見《わきみ》をしただけで肉食獣《じゅう》の正体を現して嚙《か》みついてきそうな気がする。

調律を終えた窪井《くぼい》拓斗《たくと》が腰《こし》を持ち上げた。僕は反射的に後ずさった。嚙《か》みついてくる代わりに、彼はなにかを放ってきた。折りたたまれた紙だ。受け取って開いてみると、楽譜《がくふ》だった。意味がわからなかった。続いて彼はキーボードを指さす。僕は救いを求めるようにしてマネージャー新島《にいじま》氏を見た。苦笑《くしょう》と、ほんとうにすみません、とでも言いたげな目礼が返ってくる。

「キーはDで。てきとうなところで入ってくればいい。ワン、トゥ」

なんの説明もないまま窪井《くぼい》拓斗《たくと》はギターリフを弾《ひ》き始めた。例の曲だ。食い殺しそうな目つきは相変わらずだったので僕はまごつきながらも鍵盤《けんばん》の前に立った。なんで来ていきなりセッション？　話があるんじゃなかったの？　困惑《こんわく》と疑問とおびえで頭がいっぱいになって耳の穴からこぼれ出そうだった。

でも窪井《くぼい》拓斗《たくと》がマイクに歩み寄り、つぶやき始めると、僕の意識はすっと指のあたりまで沈《しず》み込んで音の中に浸《ひた》った。録音されたものよりもいっそう鋭《するど》く、禍々《まがまが》しく、それでいて瞑想《めいそう》的な声だ。

視線が僕の頰《ほお》を裂《さ》く。

オルガンの白玉を薄《うす》く塗《ぬ》り広げながら、マイクを引き寄せる。

自分の声を重ねた瞬間《しゅんかん》、ぞくぞくした怖《こわ》いほどの快感が喉《のど》を這《は》い上《あ》がってきた。声質もリズムも旋律《せんりつ》も使っている言語さえもちがう二つの歌が、ただビートとコードだけを共有してせめぎ合うのが、こんなにも毒々しく甘美《かんび》だなんて思いもしなかった。

だからワンコーラス歌い終えたところで彼がいきなり演奏をぶっつり打ち切ったとき、僕はすさまじい寒気と絶望感に襲《おそ》われ、吐《は》きそうになり、キーボードに突《つ》っ伏《ぷ》してしまった。オルガンの不愉快《ふゆかい》な不協和音がスタジオいっぱいに充満《じゅうまん》し、あわてて身を起こして音量を落とす。

窪井《くぼい》拓斗《たくと》は僕をひとにらみしてからギターをスタンドに置いた。

「たしかにあんただな。ほんとに高校生だったのか」

吐《は》き捨《す》てるように言ってパイプ椅子《いす》にまた腰《こし》を下ろす。本人確認《かくにん》のために音合わせしたのかよ。顔見ればわかるだろうに、そんな目的でわざわざスタジオに呼びつけたの?

新島《にいじま》氏が僕のぶんの椅子《いす》を持ってきてくれたので、僕は釈然《しゃくぜん》としないまま座った。

「新島《にいじま》さん。ちょっと外してくれ。二人だけで話したい」

ぎょっとする。すがるように新島《にいじま》氏を見ると、向こうも同情含《ふく》みの目を返してくる。

「いえ、邪魔《じゃま》はしませんから。私がいた方が村瀬《むらせ》さんも話しやすいのではないかと」

新島《にいじま》氏の言葉に首が折れるほどうなずきたかった。でも窪井《くぼい》拓斗《たくと》はにべもなく言った。

「いいから。俺がやりづらいんだよ。別になにかするわけじゃない。俺が殴《なぐ》りそうになったら止めに入ってきてくれ」

なにかするんじゃん！　と僕は声をあげそうになった。新島《にいじま》氏は小さく嘆息《たんそく》してスタジオを出ていってしまった。室内の気温が三度くらい一気に下がったように錯覚《さっかく》する。

窪井《くぼい》拓斗《たくと》は椅子《いす》を五センチほど僕に近づけ、脚《あし》を組んだ。

「それで、……ムサ……ム、むら……？」

「村瀬《むらせ》真琴《まこと》、です」

「村瀬《むらせ》真琴《まこと》さん。あんたは、あの音源をだれがアップしたか全然知らない？」

変わらずぶっきらぼうな口調だった。まあ、この風貌《ふうぼう》と態度でしゃべり方だけ慇懃《いんぎん》になられても気持ち悪いだけだが。

「はい。メールで新島《にいじま》さんにお伝えした通りで」

新島《にいじま》さんがいた方がやっぱり話を進めやすいですよ、と言外に匂《にお》わせてみたけれどさらっと無視された。

「あれは、やっぱり、その、窪井《くぼい》さんの曲なんですよね」

「拓斗《たくと》でいい」不快感をあらわにして言った。「この名字はな、cool boyとかってさんざん馬鹿にされたんだよ」

「はあ……」

イギリスに住んでいたんだっけか。色々大変だったんだろうな。

「俺の曲だけど、俺だけの曲でもない。表に出るはずのない曲だった。なんで投稿《とうこう》サイトなんかにあげられてたのか、俺にもわからない」

拓斗《たくと》さんはそこで言葉を切り、しばらくマイクスタンドの脚《あし》の一本をじっとにらんだ。言葉を探している——というよりは、なにかを待っているような目だった。

でもけっきょく再び口を開く。

「もう何年前だったか忘れたが、俺が日本でレコードデビューする話があった。CMタイアップの話も固まってた。プロデューサーは俺が自分で指名した。レコーディングも済ませた」

「日本で？　……ああ、なるほど、それで」

なんの気なしに僕がつぶやくと、拓斗《たくと》さんは眉《まゆ》を寄せた。

「なにがなるほどなんだ」

怒《おこ》らせたかと思って僕は咳《せ》き込んでから答えた。

「いえ、その、……拓斗《たくと》さんの好きそうな音楽って日本じゃ全然受けなそうで。でもギターとラップはめっちゃかっこいいから、サビでその上にキャッチーなメロディをのせたら日本でも売り出せそうだな、っていう、それであのアレンジになったんだな、って」

僕が一聴《いっちょう》して感じたラップとコーラスの《隔絶《かくぜつ》》も、そんな制作過程の産物だと考えると納《なっ》得《とく》がいく。

そこで信じがたいことが起きた。

一呼吸の沈黙《ちんもく》の後、拓斗《たくと》さんが笑い出したのだ。

天井《てんじょう》を仰《あお》ぎ、ウェーブのきつい髪《かみ》を振《ふ》り乱《みだ》し、パイプ椅子《いす》をきいきい軋《きし》ませ大きく上体を揺《ゆ》り動《うご》かしてひとしきり笑い声をあげた。僕はもう恐怖《きょうふ》しか感じなかった。

やがて拓斗《たくと》さんは肩《かた》で息をして、僕に目を戻《もど》す。

「あの人と同じこと言うんだな」

人間の言葉を覚えたふりをしている豹《ひょう》と会話している気分だった。さっぱり意味がわからない。意図もわからない。

「あんたの言う通りだよ。このままじゃ売れそうにないってんで、プロデューサーが俺に無断でコーラスに日本語の歌メロディを入れやがったんだ」

アーティストに無断で？　プロのレコーディング現場でもそんなことがあり得るのか。いや、むしろプロだからこそ、なのかな。

「……でも――」

言いかけ、口をつぐむ。これ、言っちゃいけないことでは？

拓斗《たくと》さんが僕を見ている。

もういいや。遠慮《えんりょ》しないで思ってることを全部ぶつけてみよう。

「あのコーラス、すごくよかったと思いますけど。ギターソロを最初はなぞって、二巡目《にじゅんめ》で離《はな》れて上がって伸《の》びてくところとかは特に」

「……そうだな。俺もそう思うよ」

否定しないのかよ？　もう、なんなんだほんとに。

「そのプロデューサーの勝手なやり方に怒《おこ》った、って話じゃないんですか」

「怒《おこ》ったよ。ものはいいが、俺の曲じゃない。そう言ってデビューの話は蹴《け》った」

あきれてため息も出ない。こういう強情《ごうじょう》で偏屈《へんくつ》なまでにアーティスティックな人って、ほんとうにいるんだな。タイアップ決まってたって言ってなかったっけ？　まわりにめちゃくちゃ迷惑《めいわく》かかったんじゃないだろうか。

「アップされてたあの音源は、そのときの仮ミックスダウンしたやつだ。なんで今頃《いまごろ》ネットに出たのか……。出所もさっぱり見当がつかない」

お蔵入《くらい》り音源なのでは、という凛子《りんこ》の推測が正解だったわけだ。

「ええと、じゃあ、とにかく権利的にはもう無理な音源だったんですね。ほんとうにすみません。曲はすぐに削除《さくじょ》します」

「俺はかまわない」

「え？」

「ただ、さっきも言ったが権利者は俺だけじゃない。アレンジ決めてコーラスのメロディを書いたのはそのプロデューサーだからそっちの許諾《きょだく》も要《い》る」

「いや、他にもミュージシャン関わってますよね。ベースもドラムスも。お蔵入《くらい》り音源だから権利の管理とかもできてないだろうし」

頭が痛くなってきた。なに言ってるんだこの人は？　音源の使用許諾《きょだく》の話でしょ？

「録《と》り直せばいい」

「べつにそこまでしようとは」

「なんでだよ。あそこまで仕上がってる曲をあきらめるのか？」

なんでだよはこっちのせりふなんだが？

「プロデューサーは蒔田《まきた》シュンって人だ。アップしたのもその人かもしれない。今どうしてるのかは知らない。もともとあんまり表に出るような仕事をしてる人じゃなかったし、連絡《れんらく》先も消しちまった。あれだけ不義理をしたからな。合わす顔もない」

「……はあ」

「あんた業界に知り合い多いか？」

「多くはないですけど、いないことはないです」

キョウコさんの顔が真っ先に浮《う》かぶ。それから——玉村《たまむら》社長？　いや、あの人を業界の知り合いに数えるのはいやだな。

「じゃあ、つてで蒔田《まきた》さんに連絡《れんらく》つけられるだろう」

「いや、音楽業界っていっても広いですし」

「意外に狭《せま》いとも言う。やってみなきゃわからないだろうが」

だからなんでやらせようとするの？　僕があきらめればいいだけの話じゃないの？

そこでふと思い至って、遠慮《えんりょ》がちに訊《き》いてみる。

「……ええと。つまり、拓斗《たくと》さんが、その、蒔田《まきた》さんって人に連絡《れんらく》とりたいってことですか。気まずいんで僕を介《かい》してっていう」

拓斗《たくと》さんの顔が露骨《ろこつ》に歪《ゆが》んだ。

「だれがそんなこと言ったんだよ」

言ったも同然だった。

歯を軋《きし》らせ、しばらく中空をにらみ、それから拓斗《たくと》さんは鼻から息を吐《は》き出《だ》した。

「……俺はガキだった。もっといくらでもやりようがあった。でもあのときは他にどうしようもなかった。あの人の顔も潰《つぶ》したし、あの曲も潰《つぶ》した」

それで？

自分からは連絡《れんらく》をつけて謝ったりできないけれど、よく知らない他人である僕を通じてなにかそれとなくコンタクトしたいってことですか？

辛辣《しんらつ》な言葉を僕は飲み込み、代わりに言った。

「……わかりました。知り合いにあたってみます」

＊

帰宅してすぐ、まず例の曲を非公開にした。

説明を添《そ》える。原曲についての情報提供ありがとうございました。権利的に難しいのでひとまず非公開にいたします。お騒《さわ》がせいたしました。

それから、蒔田《まきた》シュンという名前を検索《けんさく》する。

だいぶ前にオリジナルアルバムを二枚出している。でもあまり名前を出して仕事をするタイプではなかったらしく、情報がほとんどない。アイドルグループの曲、CM曲、劇伴、それからフリーライターみたいなこともやっていて、本も共著で一冊出している。

アルバムがサブスクリプションに登録されていたので聴《き》いてみた。

職人気質、というのが第一印象だった。サイケデリックでありながら、すべてのサウンドが計算しつくされ、定規で測ったようにぴったりと聴《き》き手からの距離《きょり》感をそろえられ、心地《ここち》よいよそよそしさを創り出している。

これは――かなり好みだ。売れないだろうけど。

僕がむかし女装をするよりも前にやっていたようなぬるめのエレクトロニカを、何万倍も洗練させて歌ものに仕上げた感じ。もしバンドメンバーたちに出逢《であ》っていなかったら、僕はきっとこの方向に進もうとしてまるでうまくいかなくて電子の海でもがいて溺《おぼ》れていただろう。

音量を落として流し続けながら調べ物を進める。

窪井《くぼい》拓斗《たくと》のレコードデビューが潰《つぶ》れたというニュースも見つかった。プロデューサーの蒔田《まきな》シュンの名前も出ている。でもネットで話題になったのはこのときくらいだ。

クレジットされている曲も片《かた》っ端《ぱし》から聴《き》いてみる。

逢《あ》ったこともない蒔田《まきた》シュンという人物が、浮《う》かび上《あ》がってくる――気がする。

クライアントの意向に100％応える職人のように見えて、アレンジの端々《はしばし》にえぐみのあるこだわりが匂《にお》う。ジャズの素養を感じさせるピアノフレーズ。エレクトリック・ライト・オーケストラからの執拗《しつよう》な引用。山下達郎《やましたたつろう》ばりの空間作り。

アルバムリリースのときに一度だけ顔出しもしていた。ほっそりとしていて、目つきが優《やさ》しく、一度目を離《はな》した瞬間《しゅんかん》にはもう思い出せなくなっているような印象の薄《うす》い外見だった。大学生くらいにも見えるし、五十歳だといわれてもそれはそれで納得《なっとく》してしまうような。

このアルバムを出しているレコード会社に連絡《れんらく》してみればいいだろうか。

でもなあ。正式に発表された音源ではないのだ。トラブルでお蔵《くら》入りになったっていう曰《いわ》く付《つ》きで、流出した経緯《けいい》もわかっていない。そんなものの使用許諾《きょだく》を、いきなり問い合わせるなんてハードルが高すぎる。

なんで僕がそんなことをしなきゃいけないんだ？

……という気持ちは、不思議なことに、少しずつ薄《うす》らいでいた。

蒔田《まきた》シュンの歌を何曲も聴《き》いたからだろうか。逢《あ》ってみたいという気持ちが固まってきたからだろうか？

いや、思えば、拓斗《たくと》さんとの面会の間も少しずつ考えが前向きになっていった気がする。メロディの使用許諾《きょだく》だけでももらって——録《と》り直せばいい、だって？　笑ってしまう。なんて馬鹿なことを考えるんだろう。

いちばん笑えるのは、今の僕が同じ考えになりつつあることだ。あの《原曲》でかけがえのない部分は三つ。ギター、ラップ、そしてあのコーラス。二つまで、手の内にある。不完全燃《ふかんぜんねん》焼《しょう》でもあれだけの輝《かがや》きを放っていた歌だ。完成させたい。つてをたどるしかないか。

キョウコさんは——僕の知り合いの中ではいちばん業界で顔が広そうだけど、そもそも知り合いというのもおこがましいのでは……？　連絡《れんらく》先は知っているけれど、めちゃくちゃ忙《いそが》しい人だからこんな私用で頼《たの》み事をするのも気が引けるし。

玉村《たまむら》社長。あの人に借りを作るのはいやだなあ。柿崎《かきざき》さんに頼《たの》むにしてもけっきょく玉村《たまむら》社長のコネクションをあてにすることになるから結果は同じだ。そもそもあの会社はイベント運営が主だから音楽業界にそこまで深いつながりがあるかというと疑問だし。

となると——

蒔田《まきた》シュンのアルバムリリース記事を読みながら、ふと思いついた。

ＬＩＮＥを開き、伽耶《かや》にメッセージを送る。夜遅《よるおそ》くすみません。頼《たの》み事があるのですがややこしい話なので電話してもいいですか。

すぐに返信があった。

［着替《きが》えるので少し待ってください　こっちからかけます］

着替《きが》える？　なんで？　電話だよ？

十五分もたってから着信があった。スマホの画面にはクリスマスパーティの日時を間違《まちが》えたのかと突《つ》っ込みたくなるほど洒落《しゃれ》たかっこうをした伽耶《かや》が映っていた。なぜビデオ通話なんだ。といって、こっちだけカメラオフにするのも感じが悪いし、そのまま通話に出る。

「夜遅《よるおそ》くごめん、ありがと、あの、べつにビデオ通話じゃなくていいんだけど」

伽耶《かや》は目を見開く。

『えっ、だって詩月先輩《しづきせんぱい》がPNOの電話連絡《れんらく》はカメラONにする決まりだって』

なんでそんなでたらめを教《おし》え込むんだよ。あれだ、どうせプライベートでの伽耶《かや》を見てみたいからとかそんな理由だろう？

「あのさ、うちのメンバーは全然冗談《じょうだん》に見えないような真顔でてきとうなこと言ってひとをだましたりするんだ。三人とも。だからあんまり真に受けない方が」

『わたしを真顔で何回もだました先輩《せんぱい》が言うと説得力ありますねッ？』

あああああ、その通りだった。すみません。

『それで、頼《たの》み事というのはなんですか』

「ああ、うん。ちょっと変な話なんだけどね」

僕は、蒔田《まきた》シュンのアルバムを制作したレコード会社の名前を出した。

「たしか伽耶《かや》のお父さんも同じとこからレコード出してたよね？」

父親が話題にのぼったからだろう、伽耶《かや》は露骨《ろこつ》に嫌《いや》そうな顔になる。僕は申し訳なさを口の中で転がしつつ続けた。

「その会社の人にお願いしたいことがあるんだ。伽耶《かや》のってでどうにかできないかなって」

これだけじゃまったくわけがわからないだろうから、僕は全部説明した。この間アップしたソロ曲のこと。《原曲》のアーティストである窪井《くぼい》拓斗《たくと》と話したこと。プロデューサーの蒔田《まきた》シュンという人とも話をつけなければいけないこと。

説明していくうちに伽耶《かや》の顔がどんどん険しくなっていくのが怖《こわ》かった。だからビデオ通話になんてしなければ。

話し終えると、伽耶《かや》はとてもわざとらしく長い長いため息をついた。

『先輩《せんぱい》、わたしが父のコネについて良く思ってないことは知ってますよね？』

「うん、まあ……」

『知っててそんなこと頼《たの》むんですか？』

「そうなんだけど、でも、ほら、利用できるものは利用しなきゃってこないだ話したわけだしそうすると自分でも言ったことはやらなきゃって、あっ、あの、もちろん、お礼はするよ、なんでも言ってくれれば、できる限り、なんでも」

今度のため息はさっきの長さのきっちり二倍だった。

『村瀬《むらせ》先輩《せんぱい》について、色々と話を聞いたんです。みなさんに』

いきなり伽耶《かや》が言うのでなにごとかと思う。

『凛子《りんこ》先輩《せんぱい》も、朱音《あかね》先輩《せんぱい》も、詩月《しづき》先輩《せんぱい》も、それはもうたくさん話してくれました。村瀬《むらせ》先輩《せんぱい》の話だけで二日間徹夜《てつや》できそうなくらいでした』

え、なにそれ。怖《こわ》いんだけど。なにを話したの?

『あんまりいっぱい話すものだから、わたしもわけがわからなくなってきて、訊《き》いたんです。村瀬《むらせ》先輩《せんぱい》って要するにどんな人なのか、ひとことで言うと、って。三人ともまったく同じ答えでした。音楽バカ、です』

「……はあ」

『一日二十四時間、音楽のことしか考えてない。良《い》い曲ができそうだなって思ったらもう他のことはまったく目に入らなくなる。わたしもなんとなくそうかなとは思ってましたけど、今日よくわかりました。ほんとに、ほんとうに、ほんっとうに、救いようのない音楽バカですね』

僕は首をすくめる。

みんなそんなふうに思っていたのか。言い訳はできない。その通りだと自分でも最近思い始めている。

『マネージャーに話してみます。多分、そこの会社ともやりとりあるはずなので』

「えっ。……あ、あ、ありがとう！」

思わずスマホに映る伽耶《かや》に顔を近づけてしまう。

『約束ですからね！』と伽耶《かや》は顔を紅潮させた。『お礼になんでも言うことを聞いてくれるって、忘れないでくださいね！』

返事をする前に伽耶《かや》は通話を切ってしまった。

僕は息をついて、スマホを充電《じゆうでん》器につないだ。

ノートPCからは、ほとんど聞こえないくらいの音量で、蒔田《まきた》シュンの歌が流れ続けていた。

どうしても思い出せない昨夜の夢みたいな、あやふやで優《やさ》しくて心惹《ひ》かれる歌声だった。

5　昨日と明日のリフレイン

拓斗《たくと》さんは電話でも相変わらずの態度だった。

「蒔田《まきた》シュンさんのアルバムを出してた会社ありますよね。そこと連絡《れんらく》がとれそうなんですけれど、やっぱり僕よりも拓斗《たくと》さんが話をしにいった方が」

『なんでだ。音源使いたいのはあんただろ。自分でやれよ』

ううん、あくまでそういう形だと言い張るのか。強情《ごうじょう》な人だ。

電話のやりとりだとお互《たが》いに顔が見えないので、どれだけ不機嫌《ふきげん》そうにされてもさほど怖《こわ》くない。だから僕は正直に訊《き》いてみた。

「蒔田《まきた》さんと話すの、気まずいですか？」

拓斗《たくと》さんはしばらく黙《だま》り込む。

『……そういうんじゃない。……話す気もないし、話すこともないし、話す資格もない。それだけだよ』

「そんなにひどい喧嘩《けんか》別《わか》れだったんですか」

問いを重ねつつ、我ながら意地が悪いな、と思う。

仮ミックスまでできていた曲を放り出してデビューを潰《つぶ》したのだ。ひどくない別れ方のわけがない。でも拓斗《たくと》さんがあまりにひねくれているものだから、つつきたくなったのだ。

『喧嘩《けんか》なんてしてねえよ。やめるっつってスタジオ出てってそれっきりだ』

「それなら、なおさら話しておかなきゃいけないことがあるんじゃ」

『ない』

「だってお互《たが》いにどういう不満があったのか話し合ってないってことでしょ」

『不満があったわけじゃない』

ほんとになんなんだよこの人は。

『あんたもあれ聴《き》いて、トラックに使おうとしたくらいなんだから、わかるだろ。あのアレンジは悪くなかった。あの人が勝手に付け加えたとこも、活《い》きてた』

「もちろんわかりますよ」

二つの異才の、本気のぶつかり合いだった。曲がぶっ壊《こわ》れていないのが奇蹟《きせき》に思えた。

『クズ曲だった方がましだったよ。それなら俺の人選が間違《まちが》ってただけだ。でもあの人は本物だった』

「拓斗《たくと》さんが自分でプロデューサーを探した……んでしたっけ」

『レコード出す話が来たときに、日本人のアルバムを何千と聴《き》いた。ほとんど全部ゴミだった。俺の歌を任せてもいいって思えたのは一人しかいなかった』

奇蹟《きせき》の出逢《であ》いなんかではない。うんざりするほどのドブ浚《さら》いの末に見つけた光。

『実際一緒《いっしょ》にやってみて、俺の目に狂《くる》いはなかった。でも、できあがったのは俺の曲じゃなかった。あの人の曲だ。他にどうしようもないのもよくわかった。レコード出すのをやめるか、俺が俺であることをやめるか、どっちかしかなかった』

こういう絶望的に不器用な人だからこそ、あんな美しくひび割れたサウンドを生み出せてしまえるんだろうな、と僕は思う。

でも、常識的な言葉でもう少しノックしてみたい。

「お互《たが》い時間も置いたわけだし、いま逢《あ》ってみたらわだかまりもなくなってるかも」

『俺のこの問題を、時間なんかに解決させせねえよ。ふざけんな』

ものすごい言い草だった。

窪井《くぼい》拓斗《たくと》という人物を好きになり始めている自分に気づく。

プロデューサーに対してもこんな態度だったのだろうか。だとしたら、アーティストに無断であんな力業《ちからわざ》のアレンジを重ねてまで音源を形にしようとしたのもわかる。対話はできないけれど見捨てられない、麗《うるわ》しい猛獣《もうじゅう》。

「つまり——」

言葉はほんとうに届いているのだろうか、と不安になって僕は唇《くちびる》を舌で湿《しめ》らせる。

「とにかくあの曲をもう一度仕上げたい、他はどうでもいい、ってことですか」

『最初からそう言ってる』

言ってないだろうが。そっちからの言葉がでこぼこすぎて、穴を埋《う》めて形にして意味を通すので精一杯《せいいっぱい》だよ。

「でも、どうしようもなくてあきらめた曲ですよね。なんで今になって」

『あのときはどうしようもなかったよ。でも今はあんたがいるだろ』

通話は切れた。

椅子《いす》の背もたれに深く身を沈《しず》める。見慣れた自分の部屋を見回す。現実感が戻《もど》ってくるのに時間がかかる。今は——まだ午後八時か。一晩中話していたような錯覚《さっかく》さえおぼえる。

拓斗《たくと》さんの言葉が頭蓋骨《ずがいこつ》の中で転がり、漂《ただよ》い、静かに泣いている。

僕がいるから。

なんだよそれは？　僕のなにを知ってるっていうんだ？　あんただって僕がネットにあげた曲を聴《き》いただけじゃないか。

曲を、聴《き》いただけ。

ノートPCを開き、曲ストックのフォルダからひとつ選んで再生する。非公開にしたままの、あの曲。拓斗《たくと》さんと僕と、そして逢《あ》ったこともない蒔田《まきた》シュンの声が意識の表面で混じり合ってはじける。

それがすべての世界だ。他になにも要《い》らない。

電話が鳴った。

『お電話でははじめまして。白石《しらいし》です』

涼《すず》やかで張りのある女性の声だった。白石《しらいし》？　と僕は一瞬《いっしゅん》考え、すぐに思い至る。伽耶《かや》のマネージャーだ。メールではもう何度もやりとりしていた。女性だったのか。下の名前なんてぜんぜん気にしていなかった。

『蒔田《まきた》シュンさんのレコード会社ですが、お話を伺《うかが》ってきまして』

「あっ、ありがとうございます！」

『ときに村瀬《むらせ》さん、今週末お時間いただけますか？』

「へ？」

＊

土曜日の午前十時、上野駅の改札前で白石《しらいし》さんと落ち合った。

明るいベージュのPコートにグレイのパンツスーツ、たぶん三十代後半くらいだろう、ぴんと姿勢のいい上品な女性だった。髪《かみ》を短く刈《か》り込んで眼鏡をかけているのに険しい印象が全然ないのが不思議なところだ。

向こうがすぐに僕を見つけてくれた。

「村瀬《むらせ》さん、今日はわざわざありがとうございます」

「い、いえ、こっちこそ。すみません、一緒《いっしょ》に行ってもらうなんて。僕ひとりで大丈夫《だいじょうぶ》かなと思うんですけど……」

面倒《めんどう》な私用を手伝ってもらった上に同道してもらうなんて、と恐縮《きょうしゅく》していた僕に、白石《しらいし》さんは首を振《ふ》って告げた。

「いえ。そちらの用件はついでなんです。伽耶《かや》ちゃんのことで、村瀬《むらせ》さんとは何点かお話ししておかなくてはいけないことがあると思っていましたから。短くない道中ですのでご一緒《いっしょ》させてもらうのが都合がいいかと」

「え……あ、はい、そう……そうですね……」

新幹線、鈍行《どんこう》、バスと乗《の》り継《つ》ぐ片道およそ二時間半の行程だ。話す時間はたっぷりある。

「私は伽耶《かや》ちゃんの味方という立場で、いわば親御《おやご》さんたちからも伽耶《かや》ちゃんを守るのが仕事ですから伽耶《かや》ちゃんの意思を最大限尊重いたしますけれど、それはそれとして事務所との契約《けいやく》というものがありますからこれは村瀬《むらせ》さんにも絶対遵守《じゅんしゅ》していただかないと困ります」

人気のないグリーン車の最前列の席に並んで座り、僕は白石《しらいし》さんに懇々《こんこん》と説教された。

「ええと、ひょっとしてバンド活動はだめってことですか」

「音楽活動は問題ありません。コンサートへの出演もＯＫです。ただし肖像《しょうぞう》財産権は事務所が排他的契約《はいたてきけいやく》を結んでおりますので、写真や動画の販売《はんばい》に関しては無断で行えず、必ず事務所に許諾《きょだく》を出してもらう必要があり、今度のクリスマスライヴに関しましては私が運営会社とお話しさせていただきます。村瀬《むらせ》さんにも伽耶《かや》ちゃんを参加させてのバンド活動に関しては注意していただきたい点が少なからずありまして資料を用意しましたのでご一読を」

用意のいい人だった。Ａ４用紙六枚にもわたる注意事項《じこう》の嵐《あらし》を、僕は目を白黒させながら読み切る。芸能人、めんどくさすぎる。

「それと老婆心《ろうばしん》ながら、他のバンドメンバーの方々もすでに芸能活動をされているわけですから同種の問題に触《ふ》れることがあります。各種権利を適切に管理できる事務所に所属した方が」

「あ、はい、考えておきます……」

「それからこれもマネージャーとして知っておかなければならないことですが伽耶《かや》ちゃんとは男女の付き合いをされているということでいいのでしょうか」

「してません！　ぜんっぜん！」

「べつに責めたりだとか別れさせようとしたりだとか記者会見をしてもらうとかそういうことはなく純粋《じゅんすい》に今後の伽耶《かや》ちゃんの活動になんらかの影響《えいきょう》がある可能性を把握《はあく》しておきたいだけでして、げんに伽耶《かや》ちゃんは村瀬《むらせ》さんからほぼ告白同然のことを言われたと話をしておりましたがあれは見栄《みえ》を張っていたと」

「見栄張《みえは》りです！　たぶん！　ほんとなんにもないですから！」

新幹線の車中、こんな調子でずっと掘《ほ》られ続けた。逃《に》げ場《ば》もない。

郡山駅《こおりやまえき》で降りたときには、僕の脚《あし》はもうふらふらだった。

そこから鈍行《どんこう》で三駅、バスで山間部に分け入り、なだらかな棚田《たなだ》の間を縫《ぬ》う細い川のそばのバス停で降車する。

刻んだ稲藁《いなわら》の撒《ま》かれた田んぼにはときおりルリビタキが舞《ま》い降《お》りて籾殻《もみがら》をつついている。空は大きく開けて青く硬《かた》く凍《こお》りつき、低い稜線《りょうせん》に沿うように広がった薄《うす》い雲は少しも動かない。目に映るなにもかもが、自分の吐《は》く白い息さえも、永いあいだ風にさらされて褪《あ》せてしまったように見える。

川沿いに歩いていくと、ぽつんとたつ二階建ての一軒家《いっけんや》が見えてきた。白石《しらいし》さんはスマホの地図と家とを見比べてうなずく。

砂利《じゃり》を敷《し》いた駐車場《ちゅうしゃ》で、古い型のミニバンにホースで水をかけて洗っている男性がいた。こちらに気づいて顔をあげる。僕と白石《しらいし》さんの奇妙《きみょう》な取り合わせに驚《おどろ》いたのだろうか、目に困《こん》惑《わく》の色が浮《う》かんだ。

「こんにちは。先日お電話差し上げました、白石《しらいし》です」

白石《しらいし》さんが頭を下げると男性は相好を崩《くず》す。

「ああ、わざわざ遠いところまでどうも。蒔田《まきた》です」

僕はネットで見た蒔田《まきた》シュンの写真と、目の前の男性の顔を頭の中で重ねる。目尻《めじり》や唇《くちびる》の端《はし》に刻まれた皺《しわ》が年月の無慈悲《むじひ》さを感じさせた。

蒔田《まきた》さんは僕らを玄関《げんかん》に招き入れると、二階への階段に向かって大声で言った。

「母さん、母さん！……いないのかな」

靴《くつ》を脱《ぬ》いで先にあがると、僕らを振《ふ》り返《かえ》って済まなそうに言った。

「すみません、出かけてるみたいで。おかまいもできませんが」

居間に通された。テーブルも椅子《いす》も、台所を区切る玉簾《たますだれ》も、引き出しの多い棚《たな》も、そろってくたびれているせいでかえって落ち着く。テレビと電話だけが真新しいのがなんだか居心地悪《いごこちわる》そうだった。

お茶を出してくれた蒔田《まきた》さんに、白石《しらいし》さんは菓子折《かしおり》の紙袋《かみぶくろ》を差し出す。そうか、手土産《てみやげ》か。こういうの僕じゃ思いつかなかったな。ちゃんとした社会人についてきてもらってよかったかもしれない。

「このたびは、勝手に音源を使ってしまい……ほんとうにすみませんでした」

僕は深々と頭を下げる。テーブルの向かいに座った蒔田《まきた》さんは困った笑《え》みを漏《も》らした。

「いやいや。いいんですよ。こっちになにかあったわけじゃないですし」

それから遠い目つきになる。目尻《めじり》のしわが年月を感じさせた。

「あの曲はねえ、会社に送ってくれって言われて、よくわからなかったので知り合いに聞いてネットに出したんですけど、いやあ、だれでも聴《き》けるようになってたらしいですね？　申し訳ない。今はもう消しましたけど、お騒《さわ》がせしてしまって。でも音楽やってる若い人に使ってもらえたならうれしいですよ。窪井《くぼい》……拓斗《たくと》さんも憶《おぼ》えてくれてたんですね。今どうされているのか全然知りませんでしたけれど、お元気に活躍《かつやく》されてるとかで、よかった」

僕はその先にどういう言葉を継《つ》げばいいのかわからなくなる。会話が途絶《とだ》えそうになった気配を察したのか、白石《しらいし》さんが訊《たず》ねた。

「シュンさんは、ずっとこちらに？」

蒔田《まきた》さんはさみしそうに目を伏《ふ》せる。

「ええ。身体《からだ》を壊《こわ》して仕事を休んでからは、ずっとこっちに」

「そうでしたか」

「でも楽器もパソコンもみんなこっちに持ってきていましたからね。音楽なんてその気になればどこででもできてしまうから、けっきょく休む前とあんまり変わらなかった」

それから蒔田《まきた》さんは立ち上がって廊下《ろうか》を指さす。

「せっかくだから、部屋を見ていってください。音楽をやっている人がお客さんで来てくれることなんてまずないですからね、自慢《じまん》したいんですよ」

僕と白石《しらいし》さんは、蒔田《まきた》さんに連れられて狭《せま》くて急な階段をのぼり、二階にあがった。

廊下《ろうか》の突《つ》き当《あ》たりの左手にある戸を引く。

六畳《じょう》の和室は、何本ものギターとベース、三段重ねのキーボードスタンド、アンプ、楽譜《がくふ》をぎっしり納めた本棚《ほんだな》で埋《う》まっていた。濃《こ》い金属と電気のにおいが部屋の床《ゆか》に積もっていた。

僕は一歩足を踏《ふ》み入《い》れ、焼けつくような懐《なつ》かしさをおぼえる。はじめて入った他人の部屋なのに、既視感《きしかん》が打ち寄せてくる。

空色に塗《ぬ》られたテレキャスター。夕暮れ色のストラトキャスター。塗装《とそう》の剝《は》がれかけたぼろぼろのエピフォン・カジノ。スタンドに置かれた鍵盤《けんばん》に近づいてみると、埃《ほこり》ひとつなく、今でも丹念《たんねん》に掃除《そうじ》されていることがわかる。楽譜《がくふ》の並べ方がきっちりアルファベット順なのも僕と一緒《いっしょ》だ。AC／DC、エアロスミス、アリス・イン・チェインズ……。

「やっぱりね、捨てられないんですよ」

部屋の入り口で蒔田《まきた》さんがつぶやく。白石《しらいし》さんは廊下《ろうか》で待っていて部屋に入ってくるそぶりがまったくない。だから僕はもうしばらくひとりで、音のない音楽に満ちたその部屋の空気を呼吸する。

やがて蒔田《まきた》さんがそっと部屋に入ってくる。

キーボードスタンドの足下《あしもと》に置いてあった引き出し型のクリアケースから、なにかを取り出し、身を起こして僕に差し出してきた。

USBメモリだ。四つある。

「だいたい全部、その中に入っていると思います。あの曲も、それから作りかけの曲とか、昔の曲とか」

目をしばたたき、蒔田《まきた》さんの顔を見つめる。

「自由に使ってください」

「……いいんですか、だって、これ、大事な――」

「いいんです」

蒔田《まきた》さんは僕の言葉を遮《さえぎ》って、穏《おだ》やかな笑《え》みをみせる。

「音楽なんて、聴《き》いてもらえなかったら無いのと同じですからね」


帰りのバスや鈍行《どんこう》の車内では、白石《しらいし》さんはまったく一言も僕に話しかけてこなかった。その気遣《きづか》いを、うれしく思った。

新幹線に乗り込んですぐに、白石《しらいし》さんはバッグの中から極薄型《ごくうす》のノートPCを取り出して、僕の膝《ひざ》に置いた。

「イヤフォンもあります。たぶんすぐに確認《かくにん》したいのではないかと思って」

この人ほんとにものすごい気配りだな。芸能マネージャーってこうじゃないと務まらないいんだろうな……。

ありがたく受け取り、もらったUSBメモリの中身をひとつずつあらためていく。例の曲のミックス前データもある。それだけじゃなかった。何百、何千というファイルが詰《つ》まっている。ただのワンアイディアを書き殴《なぐ》ったテキストファイル、詞の断片《だんぺん》、気ままに弾《ひ》いたギターリフを録音したものから、リズムトラックと仮歌までできているもの、オーケストラアレンジの原案とおぼしき四パートのスケッチ、ほぼ完成品といっていい曲まで。

小さな宇宙だった。

僕はイヤフォンの上からそっと両手で耳をおさえ、背もたれに身を沈《しず》めて目を閉じた。蒔田《まきた》シュンの世界に意識を浸《ひた》す。

列車が止まり、白石《しらいし》さんがそっと僕の肩《かた》を揺《ゆ》するまで、僕は星々の中にいた。

＊

拓斗《たくと》さんとの再会は、クリスマスも二週間後に迫《せま》った週末のことだった。

「なんでスタジオなんだ。ギターまで持ってこさせて」

顔を見るなり文句たらたらだった。

「拓斗《たくと》さんも初対面でスタジオに呼びつけましたよね……」

言い返すとにらまれる。

しかし、ろくに事情も説明してないのにちゃんとギターを持ってきてくれるあたり、根は素《す》直《なお》な人なんだろうな、と思う。うわ、しかもテイラーの912ceじゃないか。触《さわ》ってみたい。一度でいいから弾《ひ》かせてほしい。いやいや。そんなことのためにわざわざ来てもらったわけじゃないぞ。忙《いそが》しいだろうし、たしか日英をしょっちゅう行き来しているっていうからそろそろイギリスに帰っちゃうかもしれないし。

「ええと。他のトラックはできてるんで、後は僕と拓斗《たくと》さんの歌入れと、ギターを」

「は？　おい、いきなりなんの話だ」

「いえ、ですから、あの曲をレコーディングし直してもいいって話でしたよね」

「ものには順番があるだろうが！　蒔田《まきた》さんに逢《あ》ったのか？」

「はい。曲の使用許諾《きょだく》ももらって、ミックス前の音源ももらえたので、コーラスだけもらってあとは僕が――」

「蒔田《まきた》さんはなんて言ってたんだよ」

話すことも訊《き》きたいこともなかったんじゃないの？　と僕は意地悪く詰《なじ》りそうになるが、自制する。今日はレンタル料の馬鹿高いレコーディングスタジオを借りているのだ。さっさと済ませないと。

「そのお話は後で、とにかくレコーディングしましょう。拓斗《たくと》さんも僕を呼び出したときいきなりセッションさせたじゃないですか。そのお返しということで」

それでもまだ拓斗《たくと》さんが口を開きかけたので、僕はコンソールとノートPCを操作して音源を再生した。分厚いリズムトラックにかぶせられたストリングスと、そして蒔田《まきた》シュンの澄《す》んだ歌声の三重唱がコントロールルームに響《ひび》き渡《わた》る。

拓斗《たくと》さんが言葉を呑《の》み込んだのを見届けたところで僕は曲を止めた。

「じゃあ、ギターから録《と》りましょう」

内心びくびくしていたけれど、つとめて強い口調で言った。

拓斗《たくと》さんはしばらくむっとした顔で黙《だま》り込んでいた。けれどやがて、ギターを持って立ち上がり、ブースに入る。僕はほうっと息をついた。

レコーディング作業に入ってしまうと、とたんにミュージシャンの目つきになる。演奏のクオリティも既存《きそん》の音源とは比べものにならなかった。僕のコーラスワークにいちいち意見を入れてくる余裕《よゆう》まである。

「蒔田《まきた》さんとあんたの声と、どっちがメインってんじゃないんだ。融《と》け合うように歌え。高音で抜《ぬ》いて低音で噴《ふ》かすんだよ。あんたならできるだろ」

「やってみますけど……あ、あの、サビだけ僕がラップを重ねるのはどうですか。なじみやすくなるんじゃないかと」

試《ため》しにやってみると、僕のラップにも厳しい駄目《だめ》出しが飛んでくる。

「聴《き》けたもんじゃねえ。パーカッションなんだぞ。単語を意識すんな。特に前置詞とか冠詞《かんし》。そんなん全部舌打ちくらいでいいんだ。アクセントで叩《たた》け」

エンジニアまで雇《やと》う予算がなかったので二人きりのレコーディングで、片方のパートを録《と》っているときはもう片方がコンソールを操作する。拓斗《たくと》さんにも機器の心得があって助かったけれど、そのうちに細かい要求がエスカレートしてきて、どちらが主導でレコーディングしているのかわからなくなる。

でも、アイディアがぴったりと形になって音にはまった瞬間《しゅんかん》は、最高に気持ちいい。

およそ三時間、ぶっ続けで歌い続け、ようやく拓斗《たくと》さんからＯＫが出た。

冬場だったけれどすでにスタジオの暖房《だんぼう》は切っていて、僕はＴシャツ一枚だった。コントロールルームに戻《もど》り、三本目のペットボトルの水を飲み干す。

「テイクつなぐのもここでやるのか」

「あ、は、はい、そうですね……ちょっと……待ってください……」

呼吸を整え、ＰＣに向かう。何本も録音したヴォーカルテイクから、最良の部分だけを選《よ》り抜《ぬ》いて一本のトラックを組み上げる。といっても、拓斗《たくと》さんはどう聴《き》いてもテイク1がいちばん良《い》い。荒々《あらあら》しさと繊細《せんさい》さが見事に両立している。インスピレーションを重視するタイプなんだろう。僕はそうはいかない。うまくいったところといまいちなところのむらがあるので、切《き》り貼《ば》りして安定させる。蒔田《まきた》シュンのコーラスも複数トラック残されていたので、これもつなぎ直す。

拓斗《たくと》さんの意見も入れながらＯＫテイクを仕上げ、十分ほど休憩《きゅうけい》を入れた。ずっと同じ曲を聴《き》き続けていると感覚が摩滅《まめつ》してきてなにが良《い》いのか悪いのかわからなくなってくるからだ。

わざわざビルの外まで出て、夕風を浴びながら、車道を行き来する車を眺《なが》め、エンジン音や遠い列車の音に身をさらした。

身体《からだ》も頭も冷えたところで、スタジオに戻《もど》る。

「ミックスダウンはあんたがやるか」

「はい。ひとまず仮で」

パートごとに分けて録音されたものを、音量バランスと空間配置を考慮《こうりょ》してひとつのステレオ音源にまとめあげる。ドラムスはサンプリングしたパターン、ベースとキーボードは僕が新しく弾《ひ》き直し、ギターは今日こうして拓斗《たくと》さんが入れてくれた。それから、ヴォーカル。間違《まちが》いなく、三人で作った曲だ。拓斗《たくと》さんと僕と、蒔田《まきた》シュン。

ミックスが終わる。僕はコントロールルームのスピーカーに出力を回し、できあがったばかりの曲をスタートさせる。

うんざりするような繰《く》り返《かえ》しのレコーディング作業でぼやけていた脳に、ぎざぎざのギターストロークが突《つ》き込まれる。

拓斗《たくと》さんが僕の隣《となり》の椅子《いす》に腰《こし》を下ろし、無人のブースを見つめながら耳を澄《す》ます。

海の底から浮《う》き上《あ》がってくる泡《あわ》のようなラップが始まると、拓斗《たくと》さんは目を閉じた。

どうしてだろう、と思う。

こんなにも角ばっていて攻撃《こうげき》的な声なのに、詞が何度も巡《めぐ》っていくうちに、まるで子供が泣きじゃくっているみたいに聞こえてくる。胸をふさぐ鈍《にぶ》い痛みがやってきたところに、暗い雲を優《やさ》しく断《た》ち割《わ》って蒔田《まきた》シュンのファルセットが降り注ぐ。そして、天地よりも遠く隔《へだ》てられた二人の間に、今は僕の声が虹《にじ》の橋をかけ、つないでいる。

つないでいる。

つながっている。

もう何十回とマイクに向かって吹《ふ》き込み、倦《う》んでいたはずのその歌を、気づけば僕はまた口ずさんでいる。

コーラスの高まりとともに僕は足を速め、拓斗《たくと》さんの泣《な》き濡《ぬ》れたつぶやきを足音に変えて階段を駆《か》け上《あ》がり、蒔田《まきた》シュンの声をつかむ。融《と》け合い、もつれ合い、高みに躍《おど》り上《あ》がり、身を滑《すべ》らせて抱《かか》え上《あ》げ、支え、漂《ただよ》いながら、やがてどちらがどちらの声なのか区別がつかなくなる。つながっている。紺碧《こんぺき》と黄金の境目が消える。

フルコーラス四分四十秒の果てに、僕は限りないリフレインをフェイドアウトさせるしかなかった。ずっと聴《き》いていたかった。終わらせ方を他に思いつかなかった。

音が完全に途絶《とだ》え、じりじりとしたノイズだけになっても、拓斗《たくと》さんは目を閉じたままだった。僕は膝《ひざ》の上のノートPCに目を落とし、彼の言葉を待った。

「だいぶかかったな」

やがて拓斗《たくと》さんはそうつぶやいた。

「仕上げるのに、何年もかかっちまった」

僕はうなずいた。

仕上がった、と認めてくれたことを、今は素直《すなお》に喜ぼう。自分にそう言い聞かせるのだけれど、うまくいかない。感情があふれそうになる。

「それで、蒔田《まきた》さんはどうだったんだ。なんて言ってた。公開許可はもらったのか。今どこでなにしてる？　まだこの仕事続けてるのか」

僕はノートPCを閉じた。液晶《えきしょう》画面がまぶしすぎて。

「蒔田《まきた》シュンさんは——」

言葉を途中《とちゅう》で詰《つ》まらせ、手元のPCを指さす。

正確には、PCの側面のポートに挿《さ》されたUSBメモリを。

「——ここにいます」

頬《ほお》に視線を感じた。拓斗《たくと》さんの言葉が耳に届くのにだいぶかかった。

「なんの話だ」

音の速さでももどかしいほどに僕らの間は離《はな》れているんだろうか、なんてことをふと思ったけれど、僕の言葉の意味を考えていただけだろう。

僕の方は、もう考えることなんてない。告げるしかないのだ。

「先週、蒔田《まきた》さんの実家に行ってきました。お父さんに逢《あ》って、話を聞いて、それから曲データが入ったメモリを受け取ってきました。好きに使っていい、って」

顔を上げる。拓斗《たくと》さんの、思いがけず澄《す》んだ目を、なんとか受け止める。

「蒔田《まきた》シュンさんは、亡《な》くなってます。去年の夏に」

僕の言葉もまた、分厚い空気の層を長い長い時間をかけて潜《もぐ》り、ようやく拓斗《たくと》さんにたどり着いたようだった。

薄紫色《うすむらさき》の唇《くちびる》が、かすかに震《ふる》える。

「……嘘《うそ》だ」

こぼれ出てきた言葉は、小さな波紋《はもん》をつくった。

「そんならニュースになってるはずだろ」

僕は首を振《ふ》った。

「あんまり名前出さずに仕事する人だったし、だいぶ前に病気になって、半分引退してたみたいな状態だったらしいですから。……お葬式《そうしき》も身内と知り合い何人かだけで」

USBメモリの角を指でなぞる。

「それで、式のBGMにあの音源を使うってことになって、お父さんが……あんまりネットに詳《くわ》しくなかったみたいで、葬儀《そうぎ》社に送るときに投稿《とうこう》サイトにアップしちゃったらしいんです。ファイル転送サービスと間違《まちが》えたんだと思います」

その偶然《ぐうぜん》で、僕は出逢《であ》えた。

拓斗《たくと》さんに。それから、蒔田《まきた》シュンに。

「だから、あの人は、もう——この中の音楽しか遺ってないんです」

拓斗《たくと》さんの顔を、漂白《ひょうはく》されたような無表情が覆《おお》っていた。

「……なんでもっと早く言わなかった」

声には、わずかな感情が読み取れた。

怒《いか》り——僕への、あるいは自分への。

目を伏《ふ》せちゃいけない、と僕は必死に言い聞かせた。膝《ひざ》に爪《つめ》を立てて、気丈《きじょう》に彼の瞳《ひとみ》を見つめ返した。

「だって、先に教えたら拓斗《たくと》さんレコーディングどころじゃなくなっちゃうでしょう」

拓斗《たくと》さんは椅子《いす》を蹴倒《けたお》して立ち上がり、僕の襟首《えりくび》をつかんだ。

僕は震《ふる》える声で続ける。

「知り合いの女の子に言われたんです。僕は人の心がない音楽バカだって。自分でも最近そう思うようになりました。でも、預かったデータをみんな聴《き》いて、シュンさんの声を何度も何度も聴《き》いて、絶対にあの曲を仕上げたくなって。それには拓斗《たくと》さんのギターと声が必要だったから、こうするしかなかったんです」

謝ってはいけない。ごめんなさいの一言で、僕は楽になるだろうけれど、この人の感情は行き場をなくしてしまう。受け止めなきゃいけない。

あごに触《ふ》れた拓斗《たくと》さんの手から、氷を浮《う》かべた熱湯のようなものが流《なが》れ込んでくるのを感じた。目をそらさないようにするので精一杯《せいいっぱい》だった。

やがて、僕の襟《えり》をつかんでいた指から力が抜《ぬ》ける。

拓斗《たくと》さんはブースに入ってギターをケースに入れると、ストラップを肩《かた》にかけ、無言でスタジオから出ていってしまった。

沈黙《ちんもく》の中に僕ひとりが取り残される。

蒔田《まきた》シュンの歌声の残響《ざんきょう》が、金属の塵《ちり》みたいに空気中を漂《ただよ》っていて、少しでも動くと肌《はだ》をちくちくと刺《さ》してくるような気がする。

急に寒さを感じて、僕は部屋の隅《すみ》に丸めて置いてあったコートに袖《そで》を通した。ノートPCを開く。デジタルデータに換《か》えられた音楽は、消えない。歌い手がどれだけ傷つこうとも、病《や》もうとも、死んでしまおうとも。

でも、もうだれにも聴《き》かせられない。

拓斗《たくと》さんの曲でもあるのだ。彼の許諾《きょだく》なしでは公開できない。

蒔田《まきた》シュンの父親の言葉を、今になって痛ましく思い出す。音楽なんて、聴《き》いてもらえなかったら無いのと同じだ。

あちこちに面倒《めんどう》をかけて、あげく拓斗《たくと》さんをどうしようもなく傷つけて、ほんのひとときの自己満足に終わってしまった。

僕は荷物をまとめ、スタジオを後にした。会計処理を済ませ、ビルを出る。十二月の夜風が残酷《ざんこく》に耳を引《ひ》き裂《さ》いた。

＊

「それで先輩《せんぱい》、あの曲はどうなったんですか」

翌日のPNOのスタジオ練習で、伽耶《かや》が訊《き》いてきた。

こいつも残酷《ざんこく》だな……と思ったけれど、考えてみれば彼女は途中《とちゅう》までしか事情を知らないわけだし、続きを知りたがる権利もあるだろう。

「あの曲って、村瀬《むらせ》くんのソロ曲？」

「けっきょくあの窪井《くぼい》なんとかさんの曲だったんですか」

「消しちゃってたよね。やっぱり権利的にNGだった？」

他の三人も食いついてきてしまう。こうなると、はぐらかすわけにもいかない。

しかたなく、全部話した。蒔田《まきた》シュンの死を拓斗《たくと》さんに知らせずにレコーディングさせたことまで、隠《かく》さずに打ち明けた。喋《しゃべ》っている間は肋骨《ろっこつ》のあたりがきりきり痛んだけれど、吐《は》き出《だ》し終えてしまうと心が少しだけ軽くなっているのに気づいた。

ほんとにどうしようもないな、僕は。

バンドメンバーの反応は、まったく意外だった。

「先輩《せんぱい》、あ、あのっ、……すみませんでした、……訊《き》かなきゃ、よかったですね」

伽耶《かや》は縮こまってそうつぶやき、それからそそくさとベースアンプの用意を始めた。

「真琴《まこと》さん、今日は……先に帰って大丈夫《だいじょうぶ》ですよ」詩月《しづき》も遠慮《えんりょ》がちに言う。「いつも雑用をお願いするのも悪いですし」

凜子《りんこ》までこんなことを言ってくる。

「クリスマスライヴ本番ではわたしがシーケンサも操作しなきゃいけないし、そろそろ慣れないと。村瀬《むらせ》くんはいなくてもいい」

妙《みょう》な空気の中、バンドメンバーたちは練習の準備に取りかかる。僕はスタジオの隅《すみ》でぽかんとして、その様子を眺《なが》めていた。

「帰らないの？　見てく？　それならそれで、いいけど」

朱音《あかね》が言うので僕は思わず訊《たず》ねる。

「あの、いや、ええと……なんか、もっときついこと言われるんじゃないかと思って。人でなしとか冷血漢とか」

凜子《りんこ》がむっとした顔になる。

「そんなこと言ったらこっちが人でなしになる」

「うちらも茶化していいときと悪いときくらい区別つくよ！」と朱音《あかね》も頬《ほお》をふくらませた。

僕はもう、ますます落《お》ち込むしかない。凜子《りんこ》や朱音《あかね》にまで気を遣《つか》わせてしまった。

「……ええと。じゃあ、うん。……ちょっと外で涼《すず》んでる。すぐ戻《もど》ってくるから」

「涼《すず》むって、冬ですよ真琴《まこと》さんっ？」

あわてる詩月《しづき》に手を振《ふ》って僕は防音扉《とびら》に向かった。

ロビーから外の歩道に出ると、容赦《ようしゃ》ない冷気が吹《ふ》き下《お》ろしてきて、ダッフルコートの分厚い生地《きじ》もやすやすと切り裂《さ》き、皮膚《ひふ》に食《く》い込んでくる。僕は身震《みぶる》いし、ビルの礎石《そせき》とつつじの植《う》え込《こ》みの間の狭《せま》い空隙《くうげき》に腰《こし》を下ろした。デニム越《ご》しにコンクリートの冷たさが染《し》みる。

新宿の夜空は今日もよそよそしくて狭《せま》い。風は焦《こ》げ臭《くさ》く、脂《あぶら》っぽかった。視界の端々《はしばし》に赤や緑や青の光がちらついていて落ち着かない。

そうか、クリスマスシーズンだからか。

まだ二週間もあるのに、もうみんな浮《う》かれきっている。

僕はレコーディングの日以来、音楽を聴《き》く気も失《う》せていた。自分でフェイドアウトさせたあの曲のエンディングのリフレインが、拓斗《たくと》さんの声が、耳鳴りみたいに残っている。

向かい側のビルの窓にまばらにともる明かりが、シーケンサソフトのピアノロールにちりばめた音符《おんぷ》のように見えてきて、食い入るように漁《あさ》った蒔田《まきた》シュンのメモリの中身を思い出してしまう。

鼻の奥がつうんと痛んだ。

寒さのせい――じゃない。涙《なみだ》が出そうになっているのだ。

ポケットにつっこんだ両手をきつく握《にぎ》りしめてこらえた。僕に泣く資格なんてない。逢《あ》ったこともない人が一年以上前に死んだだけじゃないか。僕はただ彼の音楽を欲望のままに盗《ぬす》んだだけ。売るあてもなく盗品《とうひん》を抱《かか》えたみじめな泥棒《どろぼう》だ。

せっかくバンドを脱《ぬ》けてひとりの時間をつくったのに、これじゃなんの成果もないままクリスマスが来てしまう。著作権的にあやしいやつを一曲あげて、すぐ消して、そのままだんまりというのはかなり恥《は》ずかしくて情けない。コメント欄《らん》とかＳＮＳで騒《さわ》がれていたりしないだろうか。

心配になってきて、僕はスマホを取り出した。

ＰＮＯチャンネルを確認《かくにん》する。今のところ特にコメント欄《らん》が荒《あ》れたりはしていない。

それからふと気づく。Ｍｉｓａ男チャンネルに更新《こうしん》マークがついている。

かじかんだ手でタップした。うまく押せなくてもどかしく思いながらも画面にぐりぐりと指先をこすりつける。

新着動画がある。サムネイルは前回とほとんど同じ、シーツの上の小さなトイピアノだ。

タイトルは〝Advent #2〟。

あちこちのポケットを探《さぐ》ってイヤフォンを見つけ出し、だいぶ感覚をなくしつつある手でなんとかスマホにつなぐ。耳に押し込み、サムネイルをタップした。

痩《や》せ細《ほそ》って骨張った手が、鍵盤《けんばん》の上にまた現れる。

鐘《かね》を模したイントロ、舞《ま》い散《ち》る雪のようなアルペッジョ。これは——

山下達郎《やましたたつろう》だ。『クリスマス・イブ』。

バロック風のアレンジがきらきらした音色と曲調によく合っている。このまま毎週、超《ちょう》有名どころのクリスマスソングをアップするつもりだろうか。

ビルの壁面《へきめん》に後頭部を押しつけ、星のない空を見上げる。

二度繰《く》り返《かえ》して聴《き》き終えた頃《ころ》には、爪先《つまさき》まで冷え切って麻痺《まひ》している。三度目ではまた泣きそうになるけれど、ぐっと息を詰《つ》めた。

泣く資格なんてない。涙《なみだ》の粒《つぶ》はみんな心の底に押し込んで、音符《おんぷ》に変えなきゃいけない。

そう思うと、立ち上がる気力がなんとか戻《もど》ってくる。


みんなに気づかれないようにそうっとスタジオに戻《もど》った。演奏がまったくぶれずに続いていたのは気づかなかったのか、気づかないふりをしてくれたのか。

そのまま部屋の隅《すみ》のパイプ椅子《いす》に腰掛《こしか》け、僕のいないオーケストラが僕の歌を次々と見事に奏《かな》でていくところを見守った。冷え切った皮膚《ひふ》を、暖かい室内の空気がちくちく刺激《しげき》した。血の巡《めぐ》りが戻《もど》ってくるのがわかった。

曲の合間合間の会話もプレイについての反省やアイディア出しだけで、だれも僕に注意すら向けなかった。その気遣《きづか》いもまた暖かかった。

練習が終わり、四人が片付けを始めたところで、ふと疑問に思い、シールドコードを巻くのを手伝いながら凜子《りんこ》に訊《き》いてみる。

「あの、凜子《りんこ》が作った曲は？　練習しないの？」

「ああ、あれは」

凜子《りんこ》が言いよどむ。他のメンバーの複雑そうな視線が集まる。

あれ、なんかまずい質問だったか？

「没《ぼつ》にした」

「……え、なんで？　良《い》い曲だったよね」

僕が食いつくと凜子《りんこ》は困った顔になる。

「みんなとバンドアレンジ考えてみたのだけれど、どうやってもうまくいかなくて。ピアノで作曲したときは良《い》い曲だと思っていたけれど、そうでもなかった。だから没《ぼつ》。作り直す」

「えええええ……うぅん……」

それでいいのか。凜子《りんこ》も他のみんなも同じ考えなら、しょうがないけど。

「あらためて村瀬《むらせ》くんのすごさを痛感させられた」

「ひゃぅ」

変な声が出て自分で驚《おどろ》き、首をすくめる。いきなりなんだよ、直球で。

「村瀬《むらせ》先輩《せんぱい》、よくあれだけぽんぽん新曲作って全部形にできますよね。ムサオ時代の使い回しも全然ないってことはアイディアが尽《つ》きてないってことですし」

「神様が真琴《まこと》さんを造るときに可愛《かわい》さと楽才に全部振《ふ》り分《わ》けちゃったんですよね、きっと」

「人でなしなのに曲はほんとすごいの書くよね。人でなしだから、か」

「ちょっ、あのっ、さっきまでの気遣《きづか》いはっ？」

朱音《あかね》はちょっとあきれたように首を傾《かし》げた。

「茶化していいときと悪いときがあるけど今はいいときだから」

「切《き》り替《か》え早くないっ？」

「早いね。真琴《まこと》ちゃんの切《き》り替《か》えが。なにがあったのか知らないけど」と朱音《あかね》は笑う。

「ほんとうに、なにがあったのか知りませんけれど、すごく顔色がよくなって」と詩月《しづき》もうれしそうだ。僕はあわてて両手で顔を覆《おお》う。

そんなにわかりやすいのか、僕……。

「なにがあったの？」

凛子《りんこ》がまじまじと目を合わせて訊《き》いてくる。

「いや、あの、ええと……山下達郎《やましたたつろう》のおかげ……かな……」

意味不明だろうけれど、嘘《うそ》は言っていなかった。うまくごまかせた。

しかし僕はひとつ失念していた。華園《はなぞの》先生の動画チャンネルの存在は凛子《りんこ》たちも知っているのだ。翌日、真相に気づいた彼女たちにさんざんいじられることになる僕だった。

＊

拓斗《たくと》さんからメールが来たのは、その週末のことだった。学校から帰ってきてメールチェックをしたら受信トレイに見慣れないアルファベットの名前があったのだ。件名も無しなので迷惑《めいわく》メールかと思ってよく見たら、窪井《くぼい》拓斗《たくと》が国外で使っている芸名だった。

『例の録音データを送ってください。ミックスダウンとマスタリングはこちらの手配したエンジニアに頼《たの》みます。公開はうちのチャンネルでやるのでそっちではアップしないように。収益は折半。契約書《けいやくしょ》のドラフトを添付《てんぷ》します。送付先の住所を教えてください』

素っ気なく用件を並べただけのメール本文。

挨拶《あいさつ》も、振《ふ》り返《かえ》りも、責める言葉も、なにもない。

からからに乾《かわ》ききった文章が、拓斗《たくと》さん本人がたしかに書いたのであろうと証明していて、僕は腹の底にたまっていた澱《おり》が静かに気化していくのを感じた。

安堵《あんど》ではない。解放感でもない。言い表すのがとても難しい感触《かんしょく》。大切だけれど手放さなければいけないものが、宙に飛び立っていくような。

怒《いか》りが消えたわけでも、赦《ゆる》してくれたわけでもないだろう。

ただあの人も僕と同じように——音楽バカなだけだ。

だから、謝ったりしない。返信メールにも、了解《りょうかい》しました、とだけ書く。ファイルサイズが巨大《きょだい》なので、転送サービスにアップしてURLを添《そ》える。

メールを送信してしまうと、気だるさが全身を覆《おお》った。椅子《いす》にぐったりともたれて自分の鼓《こ》動《どう》をしばらく数える。

それから上体を起こし、ヘッドフォンをかぶった。

レコーディングした日以来、聴《き》く気になれなくてフォルダに押し込《こ》めていたままの曲を、ようやく再生する。

ギターリフが忍《しの》び歩きで近づいてくる中、目を閉じると、まぶたの裏に浮《う》かぶのは録音スタジオのブースでテイラー912ceを膝《ひざ》にのせて掻《か》き鳴《な》らす拓斗《たくと》さんの姿だ。細く鋭《するど》い指先が弦《げん》の上に落とすぎざぎざの影《かげ》が、つぶやきに合わせて踊《おど》っている。

その隣《となり》でプレシジョンベースを爪弾《つまび》きながらハミングする僕自身の姿も幻視《げんし》する。

それから拓斗《たくと》さんを挟《はさ》んで反対側の隣《となり》に、ヤマハMODX8の鍵盤《けんばん》に優《やさ》しく指を這《は》わせながら高くファルセットを響《ひび》かせるもう一人の姿まで見えたような気がする。

まぼろしだ。

彼はもう灰になってしまった。

なにを想《おも》っていたのかはだれにもわからない。許しを請《こ》うこともできない。どんな償《つぐな》いも慰《なぐさ》めも届かない。

でも、いなくなってしまったわけではない。ここにいる。僕のＰＣの中に、ウェブの海に、ディスクに刻まれた微《び》小《しょう》の孔《あな》の奥に彼の声は生きている。音楽なんて、だれにも聴《き》かれなければ無いのと同じ、ささやかで儚《はかな》い時間のひとかけらだけれど――

だれかに聞こえているかぎり、無くなりはしないのだから。

Paradise NoiSe

PNO

6　楽園四重奏：ADVENT

大バッハの作品に、『クリスマス・オラトリオ』というその名の通りクリスマス用の曲がある。六部からなる連作カンタータで、演奏時間を総計すると三時間近くにもなる。なぜそんな大長編なのかというと、六日間に分けて演奏するように作られたからだ。

クリスマスなのに六日間？

バッハの生きていた時代だから大昔の話になってしまうが、もともとクリスマスというのは12月25日（降誕祭）から1月6日（公現祭）までの十二日間を指す言葉で、期間中の重要な六つの日付で執《と》り行《おこな》われるミサのために作曲されたのがこの『クリスマス・オラトリオ』なのだという。

ところが長い歴史を経るうちに、クリスマス期間のはじめの12月25日だけを指して「クリスマスの日」なんて呼ぶようになり、ついでに禁欲的なプロテスタントの教えによって「十二日間もお祭《まつ》り騒《さわ》ぎを続けるなんてけしからん」という風潮も広まるようになって、いつしか12月25日だけがクリスマスとなってしまったらしい。バッハの六部作オラトリオも最近では一日で全部演奏されることがほとんど。

ただ、ヨーロッパでも、とくにカトリックの風習が根強かった国では1月6日までがクリスマスだという意識が残っているらしく、年が明けてもツリーを飾《かざ》りっぱなしにしている家庭が多いのだとか。

日本も十二日間クリスマスやればいいのにな、と思う。

みんなクリスマス大好きなんだから期間が増えればうれしいだろうし、ケーキの売れ残り問題も緩和《かんわ》されるだろうし、お父さんお母さんがプレゼントを事前に買い忘れていて大混雑のトイザらスに潜《もぐ》り込むなんて事態もなくなるだろうし。

なんでこんな馬鹿なことを考えたのかというと、この十六歳のクリスマスに、大変な目に遭《あ》ったからだ。クリスマスが一日しかなかったせいで——というのはさすがに無茶な言いがかりだけれど。

＊

パラダイス・ノイズ・オーケストラが出演するクリスマスライヴは、12月25日の午後5時からおよそ4時間ぶっ続けで開かれる大イベントだった。しかも、またしても一番手。

夏に出たフェスよりもさらに規模が大きく、会場はお台場にある都内最大級のライヴスペース。二階席まで備えたキャパシティ二千超《ちょう》のばかでかい箱だ。

バンドを一時離脱《りだつ》して安堵《あんど》している自分がいる。

会場のスケジュールをネットで確認《かくにん》してみると、僕でも名前を知っているミュージシャンやパフォーマーがずらっと並んでいる。こんなプロ御用達《ごようたし》のステージで演《や》るなんて考えただけで胃が痛くなってくる。

実は僕、けっこう緊張《きんちょう》するタイプで本番に弱いのでは？　……という疑惑《ぎわく》は、夏フェスに出たときからほんのり感じていた。このままベースを伽耶《かや》に任せて、自分は作曲だけしていたら気楽なことこの上ない。一時離脱《りだつ》って言っていたけどほんとうに脱《ぬ》けちゃうか。

スマホが震《ふる》えた。

当の伽耶《かや》からのＬＩＮＥメッセージだったのでびっくりする。

［明日一緒《いっしょ》に楽器屋行きませんか。エフェクター相談したいです。先輩《せんぱい》の音になるべく近づけたいので］

熱心なやつだった。僕は曲調に合わせてエフェクターをかけまくるので伽耶《かや》としても苦労しているのだろう。待ち合わせ場所と時間をやりとりして、ベッドに入る。

翌日の夕方、池袋《いけぶくろ》で伽耶《かや》と落ち合った。お互《たが》いに学校帰りなのでどちらも制服姿だ。

「池袋《いけぶくろ》でよかったの？　僕は近くて助かるけど」

たしか伽耶《かや》の通っている学校は渋谷《しぶや》だったような。お茶の水あたりが便利だと思ったのだけれど。

「先輩《せんぱい》がよく使っている楽器店に行きたいんです。せっかく選んでもらうんだから」

「それもそうか」

え、僕が選んでいいの？　俄然《がぜん》テンション上がってきた。朱音《あかね》が凜子《りんこ》のギター購入《こうにゅう》につきあうといって興奮してたけど、なるほど気持ちがよくわかる。自分で金を出さなくてもいいのに楽器屋の店頭であれこれ選べるなんて最高じゃないか。

池袋《いけぶくろ》はイシバシ、イケベ、クロサワと大手楽器店が集中していて、またDTM機材がどこも豊富なので、通学路上であることもあって僕もいちばんよく使っている楽器店街だった。伽耶《かや》を連れて店に入ると、天井《てんじょう》まで並んだ大量のギターが僕らを出迎《でむか》える。楽器の林を抜《ぬ》けて奥の電子機器コーナーに向かう間にもどんどん昂《たか》ぶってくる。ここに住んで朝も夜も試《ため》し弾《ひ》きして暮らしたい、といつもながら思う。

エフェクター売り場に到着《とうちゃく》すると、伽耶《かや》は棚《たな》を見上げてため息をつく。

「今までエフェクターって買ったことなくて……こんなにあるんですね」

「えっ？　ほんとに？」

いや、忘れそうになるが、この娘《こ》はベース歴がすごく短いんだった。僕の演奏動画を観《み》てベースを始めたというから長くても二年ちょっと。しかもギター経験皆無《かいむ》だから、エフェクターに縁《えん》がなかったのも無理はない。

棚《たな》に並んだ色とりどりの商品を眺《なが》め渡《わた》して伽耶《かや》は訊《き》いてくる。

「ギタリストは特定のパステルカラーを見ただけでBOSSのエフェクターを思《おも》い浮《う》かべるって、ほんとなんですか」

「だれに聞いたんだそれ……ネタだと思うけど」

「芥子《からし》色」

「オーバードライブ」

「オレンジ」

「ディストーション」

「水色」

「コーラス」

「ほんとじゃないですか」

「ああっほんとだったっ」僕は頭を抱《かか》えた。

そこに顔なじみの店員が声をかけてくる。

「むっさん、お久しぶり。なんか今度のライブ休むんだって？　どうしたの」

「あ、いえ、ちょっとソロに集中したいかなって。それでこっちの子がベースやるんで今日はエフェクターを」

「えっじゃあ箱にエレハモ並べる変態セッティングを真似《まね》させるの？」

「ほっといてください。ていうかまだ売ってますか？」

「Ｎａｎｏシリーズはまだ全部そろえてるよ、あとオートワウ興味ない？」

「あっ前から使ってみたいと思ってました、試《ため》してもいいですか！」

そんな感じでしばらく店員とあれこれ盛り上がった。店員の奨《すす》めてくる新商品を片《かた》っ端《ぱし》から試奏してはツマミをいじくって音を変え、特殊《とくしゅ》奏法も試《ため》す。

「伽耶《かや》、これすごくない？　フィルタ開くと高音でピャウピャウいってて面白《おもしろ》い。ダンスナンバーで使ったら絶対あがるよ。あとグリッサンドのときのノイズが鴉《からす》の鳴き声みたい」

「……それＰＮＯのライヴで使うんですか？」

冷静に訊《き》かれ、僕は伽耶《かや》をそっちのけにしていたことに気づいて一気に頭が冷える。

「あー……いや、ごめん。ほっぽって盛り上がっちゃって」

ところがそこで伽耶《かや》はなぜかはにかむのだ。

「いえ、先輩《せんぱい》が楽しそうなのでわたしはいいんですけど。すごく難しそうなのでわたしに使いこなせるかなって心配で、ちょっと気になっちゃって」

「ほんとごめん！　伽耶《かや》のエフェクターだったよね」

「先輩《せんぱい》にお任せするので、好きなのを選んでください」

それ言われると自分でも使うのか怪《あや》しい変わり種を他人の金で買わせて好き放題いじり回して試《ため》したいという欲望がむくむくと頭をもたげてくるのだが、必死に押し殺《ころ》して、ほぼ自分と同じラインアップを選んだ。

「意外に歪《ひず》み系が少ないんですね。もっとごちゃごちゃ嚙《か》ませてるのかと思いました」

お会計を済ませた後で伽耶《かや》が紙袋《かみぶくろ》を見下ろしてつぶやく。

「ああ、うん、家だと色々ごちゃごちゃさせることもあるけど、ステージだと割とシンプルにしてる。すっごい今さらな話なんだけど、ベースって基本的には歪《ひず》ませない方がいいと思うんだよね」

伽耶《かや》が歩道の真ん中で足を止めてしまうので僕はあわてて言葉をつなぐ。

「いや、その、歪《ひず》むって要するに音を薄《うす》めて散らばらせるってことだから、音の芯《しん》が弱くなってベースの役割ができなくなっちゃうんだよね。特にうちのバンドはギターだけじゃなくて凛《りん》子《こ》もピアノ歪《ひず》ませるの好きだし、ベースまで歪《ひず》ませるとアンサンブルがとっ散らかる。イントロのベースだけが目立つところとか、ピンポイントで使う方がいいかな。ずっと歪《ひず》ませてる人もいるけど、たとえばベン・フォールズ・ファイヴなんかはベースの上にピアノしか乗っかってないから成立する音なわけで、全体の響《ひび》き方を考えてみんなと話し合ってどこで歪《ひず》ませるかを決めないと——」

途中《とちゅう》ではっとなって言葉を吞《の》み込む。やばい。めっちゃ早口で語ってしまった。伽耶《かや》の目つきは冷ややかだ。

「ご、ごめん、ひとりでべらべら喋《しゃべ》っちゃって」

「いえ。それはべつにいいんですけど。むしろどんどん喋《しゃべ》ってください」

ええぇ……。だってなんか不機嫌《ふきげん》そうじゃない？

「村瀬《むらせ》先輩《せんぱい》は、音楽のことならバンドメンバーをそこまでよくわかってるくせに、音楽以外だとどうしてああなんでしょうか……」

「えっ、あ、う、うん……」

なにがどう《ああ》なのかは詳《くわ》しく訊《き》かなかった。だいたい想定できたし、想定を超《こ》えるひどいことを答えられても困る。

「もっと他人の心を気遣《きづか》ってください」

「がんばる……」

「ところで池袋《いけぶくろ》にはとても美味《おい》しいシフォンケーキの専門店があるって聞きました」

「そうなの？　ケーキ詳《くわ》しくなくて。場所調べようか」

「今のは『じゃあ一緒《いっしょ》に行こうか』って言うところです！　場所なんてもう調べてあるにきまってるでしょう！」

「わ。……そう、ごめん。……一緒《いっしょ》に行く？　おごるよ」

「おごるのはやりすぎです！　わたしの方が稼《かせ》いでますから！」

「むずかしすぎるよ他人の心！」

　地下道を通って西口側に抜《ぬ》ける。繁華《はんか》街はもうクリスマス一色だ。店頭は赤と緑と白で飾《かざ》り付《つ》けられ、そろそろ暗くなってきたので電飾《でんしょく》がまたたき始め、『ジングル・ベル』や『サンタが街にやってくる』があちこちから聞こえてくる。

ライヴまで、あと一週間と少し。

駅前から歩いて五分、やや周囲に住宅が増えて空気が落ち着いたあたりにそのカフェは居を構えていた。店内はほぼ満席で、僕以外の全員が若い女性客だ。みんなちらっとこっちに視線を走らせてくるのがわかる。伽耶《かや》は中学校の制服を着ていてさえまったく抑《おさ》えきれない芸能人オーラの持ち主なので、そのまま視線を集めてしまう。いたたまれない。

「それで、先輩《せんぱい》。前にわたしの言うことをなんでも聞くって言ってましたよね」

注文を終えた後で伽耶《かや》が訊《き》いてきた。僕は首をすくめる。

「うん、言ったけど、あの、お手柔《てやわ》らかにっていうか、できる範囲《はんい》で」

「24日は、その、……おひまですかっ？」

伽耶《かや》がいきなり声を張り上げた。ほらまたみんなこっち見るから！

「……うん、まあ、……特に予定はないけど」

「イヴなのにですかっ？」

なんだよ。悪いのかよ。

「つまり、その、……ご家族と過ごされるとかそういうご予定はないんですか」

「うちの両親、無駄《むだ》に若々しいんで、クリスマスイヴなんて二人でどっかに泊《と》まりがけで出かけちゃうんだよね。姉貴も多分、彼氏《かれし》か友達かわかんないけど、遊びにいっちゃう」

「先輩《せんぱい》ひとりぼっちじゃないですか！」

「そうだけど。中学の頃《ころ》からずっとそうだったし、プレゼントにけっこう高い楽器買ってもらえたし別にいいかなって」

「じゃあ、じゃあっ、わたしとっ」伽耶《かや》は腰《こし》を浮《う》かせて声を上ずらせる。「24日はわたしといっしょにいてくれませんかっ」

周囲がざわつく。「言った」「言ったよ」「がんばれ」なんて小声が聞こえてくる。見世物じゃないからやめてください。

――って、えええええ？

「いや、ちょっ、あの、イヴだよ？　そういうのって、ほら、あの」

焦《あせ》った僕は言葉がうまく出てこない。おまえ、芸能人がクリスマスイヴを男と過ごす約束するなんてそんな、だめだろやばいだろ落ち着け？　僕もな？

「つまり、その」伽耶《かや》は耳まで赤くなっている。「わたしライヴなんてはじめてで、本番前日なんてきっと、緊張《きんちょう》しちゃって、だから、あの、先輩《せんぱい》にベーシストの心構えを聞いておきたいなって思って」

僕はぽかんとし、それから鼻息を大きく吐《は》き出《だ》した。

なんだ。そんなことか。よかった。変な勘違《かんちが》いをしそうになってしまって恥《は》ずかしい。

「うん、そういうことなら。僕でよければ。僕もあんまり大したこと言えないけど」

「先輩《せんぱい》がいいんですっ」

だからさっきから声がでかいってば。

「あの、つまり、あの三人とずっとやってきたのは先輩《せんぱい》ですから、ステージでのやり方も先輩《せんぱい》がいちばん心得てるはずですよね、だから」

「そう？　あいつら三人とも舞台《ぶたい》度胸の塊《かたまり》みたいなやつらだから任せておけば――ていうか、伽耶《かや》もモデルとか女優やってるんだし」

「あっ、待ってください、具体的な話はここじゃなくて24日に！」

「あ、はい、すみません」

そこでようやく紅茶とシフォンケーキが運ばれてくる。目的のものがやってきたのだからしばらくお喋《しゃべ》りは中断、かと思いきや伽耶《かや》は店員が去ってしまったとたんに話を再開する。

「それで時間ですけど午後七時でいいですよね。また池袋《いけぶくろ》で」

「待って、なんでそんな遅《おそ》いの。伽耶《かや》って八時が門限だよね」

「どうして知ってるんですかっ」

「こないだ白石《しらいし》さんに色々聞いたんだ。そのう、今後も伽耶《かや》と一緒《いっしょ》にやってくなら知っておいた方がいいだろうって」

「白石《しらいし》さん……余計なことを……」と伽耶《かや》は唇《くちびる》を噛《か》んだ。

「余計なことじゃないよ。これ以上親御《おやご》さんと揉《も》めたくないよ」

「それじゃ六時で――でもそれだとプラネタリウムの時間に間に合わないから……」

プラネタリウム？　って、なんのこと？　ライヴの話するんじゃないの？

「じゃあ五時五十分でお願いします」

「あ、う、うん」

「あっ、あのっ、これ、恥《は》ずかしいのでみなさんには秘密にしておいてくださいね！」

「わかったけど……」

「それでは、話もまとまったところでケーキをいただきましょう！」

シフォンケーキを頬張《ほおば》る伽耶《かや》はめちゃくちゃうれしそうで、僕ははじめてこの娘《こ》の中学生らしい一面を見た気がした。

＊

三学期の音楽祭で僕ら有志が演《や》るカンタータはバッハの『心と口と行いと生活で』だった。第一曲と終曲だけを抜粋《ばっすい》で演《や》ることになっている。終曲はピアノ編曲されていてたいへん有名な『主よ、人の望みの喜びよ』というコラールで、やっぱりみんなが知ってるメロディの方がいいよね、という華園《はなぞの》先生の配慮《はいりょ》による選曲だった。

夜中、自室にこもって、伴奏《ばんそう》のオーケストラをシーケンサに打《う》ち込む。

やっぱりバッハはすごいな。特に音源に凝《こ》らなくても、かなり聴《き》ける曲になってしまう。しかしこれだけじゃ芸がない。他のバッハの曲も研究してみよう、と僕はブラウザを起《た》ち上げる。『クリスマス・オラトリオ』という曲の存在を知ったのはこのときだった。しばし聴《き》き耽《ふけ》る。中でも第二部の序曲シンフォニアがすごくいい。

これ、ト長調だし拍子《ひょうし》も同じだし『主よ、人の望みの喜びよ』の伴奏《ばんそう》に混ぜ込めるぞ？　アイディアが湧《わ》いてきたらいてもたってもいられず、何時間もオーケストラ譜《ふ》と格闘《かくとう》した。

夜半過ぎに完成する。

ちょっと迷ったけれど、凛子《りんこ》に送った。このまま僕ひとりでカンタータについてあれこれを進めていると、ほんとうに音楽祭を完全に僕だけでやりくりする流れになってしまいそうだったので、凛子《りんこ》をちゃんと関与《かんよ》させておきたかった。

翌朝早く、僕が歯を磨《みが》いているとＬＩＮＥの通知が入った。凛子《りんこ》からだった。

［伴奏《ばんそう》のことで話したいからちょっと早く登校できる？］

歯ブラシをくわえて片手でスマホを見ていた僕は危《あや》うく口の中のものを吐《は》き出《だ》しそうになってしまう。

なんだそりゃ。なにかまずいことでもあったのか？

心配になった僕はいつもより四本も早い電車に乗って学校に行った。他に人気のない一年七組の教室で凛子《りんこ》が待っていた。

「伴奏《ばんそう》、聴《き》いたけれど、なかなかいいと思う」

「そりゃどうも」

じゃあなんで呼び出したんだよ、と思いながらも僕はスマホを出して説明する。

「これMIDIに落としたやつもあるから、アプリで再生できるんだ。小節単位で好きなところからかけられる。練習に便利だと思って」

「なるほど。これを使って女声パートの練習はわたしが見ろ、ということ？」

「うん、まあ、そう。凛子《りんこ》ならピアノ伴奏《ばんそう》した方が早いかもしれないけど、ソプラノとアルトに分かれて練習するときとかね……」

凛子《りんこ》の顔をちらと見る。当然のことを言っているんだから怖《こわ》がる必要はないのに、ついつい機嫌《きげん》をうかがってしまう。

「わかった。ありがとう。とても助かる」

妙《みょう》に素直《すなお》な凛子《りんこ》だった。怪《あや》しい。かえって安心できない。

「えっと、……話したいことってこれ？　なんかもっと重要な話があるのかと」

「アレンジの話。『クリスマス・オラトリオ』のシンフォニアを織《お》り込んでるでしょ？」

僕は目を見張った。

「よくわかるな」

「クラシックに関してならあなたより百倍詳《くわ》しいんだからわかるにきまってる」

それもそう——なのか？　いや、それにしたって。

「そこまで有名な曲じゃないし、ほんの八小節くらいしか引用してないのに」

「好きな曲だからもう何度も聴《き》いてるの。うちにペーター・シュライヤーが歌ってるDVDがある。アーノンクールが振《ふ》ってて、女声パートを少年合唱でやってて」

「え、なにそれ僕も観《み》たい」

「親のだから貸せないんだけど」

「え……あ、ああ、うん……そっか」

「うちに観《み》にくる？」

「凜子《りんこ》の家に？　え、いいの？　行きたい」

食い気味に即答《そくとう》してしまった。凜子《りんこ》はスマホを取り出す。

「じゃあ24日の——何時に来る？」

「なんで24日って決まってるの」

「平日の日中じゃないと親がうちにいるけど。顔合わせたくないでしょう」

「うっ……それは……そうだけど」

凜子《りんこ》の母親には顔を憶《おぼ》えられていて、しかもコンチェルトの一件によって印象最悪だろう。遭遇《そうぐう》したくはない。平日の日中となると冬休みを待たなければならず、24日が直近だった。翌日はライヴだしそれ以降となると親も年末年始の休暇《きゅうか》に入ってしまうだろうし。

「それに」凛子《りんこ》は平然とした口調で付け加える。「クリスマスの曲なんだからクリスマスに聴《き》くのが最適だと思うし」

「いや、でも、……いいの？」

クリスマス・イヴですよ？　親がいない自宅に男を呼ぶって、それは、つまりその──

「わたしはべつに。村瀬《むらせ》くんはなにか問題あるの？」

「あ、いえ、はい、特にないです……」

僕が変に気にしているだけなのか。凛子《りんこ》はほんとうにただＤＶＤを観《み》るだけのつもりで、特別な意味なんて一切《いっさい》なくて。

「全曲だとかなり長いからお昼でも一緒《いっしょ》に食べながら観《み》ましょう。12時でいい？」

「う、うん」

予定が決まると、凛子《りんこ》はさっさと教室を出ていこうとする。

「あの、話したいことってこれだったの？」

思わず呼び止めて訊《たず》ねる。振《ふ》り向《む》いた凛子《りんこ》は小さくうなずく。

「そう。アレンジにクリスマスの曲を脈絡《みゃくらく》なくミックスするなんて、クリスマスに予定がまったくなくて孤独《こどく》に過ごさなきゃいけない村瀬《むらせ》くんの寂《さび》しさのあらわれなのかと思って」

「そんなこと考えてアレンジしねえよ！　予定くらい──」

「あるの？」

あるよ、と答えかけて口をつぐむ。そういえば伽耶《かや》には秘密にしておいてくれと言われていたし、それでなくとも、なんか見栄《みえ》を張っているみたいで恥《は》ずかしい。ただライヴ前に相談に乗るだけなのだし。

「……いや、特にないけど」

「よかった」

その朝いちばんの笑顔《えがお》をなぜこのタイミングでみせるのか、さっぱりわからない。クリスマスの予定が埋《う》まっていない男がそんなに滑稽《こっけい》なのかよ。

凛子《りんこ》は手を振《ふ》って一年七組を出ていった。入《い》れ違《ちが》いでクラスメイトたちが入ってきたため、もう呼び止める間もなかった。

「ステージ衣装《いしょう》を買いにいくのにつきあっていただけませんかっ？」

詩月《しづき》からそう頼《たの》まれたのは、同じ日の二限目と三限目の間の休み時間だった。わざわざうちの教室までやってきたのだ。

「もう買ってあるんじゃないの？」

「あっ、はい、四人そろいのコスチュームはもうみんなで選んだんですけど」

今回のステージは女の子（本物のね）四人だから、さぞかし華《はな》やかだろう。

「でも私ってドラマーじゃないですか。せっかくの衣装《いしょう》が客席からほとんど見えないので、たとえばドラムセットに飾《かざ》り付《つ》けをして、同じ飾《かざ》りを髪《かみ》につけるとか……なにか工夫《くふう》してチャームポイント作りたいなって思ったんです！」

「なるほど。ドラマーってそういうとこ損だよね。いいと思うけど、メンバーのみんなに相談した方がいいんじゃ」

「だ、だめっ、だめですっ」

詩月《しづき》は声を上ずらせ、クラスメイトたちの視線を集めてしまう。ただでさえ詩月《しづき》は目立つし、入ってきたときからみんながこっちを気にしているのだ。僕のブレザーの袖《そで》を引っぱるので、僕もうなずいて立ち上がり、教室を出て階段の踊《おど》り場《ば》まで一緒《いっしょ》に行く。

「その、目立ちたがりだと思われるのは恥《は》ずかしいので……みなさんには秘密で……」

「僕にはいいの」

「真琴《まこと》さんにはもう恥《は》ずかしいところを何度も見られていますから！」

だからそういう誤解を招く表現をおもてでするのやめてくれる？　教室を脱出《だっしゅつ》してきてほんとによかったよ。

「それに真琴《まこと》さん今回は客席から見てくださるでしょう。お客さんの視点で選ぶのを手伝ってくれた方がいいかなと思ったんです」

「僕でいいなら……。いつ行くの、今日？」

詩月《しづき》はぱあああっと顔を輝《かがや》かせ、それからスマホを取り出した。

「今日はスタジオ練習がありますし……明日、明後日《あさって》、ああ、今週はもう色々予定が詰《つ》まっていて……来週なら……」

なんかしゃべり方がわざとらしくない？　指動いてなくない？

「ああどうしましょう24日しかありませんね！」と詩月《しづき》はとてもうれしそうに宣言する。

「そうでしたか……」

24日はすでに二件も予定が入っているのだ。さすがに断るしかないか、あるいは別の日取りにすれば、と思っていると詩月《しづき》が興奮気味に言う。

「三時くらいからでどうでしょうか。西口公園で私の好きなジャズトリオがクリスマスコンサートをやるんですよ」

三時。西口公園？

「池袋《いけぶくろ》？」

「はい！」

「ていうか買い物じゃなかったの」

「あっ、そっ、そうですけどせっかくですから買い物以外でもっ」

そのクリスマスコンサートとやらの時間を調べてみた。午後三時半から、およそ一時間の予定だという。

伽耶《かや》との約束が五時五十分だ。

同じ池袋《いけぶくろ》なら、なんとか間に合う。間に合ってしまう。コンサートの後に買い物に一時間かかったとして、すぐ東口にダッシュすればなんとか。

問題はコンサートの開始時間だ。凛子《りんこ》の家でクリスマス・オラトリオを全曲聴《き》くと、たぶん二時半を過ぎる。それからすぐ出て電車に乗って、となると――

「……三時……十五分くらいなら……。昼にちょっと用事があって」

「はい！　じゃあ三時十五分に！」

詩月《しづき》の満面の笑《え》みを見ると、いややっぱりスケジュールきついか、なんてことは言い出せなくなってしまった。


とどめは（もちろん、というべきかどうかわからないが）朱音《あかね》だった。

朱音《あかね》と僕の家は近いので、帰り道がずっと一緒《いっしょ》になる。その日のスタジオ練習解散後、同じ電車に乗り同じ駅で降りた僕と朱音《あかね》を、駅前広場のイルミネーションが出迎《でむか》えた。

「うっわあ。商店街も本気出してきたねえ」

タイル敷《じ》きの広場の真ん中で朱音《あかね》はくるくる回りながらはしゃぐ。ギターケースを肩《かた》にかけた彼女を色とりどりの光が八方から照らし、足下《あしもと》に複雑な形の影《かげ》の花を咲《さ》かせている。

「イヴの夜中はなんかすっごいプログラムあるらしいよ、今年は影絵《かげえ》とか出るんだって！」

「あー、毎年すごいらしいってのは親がよく言ってたけど、見たことないな」

「うっそ！　地元民なのにっ？　もったいないよ！」

「もったいないっていっても、寒い中ひとりでわざわざ見にくるのもどうかと思うし」

「ひとり、って、え、家族で見にくればよかったんじゃないの？　仲悪いのっ？」

そこで僕は伽耶《かや》にしたのと同じ説明を朱音《あかね》にもした。伽耶《かや》とちがって朱音《あかね》はぐいぐい食いついてくる。

「お父さんお母さんそんな仲良いんだっ？　デートってことでしょ？」

「アラフィフなのにね」

「えー、年取ってからも仲良い夫婦《ふうふ》って憧《あこが》れない？　うちは、べつに仲悪いわけじゃないんだけど、そんなラブラブなところなんて全然ないよ。毎日事務的な感じ」

「憧《あこが》れるとか言えるのはたぶん他人の家だからじゃないかな。実際に息子《むすこ》として何度も目撃《もくげき》すると、ううん、気持ち悪いとまではいわないけど、なんか複雑な気分になるよ」

「そういうもんかな」

「まあお金だけぽんと置いて家を空けてくれるのは気楽でいいけどね」

「そっか。じゃあじゃあ」

そこで朱音《あかね》は言葉を切り、なぜか照れ笑いし、二回その場でくるっと回ってから言った。

「今年はあたしと見にこようか？」

僕は目をしばたたく。

「今年は、って、……今年の、イヴってこと？」

「せっかく同じ地元なんだし！」

なんなんだ。今年のクリスマスはほんとになんなんだ？　これでけっきょくバンドメンバー全員とだぞ？　一週間後にライヴっていう色々煮詰《につ》まってきている状況《じょうきょう》なのでみんな気持ちがふわっふわしてるのかな？

「あ、でもあたし親に家族サービスしなきゃいけないから時間だいぶ遅《おそ》くなっちゃうけど」

「家族サービスって……」子供が使っていい言葉ではないだろうに。

「不登校児ですごく心配かけたからね。一緒《いっしょ》にローストチキン食べてケーキ食べてホームアローン観《み》て安心させないと。その後だから九時とかになっちゃうかも――」

途中《とちゅう》で朱音《あかね》ははっとなって口を手で押さえた。

「ごめん、一緒《いっしょ》に行ってくれるみたいな感じで喋《しゃべ》っちゃった。迷惑《めいわく》だった？」

僕はあわてて首を振《ふ》った。

「そんなことないよ。……ええと、うん、夜遅《おそ》い方が僕も都合がいいかな。二人とも歩いて帰れるから電車の時間とか気にしなくていいし」

「え――」

朱音《あかね》の顔がかああああああっと赤くなった。

「さ、さすがにっ、終電なくなるような時間まで一緒《いっしょ》に、なんて言ってないよっ？　あの、真《ま》琴《こと》ちゃんがどうしてもっていうなら、ええと」

「ち、ちがう！　ごめん！　僕もそんな意味では言ってない！」

泡《あわ》を食って否定すると朱音《あかね》は唇《くちびる》をすぼめる。

「言ってないの？」

「言ってないってば！」

「ほんとに？」

「なんでそこで食い下がるんだよ」

「んん」

朱音《あかね》はしばらく上半身をぐっと傾《かたむ》けて変な角度から変な表情で僕の顔を見つめてきた。なんなんだ、ほんとうに。

やがて身を起こす。

「まあいいや。じゃあ24日、我が家のパーティが終わったらLINE入れるね。ちょっと何時になるかわからないけど」

「……う、うん」

伽耶《かや》との約束が六時くらいからで、どのくらいかかるのかはわからないけど、さすがに九時までにはこっちに戻《もど》ってきてるだろう。

「じゃあね真琴《まこと》ちゃん！　まだ早いけどメリークリスマス！」

朱音《あかね》は何度も振《ふ》り向《む》いて手を振《ふ》りながら車道を隔《へだ》てた向こう側の区域へと走り去っていった。

その姿が見えなくなってから、僕は大きくため息をついた。

疲労《ひろう》がうなじのあたりから一気に噴《ふ》き出《だ》してきて全身をぐっしょりと重たく濡《ぬ》らす。

僕のイヴの予定はあっという間に埋《う》まってしまった。しかも四件。こういうのなんていうんだ、ダブルブッキング——は二件同時だから、トリプルのさらに上、クアドラプルブッキングっていうの？　そんな言葉ある？　いや時間はなんとか全件かぶらないようにずらしてあるから問題はないのか。

あるよ！　問題ありまくるよ！　12月24日の昼から夜まで四人のちがう女の子と順番に一緒《いっしょ》に過ごすなんて身体《からだ》もメンタルも保たねえよ！

ぐったりしながら帰宅した。

ちょうど家族四人そろっての夕食の席でクリスマスの予定の話になり、両親に「真琴《まこと》はどうするの」とにまにま笑いながら訊《き》かれ、なんにもないよとごまかすのに必死だった。姉にはまったくなにも訊《き》かないのがひどい。僕とちがって社交性の塊《かたまり》みたいな人間だから親としても気にならないんだろうけど。

「バンドメンバーのだれかと、こう、なにか進展ないのか」と父は興味津々《きょうみしんしん》。

「全然ない。そんなんじゃないってば」

内心びくびくしながら僕は無愛想に答える。

「そうかあ。しかし真琴《まこと》、おまえ女の子と一緒《いっしょ》にバンドなんてよくやれるよなあ」

父がしみじみ言う。

「俺のバンドは完全に女人《にょにん》禁制だったぞ。なんかしら揉《も》めるから」

「禁制にする意味もなかったじゃない、女っ気なんて全然なかったから」

学生時代から父を知っている母が鋭《するど》くつっこむ。

「英語詞でオリジナルでメタルなんてやってたもんだから客も八割男だったでしょ。二割の女の子もみんなヴォーカルの人目当てだったでしょ」

「そうだった。俺目当ての女の子なんて一人しかいなかった。でもちゃんとその一人を結果に結びつけた俺えらいだろ母さん」

「お父さんにとって生涯唯一《しょうがいゆいいつ》のチャンスだったもんねえ」と母は笑う。

いやあ、あのですね、高校生と大学生の我が子らを前にして惚気《のろけ》るのマジでやめてもらっていいですかかね？　朱音《あかね》には「気持ち悪いとまではいわない」って言っちゃったけど前言撤回《ぜんげんてっかい》したい気分になってきた。

「でもマコ、いまバンド休んでるんでしょ」と姉が横から言ってきた。「なんかあったの。どの娘と揉《こ》めたの？」

「揉《も》めてないよ。ちょっとソロ活動に集中したいから一時離脱《りだつ》してるだけ」

「出た！　ソロ活動！　バンド解散の予兆だ！」と父は缶《かん》ビールを飲み干す。「いいか真琴《まこと》、バンド活動ってのはなあ、一に我慢《がまん》、二に我慢《がまん》、三、四がなくて」

「はいはい。やめなさいお父さん」母が父の口にレモンをつっこんで黙《だま》らせた。「あのね、真《ま》琴《こと》はお父さんが一生涯《いっしょうがい》のバンド活動で集めた人数の五倍くらいをもう集客できてるの。ミュージシャンとしてはお父さんなんか全然話にならないの。口出しする資格ないから」

毎度の我が家の食事風景ではあったが、消化に悪いことこの上なかった。

風呂《ふろ》を済ませ、さっさと自室に引《ひ》っ込む。

ベッドに寝転《ねころ》がり、頭の中でもやもやしている考えが落ち着くのを待った。

大変なことになってしまった今年のクリスマスが、もうすぐやってくる。ライヴには出ないはずなのにむちゃくちゃ緊張《きんちょう》してきた。

そして、ソロ活動のために脱《ぬ》ける、と色んな人に言ってしまったわりに、まだなんにもしていない。

拓斗《たくと》さんと共作したあの曲は大きな収穫《しゅうかく》だったけれど、まだ発表されていない。プロにミキシングを頼《たの》むといっていたし、あと拓斗《たくと》さん自身のチャンネルにアップするからには多分ちゃんとしたMVに仕上げるために動画にも凝《こ》るつもりじゃないだろうか。成果物として世に出るまでにはだいぶかかりそうだ。

音楽祭の伴奏《ばんそう》は作ったけど、あんなのほとんど大バッハの楽譜《がくふ》をそのまま打《う》ち込んだだけだから良《い》い曲になるのは当たり前だし。

僕、なにもやってないぞ……？　ただ休んでるだけじゃないか。

やばい。このままだらけていたらギターの持ち方も忘れてしまいそうだ。僕のチャンネルにもリスナーからの不満の声が殺到《さっとう》しているかもしれない、という被害妄想《ひがいもうそう》にとらわれ、PCを開いて確認《かくにん》する。

よかった。特にそういうコメントは届いていない。前回の動画を非公開にしたっきり動きがないので、心配する声はちらほらあるけれど。

そこで僕は気づく。

Misa男チャンネルに、またも新着マークがついている。

枕《まくら》のそばのトイピアノという、ほとんど同じに見えるサムネイルが三つ続けて並んでいるせいで、最新動画を見落としそうになってしまった。前回からきっかり一週間。投稿《とうこう》時間まで過去二回とぴったり同じ。〝Advent #3〟は、ジョン・レノンだった。

『ハッピー・クリスマス』。

鍵盤《けんばん》を一つずつ愛おしむように押し込む細い指。二つの旋律《せんりつ》がたった二オクターヴのささやかな音域の中で巧《たく》みに交錯《こうさく》し、お互《たが》いをきらめかせている。重なってからみあう左右の手の甲《こう》が、それ自体で不思議な生き物みたいに見える。

僕はヘッドフォンをかぶり、椅子《いす》の背もたれに身を預けて目を閉じ、華園《はなぞの》先生のピアノに聴《き》き入《い》った。

そうだ、僕もクリスマスソングを作ろう、と思い立ったのは、四回目のリピートを聴《き》き終えたときだった。

ブラウザを閉じて音を止め、ヘッドフォンを外す。

意気込《いきご》みすぎてもしょうがない。大作じゃなくたっていいんだ。シンプルなアレンジで、歌詞も素朴《そぼく》で家庭的な感じで、ハモりも三度でずっと沿わせて――

気づけば、唇《くちびる》から旋律《せんりつ》が漏《も》れ出ている。

五線譜《ごせんふ》ノートを棚《たな》から引っぱり出し、鉛筆《えんぴつ》を握《にぎ》った。

湧《わ》いてくる楽想に没頭《ぼっとう》している間、たいへんな夜になりそうな今年のクリスマス・イヴのことはひととき頭から消《き》え失《う》せていた。

7 楽園四重奏：CHRISTMAS EVE

完成したのは24日の早朝だった。

歌入れの後もあれこれアレンジをいじり回したせいで、けっきょく一週間かかってしまった。クリスマスに間に合わないクリスマスソングほど間抜《まぬ》けなものもないので、23日の終業式から帰ってきてすぐに部屋に引きこもり、徹夜《てつや》で仕上げし、ミックスダウンし、アップロードしたときにはカーテンの向こうがしらしらと明るくなり始めていた。

抗《あらが》いがたい眠気《ねむけ》にのしかかられてベッドに倒《たお》れ込み、そのまま沈《しず》みかけるが、意識を失う寸前でなんとか起き上がる。今日はむちゃくちゃ予定が詰《つ》まっているのだ。まず昼の十二時に凛《りん》子《こ》の家だから寝《ね》坊《ぼう》するわけにはいかない。準備と電車の時間を考えて、十一時にアラームをセット。今度こそ眠《ねむ》りに身を委ねる。

夢は見なかった。ほぼ気絶だった。だからアラームで叩《たた》き起《お》こされたときには時間が一瞬《いっしゅん》で飛んだのかと錯覚《さっかく》した。

シャワーを浴びてむりやり頭を覚醒《かくせい》させ、急いで着替《きが》える。と、玄関《げんかん》前で姉につかまった。

「マコ、あんたイヴに女の子と逢《あ》うのにそんなかっこうじゃだめだってば」

「女の子ってなんで知ってんのっ？」

「見ればわかるでしょ。プレゼントまで用意してるし」

姉は僕の鞄《かばん》を指さした。なんでこの女はこうも鋭《するど》いんだ。

有無《うむ》を言わさず着替《きが》えさせられる。姉のコーディネイトは、ボトムが黒のスキニー、白いロングのTシャツの上に煉瓦《れんが》色のミラノリブニット。

「上着は私のPコート貸してあげるから」

「女物じゃん！」

「Iラインで決めてるんだからウィメンズの方がいいんだよ。あんた細いし」

押し問答《もんどう》している時間はなかったので言われるままにそのクリーム色のコートを羽織って家を飛び出した。

駅のトイレの鏡で確認《かくにん》してみると、認めるのは悔《くや》しいが、全身ぴしっとまとまっていてセンスを感じさせる。でも感謝はしてやらないからな！　絶対に！

冴島邸《さえじまてい》を訪《おとず》れるのは二度目だった。

うちから十五分ほどの駅で、降りてすぐの目の前にそびえている四十数階建てのタワーマンション。あまりいい思い出のない場所だ。前回は凛子《りんこ》が親と揉《も》めて学校を休み、僕らバンドメンバー三人で乗り込もうとしたのだったっけ。

凛子《りんこ》の母親とは、できれば金輪際顔を合わせたくないが、ほんとに家にいないんだよね？　そう祈《いの》りつつエントランスで部屋番号を呼び出す。

インタフォンから聞こえてきたのは凛子《りんこ》の声だったのでひとまず安堵《あんど》。エレベーターで二十五階まで上がった。

玄関《げんかん》を開けて僕を出迎《でむか》えた凛子《りんこ》は、目を丸くする。

「……お姉さんに選んでもらった服？」

「なんでわかるの」

「どう見ても村瀬《むらせ》くんのチョイスじゃない。似合いすぎてるしセンス良すぎる」

「そりゃどうも」

褒《ほ》められて——ないよな。平常運転の凛子《りんこ》だ。

「あまりにもセンスが良すぎるからぱっと見では女装だとわからない」

「女装じゃないからねッ？」

居間に通された。かなり広いんだろうなと思っていたけれど想像の六割増しくらいで広々とした部屋だった。というかリビングとダイニングが別々なんだが？　こんな贅沢《ぜいたく》な間取りの家に住んでるやつ、実在するんだな。モデルルームみたい。

その日の凛子《りんこ》は白の長袖《ながそで》ブラウスに仄暗《ほのぐら》い灯《あか》り色のフレアニットワンピース、ものすごい御《ご》令嬢《れいじょう》オーラあふれる服装で、加えて僕のコーディネイトとどことなく色味が似ていて、なんだか気恥《きは》ずかしくて目のやり場に困った。

「ソファの方でお昼にしましょう。サンドウィッチにしたから。今日は他にだれもいないし気《き》兼《が》ねなく寛《くつろ》いで」

そう言って凛子《りんこ》はリモコンを操作した。リビング奥の、何インチかもよくわからんくらい馬鹿でかいテレビ画面が点《つ》き、教会の内部らしき薄暗《うすぐら》いコンサート会場が映し出される。クリスマスらしく飾《かざ》り立《た》てられた樅《もみ》の木が楽団の背後にたくさん並べられている。少年合唱団の赤と白の衣装《いしょう》がたいへん可愛《かわい》らしい。

古楽の匠《たくみ》ニコラウス・アーノンクールの指揮により、ゆったりしたテンポで楽隊が華《はな》やかな序奏を開始する。キッチンに引《ひ》っ込んでいた凛子《りんこ》が、大きなトレイを抱《かか》えてソファテーブルまでやってきた。サンドウィッチやサラダを満載《まんさい》した皿がずらりと並べられる。

「凛子《りんこ》が作った……んじゃないよね、料理できないって言ってたし」

「わたしが買い物してきてメニューを兄に指示して作らせたからわたしが作ったのと同じようなものでしょう。どうぞ召《め》し上《あ》がれ」

「全然同じじゃないよ！」

凛子《りんこ》は眉《まゆ》をひそめる。

「アカデミー賞の作品賞は、受賞作の関係者のうちだれが受け取るか知ってる？」

「なんだいきなり。……プロデューサーじゃなかったっけ」

「そう。作品というのは、資金を捻出《ねんしゅつ》して制作を指示した人のものなわけ。つまりこれはわたしの作品」

「はいはい受賞おめでとう！」ほんとに口の減らないやつだ。

オスカーに輝《かがや》いただけあって（？）サンドウィッチもサラダもとても美味《おい》しかった。それからさっき凛子《りんこ》がさらっと重要なことを言っていたのを思い出す。

「ていうかお兄さんいたんだ？　はじめて聞いた」

考えてみればバンドメンバーの家族構成なんて全然気にしたこともなかった。

「何歳くらいの人？　大学生？」

「ううん、もう社会人」と凛子《りんこ》。「独り暮らししているのだけれど、外資系だからクリスマス休暇《きゅうか》が長くて、この時期はずっとうちに入《い》り浸《びた》ってるの。食事の用意を手伝わせてから追《お》い払《はら》った」

「……お兄さんに申し訳なくて消化に悪いんだけど……」

「だって兄がいたら邪魔《じゃま》でしょ？」

「んぐっ」

いや、その、凛子《りんこ》だけの方が気楽ですよ？　ですけどね？

「気にせずバッハを楽しんでいって」と凛子《りんこ》はテレビ画面を指さす。

ペーター・シュライヤーやクルト・モルの歌声はたしかに素晴《すば》らしいし、ボーイソプラノとボーイアルトの線の細さもなかなか新鮮《しんせん》でいいのだけれど、この楽しみの時間がお兄さんの犠《ぎ》牲《せい》の上に成り立っているかと思うと穏《おだ》やかな心のままではいられない。

「村瀬《むらせ》くんにはぜひ心のこもった手料理をごちそうしたかったのだけれど、母や父に村瀬《むらせ》くんが遊びにくるなんて言えないでしょう。だから兄を使うしかなかったの」

「罪悪感が積み上がってく……」

そうか、僕らバンドメンバーに対するご両親の悪感情はまだ残ってるわけだよな。僕ほんとここにいていいのか？　なるべく証拠《しょうこ》は残さないようにしないと。

「べつに僕は、宅配のピザとかでもよかったんだけど」

「村瀬《むらせ》くんがよくてもわたしがよくない」

それは——一体どういう意味で？

「ほんとうはね。もちろん自分で作りたかったのだけれど。練習途中《とちゅう》の不味《まず》い料理を食べさせたくはないし。あと明日ライヴだからって考えたら指怪我《けが》するのまずいな、とか思っちゃって、これでは一生料理ができない」

「できなくても、べつに、人には向き不向きがあるし」

「わたしができないままだったら村瀬《むらせ》くんがずっと料理担当になるけれど、いいの？」

「どういう前提の話なんだよそれはっ？」

「だいたい村瀬《むらせ》くんだってギターも鍵盤《けんばん》も弾《ひ》くのだから指は大切にしなきゃでしょう。もっと自分の人生のことを考えて」

「まずなんの話をしてるのか考えさせてくれ……」

「ということでプレゼントがあるの」

凛子《りんこ》がいきなり言ってソファの脇《わき》の紙袋《かみぶくろ》を取り上げるものだから僕はびっくりする。革製《かわせい》の手袋《てぶくろ》だった。薄手《うすで》のようにみえて、試《ため》しに指を通してみるとかなり暖かい。僕は凛子《りんこ》の顔を二度、三度と見てしまう。

「最近よく、かじかんじゃって楽器弾《ひ》けないって言ってたでしょう」

「……あ、う、うん。……ありがとう。すごい助かる」

凛子《りんこ》はめちゃくちゃ得意げな顔になった。

「しかもこれね、暖かいわりに指を動かしやすいから、冬に外でピアノ弾《ひ》くときに便利」

「どういうシチュエーションなんだ」

「たとえば村瀬《むらせ》くんが食《く》い詰《つ》めて家も失《な》くして真冬でも路上パフォーマンスで稼《かせ》ぐしかなくなったときとか」

「普通《ふつう》にバイトするよ！」

「音楽にすべてを捧《ささ》げてるんでしょう？」

「そのせりふは捧《ささ》げる余裕《よゆう》がある人が言うからサマになるんだよ！」

「でも大丈夫《だいじょうぶ》。そのときはわたしも一緒《いっしょ》に隣《となり》でピアノ弾《ひ》いてあげるから」

「ますますどういうシチュエーションなんだかわかんないんだけどっ？」

「あ、第二部。シンフォニア」と凛子《りんこ》はテレビ画面を指さした。カンタータ第一部が終わり、第二部の序曲、ちょうど僕が伴奏《ばんそう》にミックスした箇所《かしょ》が始まったのだ。よくわからない話はそこでうやむやのまま終わった。

それからしばらく僕らはゆったり食事をしながらバッハに聴《き》き入《い》った。

こちらのプレゼントを差し出すタイミングがつかめたのはけっきょく全曲を聴《き》き終えた後だった。僕が鞄《かばん》から取り出した包みを見て凛子《りんこ》は目を見開く。

「村瀬《むらせ》くんがこういう気の回し方をするとは思ってなかった」

「いや、その、一応、クリスマスだしね」

気恥《きは》ずかしい。

「開けてもいい？」

「う、うん」

凛子《りんこ》の指が包装のテープを丁寧《ていねい》に剝《は》がしていくのを見守る間、僕は動悸《どうき》がきつくなるのを感じた。ほんとにこれ、大丈夫《だいじょうぶ》なやつだろうか？　喜んでもらえるだろうか？

包みを開いて出てきたプラスチックケースを手にして、凛子《りんこ》はますます目をまん丸にし、それから噴《ふ》き出《だ》した。

「シンセの音源を女の子へのクリスマスプレゼントにするのは世界中探しても村瀬《むらせ》くんぐらいだと思う」

「え、あ、いや、あの、でも、ほんとなににすればいいかわからなくて、これなら絶対使うと思って、ほら凛子《りんこ》はハウス系の音色もっと増やしたいって言ってたし」

シンセサイザーで使う様々な音色のデータを詰《つ》め合《あ》わせたソフトだ。今回買ったのは、テクノポップ向きのデジタル音源集。

「うん。すごくうれしい」と凛子《りんこ》。まっすぐな言葉に、僕はほっとした。あきれられるかいじくり回されるか、悪い予想ばかりしていたのだ。よかった。

「でもこれ、かなり高いものじゃない？」

「ああ、いや、実は無料なんだよね……楽器屋のポイントがすっごい貯《た》まってたから」

凛子《りんこ》はふんわりと笑《え》みを浮《う》かべる。

「なにからなにまで村瀬《むらせ》くんらしい」

「そ、そう？」

「そういうところがわたしは――」

そのとき、ポケットでスマホが震《ふる》えた。

アラームだ。次の予定があるから、二時五十分にセットしておいたのだ。

「ああ、ごめん、そろそろ行かないと。買わなきゃいけないものがあるんだ」

普段《ふだん》ほとんど顔から感情が読み取れない凜子《りんこ》だったけれど、このときははっきりと残念そうな顔になったのがわかった。

「買い物？　すぐ必要なもの？」

「うん、まあ」

詩月《しづき》につきあって明日の衣装《いしょう》で使うものを買い足しにいくのだ――と、正直に言えばそれで済んだはずなのに、なぜか言えなかった。言葉を濁《にご》してしてしまった。

「そう。わたしとしてはいつまででもいてくれてよかったのだけれど」

その言い方もまるで本気みたいに聞こえて、僕は胃袋《いぶくろ》がきゅうっとなった。

「来年のクリスマスはもう少し余裕《よゆう》のあるスケジュールにしましょう。ケーキも用意して」

僕は目をしばたたき、凜子《りんこ》の淡《あわ》い笑顔《えがお》を見つめ返す。来年？　来年もなにかコンサートの動画を一緒《いっしょ》に観《み》ようってこと？　それは、うれしいけれども。ケーキも？　それからまたプレゼントを交換《こうかん》して、もっと長い時間をともに過ごして……？

そんなの、まるで――クリスマスみたいじゃないか。

いや、クリスマスなのだけれど。なんなんだ。僕は一体なにを考えてるんだ？　凜子《りんこ》の笑顔《えがお》を直視できなくなり、目をそらしてしまう。

「ごちそうさま。ＤＶＤもありがと。すごくよかった」

もそもそとつぶやくと、凜子《りんこ》の声がすぐに返ってくる。

「わたしも。村瀬《むらせ》くんと一緒《いっしょ》に聴《き》けてよかった。あの曲がもっと好きになれたから」

うわあ。そんな、特別に意味ありげな言い方をしていいのか？　うつむいたままなのに心臓が弾《はず》んで肋骨《ろっこつ》を下から突《つ》き上《あ》げてくるようで、痛い。

「それじゃあまた明日。村瀬《むらせ》くんがいなくても最高のＰＮＯを演《や》るから」


池袋《いけぶくろ》西口広場に着いたときはもう三時二十五分で、詩月《しづき》の方から僕を見つけて手をぶんぶん振《ふ》り回《まわ》しながら駆《か》け寄《よ》ってきた。

「真琴《まこと》さんっよかったっ」

同時に、周囲にいた若い男の何人かが不機嫌《ふきげん》そうな顔になり、露骨《ろこつ》に聞こえるような舌打ちをして遠ざかっていった。

「怖《こわ》かったです、いっぱい男の人に声かけられてっ」

そう言って詩月《しづき》は僕の二《に》の腕《うで》を強くつかんでくる。

「ごめん、遅《おそ》くなっちゃって……」

その日の詩月《しづき》は白のふわっふわのファーコートに黒いレギンス、髪型《かみがた》も呼び方は知らないけれど手間のかかった編《あ》み込みで可愛《かわい》らしくまとめていて、こんな娘《こ》がイヴの西口公園にひとりでいたらそりゃ男が寄ってくるにきまっている。

「もう大丈夫《だいじょうぶ》です、真琴《まこと》さんがいますから！　寄ってくるのはみんなやっつけてください」

「そこは期待されても困る……」

とはいえ、うちのバンドは僕以外女の子で、男性ファンも多いから、今後その手のトラブルが起きる可能性は小さくない。なにか対策しなきゃ、でも僕なんかの手には余るな——と考えながら、詩月《しづき》に引っぱられて芸術劇場前へと向かった。

池袋《いけぶくろ》西口公園の野外劇場は大型ビジョンまで備えた豪勢《ごうせい》な造りで、客席も五百ほど用意されていた。椅子《いす》に座るには僕らのように事前予約が必要だけれど、立ち見は自由らしく、コートやジャンパーで着ぶくれた見物客たちがサークルを取り巻いて人垣《ひとがき》をつくっていた。

席についたところで、詩月《しづき》が僕の手元を見て言う。

「あっ、素敵《すてき》な手袋《てぶくろ》ですね！　新しく買ったんですか」

「あ、う、うん、買ってもらったんだ」

凛子《りんこ》に——というのは、なぜか言えなかった。わざわざ言うほどのことでもないし、と自分の中で謎《なぞ》の言い訳が湧《わ》いてくる。

「よかった。手袋《てぶくろ》も考えたんですけど、かぶっちゃうところでした」

「え？」

詩月《しづき》はハンドバッグから緑色の小さな紙包みを取り出した。金色のシールと赤いリボンでデコレートしてある。

「忘れないように今渡《わた》しておきますね」

詩月《しづき》も用意してたのか。僕は内心深く深く安堵《あんど》した。こっちも用意しといてよかった。

そっとテープを剝《は》がして開けてみる。麻布《あさぬの》の手触《てざわ》り。彼岸花《ひがんばな》の見事な刺繍《ししゅう》が施《ほどこ》された、四角い小さな――これは、ええと……財布《さいふ》？　にしては小さすぎるか。

ホックで留めてある蓋《ふた》を開いてみると、内部には細いポケットがいくつも取り付けてある。

「これ、USBメモリを入れるためのケースなんです」と詩月《しづき》。「空いてるところにはピックを入れたり、小銭《こぜに》入れとして使っても」

「あー、なるほど。これ便利だなあ。メモリはいつも失《な》くしそうで不安だったんだ。へえ、こんなの売ってるんだ」

「いえ、作りました」詩月《しづき》がさらっと言うので僕はのけぞる。

「え、つ、作った？　これ？　手作り？　刺繍《ししゅう》もなんかすっごいけど？」

「お裁縫《さいほう》も基礎《きそ》教養なのでやっておけと母に言われましたから」

華道《かどう》の家元ってほんともう、なんていうか、雅《みやび》すぎて怖《こわ》い。

「こんなのもらっちゃうと僕の渡《わた》すのが恥《は》ずかしいな……」

思わず本音がぼろっと漏《も》れる。詩月《しづき》は目を輝《かがや》かせて顔をぐいぐい寄せてきた。

「真琴《まこと》さんがっ？　私に？　うれしいです、恥《は》ずかしいなんてことありません！　真琴《まこと》さんからいただけるならもうそれだけでっ」

周囲の席の人たちがこっちをじろじろ見るので、詩月《しづき》を静かにさせるためにも、鞄《かばん》から包みを取り出して——間違《まちが》えていないか何度も確認《かくにん》してから——手渡《てわた》した。

「わあ……わあ！」

中身をさっそく見た詩月《しづき》は、十二月の屋外の寒さも忘れそうになるほどの笑顔《えがお》になる。

「グリップ！　可愛《かわい》い！　ちょうど今のがぼろぼろになってたんです、ありがとうございます真琴《まこと》さん！」

ドラムスティックに巻く滑《すべ》り止《ど》め用のテープだった。わりとよく消耗《しょうもう》するのでドラマーへのプレゼントなら外さないだろうと思い、かなり珍《めずら》しい花柄《はながら》を見つけて即決《そっけつ》したのだ。

「桔梗《ききょう》と竜胆《りんどう》ですね。こんな上品で綺麗《きれい》なグリップなんてあったんですね、さすが真琴《まこと》さん」

「いや、あの、ほんと大した手間もかけず見つけたやつだから……」

もらったものとの差が大きすぎて申し訳なくなってしまう。喜んでくれたのはうれしいけれども。

プレゼント交換《こうかん》を終えたところで、周囲がにわかにざわめきたった。プレイヤーたちがステージに現れたのだ。

国際色豊かなバンドで、ピアニストはこの寒空の下に半袖《はんそで》Tシャツの大柄《おおがら》な黒人、ベーシストは褐色肌《かっしょくはだ》に眼鏡の中央アジアっぽい顔立ち、テナーサックスがたぶん日本人。みんな四十代くらいに見える。

「ドラムス無しなんだ。この編成のトリオって珍《めずら》しいね」

「でもグルーヴすごいんですよ。ドラマーとしてはむしろ興味深いです」

ひとたび演奏が始まると、若々しく溌剌《はつらつ》とした音の張りに圧倒《あっとう》された。

『サンタが街にやってくる』とか『ホワイト・クリスマス』といった時節柄《がら》に合ったスタンダードを適度に織り交ぜつつ、オリジナルナンバーでは激しいアドリブのローテーションを繰《く》り広《ひろ》げる。ドラムスというビートの絶対的な軸《じく》が不在なため、中心がたえず移ろう万華《まんげ》鏡《きょう》みたいな響《ひび》きが展開されていく。ときにサックスまでリズム楽器の役割に回るのだからジャズの奥深《おくぶか》さを思い知らされる。

一時間、ほぼノンストップ。フィニッシュの瞬間《しゅんかん》、僕も詩月《しづき》も立ち上がって両手を高く挙げて拍手《はくしゅ》していた。

「三人とも海外で大活躍《だいかつやく》していて日本にはほとんど来ないんです、真琴《まこと》さんといっしょに聴《き》けるなんて最高でした！」

詩《し》月《づき》の足取りは弾《はず》んでいる。僕も興奮がまだおさまらず、冬なのにコートを脱《ぬ》いでしまったくらいだ。直後に立ち寄ったカフェでも、二人とも注文したのはアイスコーヒーだった。

二十分ほど休憩《きゅうけい》し、東武百貨店へ。

「今日の真琴《まこと》さん、すごくセクシーですね。お姉様のコーディネイトですか？」

エスカレーターに並んで乗っている間、詩月《しづき》が僕の全身を眺《なが》めて言う。

「だから、なんでわかるんだよ……？」

凛子《りんこ》にもあっさり見抜《みぬ》かれたけど、そんなにわかりやすいもんなの？

「お姉様この間ちらと見かけただけですけれど、すごくお洒落《しゃれ》で、全体的なトーンがそのときのと似ている感じで。あとこのコート、女性用ですよね。男性でも着こなせるなんて真琴《まこと》さんくらいですよ」

一目でそんなのわかっちゃうの？　怖《こわ》い。

「ほんとうに素敵《すてき》なお姉様ですよね。私もあの人にお姉様になってほしいです」

「詩月《しづき》はひとりっ子なんだっけ」

「はい。だから昔から兄弟に憧《あこが》れて——じゃありません！　兄弟がほしいんじゃなくて、真琴《まこと》さんのお姉様がいいんです！　私の！　お姉様にっ」

なんでいきなり切れるんだよ。意味わからん。

婦人服売り場では詩月《しづき》はずっとはしゃぎ通しだった。

「これ、このワンピ真琴《まこと》さんに似合うと思うんですけどっ」

「なんで僕の服選んでるんだよ。着ないよ……」

「あ、お代は私が払《はら》いますから心配要《い》らないですよ」

「いやそんな心配はしてないけど？　ていうかステージで目立つためのアイテムなにか買いにきたんじゃなかったの」

「それはただの口実──あ、いえ、その」詩月《しづき》はハンドバッグを見下ろす。「真琴《まこと》さんにいただいたグリップテープでじゅうぶん目立てますから」

客席からほとんど見えないだろそれ。ていうか、ステージ衣装《いしょう》を買い足す気なんてもともとなかったんだな？　遊びたかっただけか。最初からそう言えばいいのに。

「コンサートも買い物も、言ってくれれば普通《ふつう》に付き合うよ……」

そう言うと詩月《しづき》は赤くなってうつむいてしまう。しばらくしてからぱっと顔を上げた。

「そうですかっ！　ではではっ、心置きなく自分の服を買いますので！　全身真琴《まこと》さん好みで固めますから真琴《まこと》さんが決めてくださいね！」

え、そんな責任かぶせないでくれよ。

それからあちこちの売り場を引きずり回された。婦人服売り場の試着室前で男が連れの着替《きが》えを待つ間というのはこの世で最も息苦しい時間なのだと思い知らされた。

「これはどうですか真琴《まこと》さんっ」

カーテンがぱっと開き、新しい装《よそお》いの詩月《しづき》が現れる。もう何回もその瞬間《しゅんかん》が繰《く》り返《かえ》されているのだけれど、どうしても目をそらしてしまう。

「ちゃんと見てください真琴《まこと》さん！」

いや、だって、詩月《しづき》の背後の籠《かご》に脱《ぬ》ぎたての服が置いてあるわけで。見てはいけない気分になるにきまっているだろう。

「……うん、詩月《しづき》はなんでも似合うんじゃないかな……」

「なんでも、じゃ困ります！　全部買っちゃいますよ！」

弱り果てた僕は近場にいた店員に視線で助けを求める。察してくれた店員は苦みを数パーセントにまで抑《おさ》えた苦笑《くしょう》を浮《う》かべて寄ってきた。

「そうですね、彼氏《かれし》さんがキレイめで細めのコーデですから合わせるとしたら寒色系で」

「なんて言いましたかっ？　もう一度言ってくださいっ」

詩月《しづき》が靴《くつ》も履《は》かずに試着室から飛び出してきて店員に詰《つ》め寄《よ》った。店員は目を白黒させる。

「ええと、ですから、彼氏《かれし》さんがキレイめで――」

「今のところです、もう一回言ってください！　もう何度でも言ってください！」

なんなんだよおまえは。僕は詩月《しづき》を試着室に押し戻《もど》してカーテンを閉め、店員に平謝《ひらあやま》り。ほんとにすみません。彼氏《かれし》じゃないですが。


サンシャイン60に着いたのは六時五分前だった。完全な遅刻《ちこく》だ。

ちょっと用事があるからそろそろ、と言ったときの詩月《しづき》の蒼白《そうはく》な顔は忘れられない。すぐに作り笑いになって、じゃあまた明日、と言ってくれたけれど、むやみに心が痛んだ。この後に伽耶《かや》と逢《あ》うのだ――とは言えなかった。余計に面倒《めんどう》なことになりそうで。

「もうプログラム始まっちゃいますよ！」

プラネタリウムの受付前で待っていた伽耶《かや》は僕を見つけて眉《まゆ》をつり上げる。僕は彼女の姿を目《ま》の当《あ》たりにして、恐縮《きようしゆく》するよりもまず硬直《こうちよく》してしまった。

「……なんですか。どうしましたか？」

伽耶《かや》は頬《ほお》を膨《ふく》らませる。

「ああ、いや、なんでもない。ほんと遅《おく》れてごめん」

見とれていた、なんて言えない。凜子《りんこ》も詩月《しづき》も気合いの入りまくったお洒落《しやれ》をしていたけれど、伽耶《かや》は髪型《かみがた》も服装もメイクもワンステージ上で、これはひょっとしてプロのスタイリストを使っているのではと勘《かん》ぐってしまう。プラネタリウムのＣＭの撮影《さつえい》なんですと周囲の客たちに説明したら全員信《しん》じ込みそうだ。

いやあ、しかし。

見事にカップル客ばかりである。クリスマスイヴのプラネタリウムなのだから当たり前といえば当たり前なのだけれど。

おまけにプラネタリウムというのは寝《ね》そべって見るように作られているため、客席は柔《やわ》らかい床材《ゆか》に大きなクッションを備えた二人専用の寛《くつろ》ぎ空間だった。

……いいのか、これは？　マネージャーの白石《しらいし》さんにばれたらめちゃくちゃ怒《おこ》られそうな気がする。

「ほら見てください先輩《せんぱい》、ここのプログラムはよくミュージシャンがプロデュースするんですけれど今年のクリスマスはなんと」と伽耶《かや》はパンフレットを広げて僕の脇《わき》にくっついてくる。近い。近すぎるぞ。「キョウコ・カシミアなんです！」

僕はびっくりして、あれやこれやをすっぱり忘れてパンフレットに見入った。

たしかに、音楽・総合プロデュース、キョウコ・カシミア、とある。

「先輩《せんぱい》なら絶対に気に入ると思って。チケットとれるとは思ってませんでしたけれど。ものすごい倍率だったらしいので」

「だろうね……あの、うん、ほんとありがとう」

館内の照明が消えた。

幻想《げんそう》的なアナウンスは、たしかにキョウコさんの声だ。

僕はクッションに頭を預けた。重力が消え失《う》せ、僕の身体《からだ》は夜空に吸《す》い込まれる。

麻薬《まやく》的な体験だった。プラネタリウム用に書き下ろされたというその曲は、茫洋《ぼうよう》とした弦楽《げんがく》の雲海の中にときおりのパーカッションが稲光《いなびかり》のように差し込まれ、どこの言葉かもよくわからない重層合唱が雲間にうねる濃密《のうみつ》な情景音楽だった。

やがて雲が晴れる。

透《す》き通《とお》った漆黒《しっこく》に、ピアノのトレモロに呼応するようにして星がちりばめられていく。僕は身体《からだ》の内側と外側の境界が揺《ゆ》らぎ、消えていくのを感じる。

たっぷり四十分間、僕は溶《と》けて宇宙空間と同化していた。音楽が止《や》み、館内が仄明《ほのあ》るくなってからも、しばらく身を起こすことができなかった。

「……先輩《せんぱい》？　せんぱいっ？」

声が耳に突《つ》き刺《さ》さる。伽耶《かや》が僕の顔を真上からのぞきこんでくる。僕がよっぽど呆《ほう》けていたのだろう、目に不安の色がいっぱいにたまっていた。

「……あ、いや、ごめん、……堪能《たんのう》しすぎて浸《ひた》ってただけ」

「そっ、そうでしたか。……びっくりしました」

それから伽耶《かや》は、次々に席を立つ周囲のカップル客たちにちらと目をやる。

「……ああ、わたしも、なんだかちょっと腰《こし》が抜《ぬ》けちゃったみたいです。しばらく待ってから出ましょうか」

そう言って僕に寄《よ》り添《そ》う形で伽耶《かや》もまたクッションに身を投げる。頭が二《に》の腕《うで》にくっつけられたので僕はぎょっとした。今さらながら、このカップル用客席の危険な造りに焦《あせ》りをおぼえる。これほとんどダブルベッドだよね？

しかし僕も腰《こし》が抜《ぬ》けていたのでしばらく起き上がれない。

黙《だま》って二人で並んで寝転《ねころ》がっているのも気まずいので、とにかくなにか喋《しゃべ》らなきゃ。

「……うん、すごかった。曲と映像がぴったりシンクロしてたし、ヴォーカルの入れ方も星を引き立てる感じで、ヴィジュアルと音楽の相互《そうご》作用ってすごいね、僕もいつかこんなライヴやってみたいな。金かかるし相当たいへんそうだけど」

「そんなことずっと考えながら観《み》てたんですか」

不機嫌《ふきげん》そうな伽耶《かや》の声が耳に吐《は》きかけられる。

「え？　……うん。いや、やっぱりキョウコさんの曲ってなると音楽にどうしても意識がいっちゃって。あ、もちろん星も見てたよ？　見てたけど星座に詳《くわ》しくないし」

「星の話はしていないです」

「そう……ええ？　えええ？」

「そろそろ出ましょう、先輩《せんぱい》」

無理矢理引っぱり起こされた。

「おなか減りましたね！　どこかで食べていきませんか」

伽耶《かや》がそう言うのでサンシャインシティ三階のレストラン街に行く。イヴの夜でしかも金曜日となればどの店にも行列ができていて、これはちょっと無理そうでは、と思ったら伽耶《かや》は迷わずイタリア料理店に足を向ける。

「満席じゃないの？」

「先輩《せんぱい》ちょっとここで待っててください。店員に訊《き》いてきますから中に入らないで」

妙《みよう》に強く言われたので訝《いぶか》りながらも廊下《ろうか》で待っていると、伽耶《かや》は店内に入っていって年配のフロア係と二言三言話し、すぐに僕のところに戻《もど》ってきた。

「席あるそうです！　入りましょう。ラッキーでした」

「予約がどうとか言ってなかった……？」ちょっと聞こえてしまったのだ。

「はいっ？　きっ、気のせいですよ！」伽耶《かや》は焦《あせ》りを表情ににじませ、一足早くまた店内に踏《ふ》み込んでいってしまう。予約してくれてたんなら隠《かく》すことないのでは？　僕としてはありがたい気持ちしかないのだけれど。

凛子《りんこ》の家でけっこう食べてきたので、夕食時とはいえあまりおなかは空いていなかった。パスタとサラダだけ注文する。

フロア係がメニューを下げると、伽耶《かや》が声を弾《はず》ませて言う。

「そうだ先輩《せんぱい》っ、今朝あげた新曲聴《き》きました！　すっごくよかったです！」

「え……あ、ああ、ありがとう」

チェック早いな。Ｍｕｓａ男のファンだったんだっけ。

「先輩《せんぱい》のバロック調アレンジはプレＭｕｓａ男時代の六曲目の『大東京モンテヴェルディメランコリカ』以来ですよね、今回はヴァイオリンソロがすごく効果的で、あと鈴《すず》の音に聞こえるんですけれどタンバリンになにかエフェクトかけてますよね、ガラスっぽい音になってて先輩《せんぱい》の声の裏返るところにすごくマッチして」

この子僕に詳《くわ》しすぎて怖《こわ》いんだけど？　なに『プレＭｕｓａ男時代』って？　どういう世界で通用する言葉なのそれ？

「でも女装じゃありませんでしたね。そこだけがほんとうに残念で」

「あのね、あれは再生数が伸《の》びないからやった苦肉の策なので、今後はべつに」

「ということで先輩《せんぱい》にプレゼントがあるんです」

三者連続なので僕はもうあまり驚《おどろ》かなくなっていた。ただ、『ということで』という接続詞は気になったけれど。伽耶《かや》から受け取った包装を開くと――

「コスメセットです！」

布張りのケースの中にきらきらした小さなボトルがぎっしり並んでいる。僕はケースの中身と伽耶《かや》の得意満面を二度見比べた。

要《い》らない、とはとても言えない……。

「ああ、うん、ありがとう……」

「先輩《せんぱい》のお姉さんに渡《わた》してください」

「え？　それでいいの？」伽耶《かや》に黙《だま》ってそうしようかと思っていたのに、まさかプレゼントした本人から言われるとは。

「だって先輩《せんぱい》のメイクをするのはお姉さんですよね？」

「そもそもメイクなんてしないが」

「今日のコーディネイトもお姉さんですよね。コートもウィメンズだし」

「なんでおまえらみんな一目でわかるのッ？」

「おまえら?」

「あ、いや、ごめん、なんでもない」僕は咳払《せきばら》いしてごまかした。「とにかく、うん、姉貴に渡《わた》しておく。喜ぶんじゃないかな。ありがとう」

メイクの話をこれ以上引っぱられると困るので、僕はさっさとこちらのプレゼントを鞄《かばん》から取り出した。伽耶《かや》の反応は一段とすごかった。顔を紅潮させて震《ふる》え始めたのだ。

「わ、わ、わたしがっ? 先輩《せんぱい》に、そのっ、これって、クリスマスプレゼントってことなんですか、まさか、だって」

「まさかじゃなくてそうなんだけど。いや、ほら、もらいっぱなしってわけにも」

伽耶《かや》はもどかしい手つきでリボンをほどく。

出てきた手のひらサイズのボトル三種を目にして声を裏返らせた。

「先輩《せんぱい》もコスメですかっ?」

「ちがうよ。楽器のお手入れ用のオイルとかワックスだよ」

なんでこれが化粧《けしょう》品に見えるんだよ。やっぱり見たことなかったんだな。

「伽耶《かや》、楽器のメンテこまめにやってないだろ。前からちょっと気になって。余計なお世話だったら、ええと、ごめんだけど」

「あ……」

伽耶《かや》は縮こまってしまう。プレイヤーとしての歴が短いから、演奏面以外での知識がまだ乏《とぼ》しいのだ。

「そ、そうですね……。ありがとうございます」愛おしげな目でボトルを見る。「先輩《せんぱい》のくれたオイルにワックス。一生大事にしますね」

「大事にすんな。消耗品《しょうもう》だっての」

そこで料理が運ばれてきたので、食べながら楽器のクリーニングのやり方を教える。

食事を終えた僕らはサンシャイン60を出た。すっかり暗くなっていて、ビルのエントランス前広場では植《う》え込《こ》みに配されたイルミネーションが花を咲《さ》かせていた。地上の星がまばゆすぎて、池袋《いけぶくろ》の空に本物の星はひとつも見えない。

「それではっ」と伽耶《かや》が声を弾《はず》ませる。白い息の塊《かたまり》が色とりどりの光を背に漂《ただよ》う。「次はどこに行きましょうか。ダーツバーにでも」

「なに言ってんだよ。帰るよ」

「なっ、なんでですか！　イヴに女とプラネタリウム観《み》て！　イタリアンでご飯食べてプレゼント交換《こうかん》までして！　このまま帰るんですかッ？」

「帰るよ。門限あるんだろ」

「あああああ」

伽耶《かや》は両手をばたばたさせて悔《くや》しがった。

池袋駅《いけぶくろえき》の改札で別れる。乗る路線も別だ。

「明日、わたしたちのステージしっかり観《み》てくださいね！　やっぱり出戻《でもど》りさせてくれって土下座したくなるくらいすごいパフォーマンス見せますから！」

むくれた伽耶《かや》は自動改札越《ご》しにそう言って、階段の方へと駆《か》けていった。

帰りの電車内で、朱音《あかね》からのLINEメッセージが来た。

［家族パーティ意外に早く終わった　何時くらいにする？］

時刻を確認《かくにん》する。もう八時を過ぎている。伽耶《かや》は門限に間に合っただろうか。

今からでいいよ、東口出たところで、と返信した。

駅に着き、改札を出て東口に抜《ぬ》ける。あたたかい光の群れが僕を出迎《でむか》えた。我が地元の駅前商店が掲《かか》げるイルミネーションは、池袋《いけぶくろ》の華美《かび》でフォトジェニックで自己主張の激しいそれに比べるとずいぶん家庭的に見える。パンを焼く火みたいだ。大勢の人々が駅前広場にたまって光のゆったりした移ろいを見上げていたけれど、若い男女よりも家族連れの姿が目立つ。

広場のちょうど中心に、朱音《あかね》の後ろ姿があった。

顔も見えないのに、一目で朱音《あかね》だとわかった。

他の人々はみんな、イルミネーションの茂《しげ》った広場の外縁《がいえん》部に散らばっていて、だから彼女の周囲には空間が開け、孤絶《こぜつ》したシルエットを際立《きわだ》たせていた。今にも消えそうな儚《はかな》さと、星が最期《さいご》に放つ煌《きら》めきとが同居していた。足を速めて近づこうとしたけれど、距離《きょり》を詰《つ》めていくうちに足が力を失って、数メートル手前で立ち止まってしまう。

あともう何歩か踏《ふ》み出《だ》せば触《ふ》れられるほどのところにいるはずなのに、遠い。何光年もの真空が僕らの間に横たわっている。

でもやがて朱音《あかね》はゆっくり振《ふ》り向《む》いた。

まだ夢の中にいるような彼女の目に、僕が映り込む。

「──真琴《まこと》ちゃんっ？　どうしたの？　あ、あれっ？　なんでそっち方向から来るの」

朱音《あかね》が素《す》っ頓狂《とんきょう》な声をあげて駆《か》け寄《よ》ってくるので、僕は現実に引《ひ》き戻《もど》される。そうか、僕が駅から出てくるとは思ってなかったわけだから、道路の方を向いて待ってたんだな。

「ああうん、ちょっと、買い物帰り」

「ふうん？」

朱音《あかね》が僕の鞄《かばん》に目を向けるので、僕は中から朱音《あかね》の分のプレゼントを引っぱり出して手渡《てわた》した。朱音《あかね》は目をまん丸にする。

「……えーっ？　真琴《まこと》ちゃんが？　あたしに？」

「そんなに驚《おどろ》く？」

「えっと、うん、ごめん、これ買いにいってたんだ？」

今日買ったわけではないのだけれど、誤解をそのままにしておくと面倒《めんどう》な説明をせずに済むので僕は言葉を濁《にご》した。

「開けてもいいっ?」

うなずくと朱音《あかね》はリボンをほどいて包装を開く。

「わあああああループステーションだぁっ」

朱音《あかね》の歓声《かんせい》にこっちが跳《と》び上《あ》がりそうになる。朱色《しゆいろ》のコンパクトエフェクター。ギターの短いフレーズを一時的に録音してループさせることで、ギター一本で複雑なアンサンブルを作り出せるというマニアックな逸品《いっぴん》だ。

「ほら、前にエド・シーランにハマってるって言ってただろ。それで」

「超《ちょう》うれしい! いいのこれっ? 使っちゃうよ使い倒《たお》しちゃうよっ?」

「どんどん使ってよ。バンドで使いにくいから、ちょっと迷ったんだけど、でも僕も朱音《あかね》のループの使い方見てみたいし」

本日四回目の大安堵《あんど》。四人ともプレゼントを気に入ってくれて、ほんとによかった。いかにも女の子向きの洒落《しゃれ》たものなんてさっぱり思いつかず、けっきょく全部楽器店で仕入れたので、だいぶ不安だったのだ。

「こんなすごいのもらっちゃうと、あたしのがちょっと恥《は》ずかしいな?」

朱音《あかね》はそう言って照れ笑いしながらコートのポケットに手を突《つ》っ込んだ。

差し出された紙袋《かみぶくろ》を受け取って開けてみる。

涙型《なみだ》の薄《うす》いプラスチック片《へん》が数十枚、棒状に重ねられてきっちりラッピングされている。ギター用のピックだ。

「って、これ……バンドロゴ？　オリジナル？　作ったの？」

ピックの表面に可愛《かわい》らしくレタリングされた〝Paradise NoiSe Orchestra〟の名前が金文字で刻印されている。

「うん。最初は自分用で考えてたんだけど、どうせなら真琴《まこと》ちゃんのも。真琴《まこと》ちゃんティアドロップ派でしょ、あたしはおにぎり派だから両方作った。ちゃんとナイロン製のがっちがちに硬《かた》いやつだよ」

「……僕のピックの好みなんてよく把握《はあく》してたな……」

バンドではほとんどベースしか弾《ひ》いておらず、そちらは指弾《び》きなので、僕が使っているピックを見る機会なんてなかったはずなのだけれど。

「こないだ真琴《まこと》ちゃんの部屋に遊びにいったじゃん。そのときにチェック済み！」

「ああ、なるほど。……うん、ありがとう。……こんなのもらうと、すぐにでもステージ立ちたくなっちゃうな」

「明日いきなり飛び入りでもいいんだよっ？」

それは遠慮《えんりょ》しておく。もうずっとバンド練習に参加していないのだから。

「あ、八時半！　プログラム始まった！」

朱音《あかね》が広場の隅《すみ》を指さす。イルミネーションが青から緑を経て黄色、そして白へと移ろいながら波立ち、僕らをぐるりと取り巻く円環《えんかん》になって空へと伝わっていく。

「これは寒い中待ってた甲斐《かい》があったねえ」

朱音《あかね》が顔に白い息をまとわりつかせながら笑った。唇《くちびる》がだいぶ色を失っている。

「屋根のあるとこ行く？　ここだと風が冷たくて」

「ううん。ここ特等席だよ、いちばんよく見えるよ。それに」

朱音《あかね》は僕に身を寄せ、ポケットに手を滑《すべ》り込ませてくる。

「こうすればあったかいしね」

ぎょっとし、身がすくむ。あったかい、というか、身体《からだ》が熱くなってくる。自分の心臓の音が聞こえてきそうだ。朱音《あかね》の体温が厚い布地越《ご》しにも伝わってくるのがわかる。

「これ、いいコートだね！　すっごくいい手触《てざわ》り」

そう言って朱音《あかね》が肩《かた》に頬《ほお》を押し当ててくるので僕はさらにうろたえ、なにか言わなければと熱でぼやけた頭を絞《しぼ》る。

「ああ、うん、このコート実は――」

言いかけ、口をつぐむ。

これまで三人連続で姉がコーディネイターであることを見抜《みぬ》かれてきたが、朱音《あかね》にはどうやらばれていないぞ。それなら黙《だま》っておこう。恥《は》ずかしいし。

「お姉さんのコートでしょ？　大丈夫《だいじょうぶ》だよ全然似合ってるよ」

「おまえもやっぱりそっち側かよっ？」

「そっち側？」

「あ、いえ、なんでもないです」

「あたしもこういうの着たいと思ってたんだけど全然似合わなくてさ。でもスキニーと合わせるのか。すっごい参考になる。お姉さんセンスいいよね、読モとかやってるの？」

「いや、知らない。やってても家族には言わないんじゃないかな」

「なんで？　仲良《い》いんでしょ？　服貸してくれるくらいなんだし」

「仲が良《い》い……っていうか、ううん、仲悪くはないけど、僕が一方的にいじられてるだけで。最初に女装したのも姉貴が無理矢理やれって言ってきたからだし」

「そうなんだ」

朱音《あかね》が笑うと白い息が大きな毛玉になって胸のあたりに漂《ただよ》う。

「でもあたしはお姉さんに感謝してるよ」

僕は目をしばたたき、朱音《あかね》の横顔を見つめる。明滅《めいめつ》するイルミネーションが彼女の頬《ほお》に色づく影《かげ》を踊《おど》らせ、瞳《ひとみ》に砕《くだ》けた宝石を浮《う》かべている。

「……なんで？」

朱音《あかね》がこちらを見た。目を細める。

「だって真琴《まこと》ちゃんが女装したから美沙緒《みさお》さんに弱みを握《にぎ》られて、そんであたしと知り合えたわけで、元をたどればお姉さんのおかげだよね」

その考えは——どうなんだ？　無関係ではないだろうけど。

「真琴《まこと》ちゃんに逢《あ》えてよかったよ。もし逢《あ》えてなかったら、あたし今でもスタジオの隅《すみ》っこで自分安売りしてつまんないバンド渡《わた》り歩《ある》いて、このクリスマスも親と一緒《いっしょ》の家が息苦しくて逃《に》げ出《だ》して、ひとりでここにいたと思う」

朱音《あかね》の目がまた光の雲に移される。僕もそれをたどって空の向こうを見やる。光の粒《つぶ》の上下動は、まるでオーケストラにピアニッシモの響《ひび》きを要求する指揮棒の先の揺《ゆ》らめきみたいだ。やさしくて、細やかで、意志を感じる。

もし僕らが逢《あ》えていなかったら——それぞれが、この光をひとりぼっちで。

なるほど、それはひとつの考え方かもしれない。

でも、僕はこの出逢《であ》いを、もう少しちがう形にしておきたい。

「もし逢《あ》えてなかったら、っていうのは、ないんだよ。たぶん」

「……え？」

頰《ほお》に朱音《あかね》の視線を感じた。僕は光の律動を見つめながら言葉を続ける。

「僕らはどうやっても逢《あ》ってた。たとえあの日『ムーン・エコー』で見かけてなくても、またべつの形で、必ず逢《あ》ってた。僕はそう思う」

なぜって――

それが、あの人の願いだったから。

「……そっか」

しばらくして朱音《あかね》がぽつりとつぶやいた。

彼女の小さな体温が僕の体側に預けられる。ポケットの中で彼女の手が開かれ、なにかを確かめるようにまた握《にぎ》られるのがわかる。

「そんなふうに運命の絆《きずな》であたしと結ばれてるっぽい真琴《まこと》ちゃんは、わりと自分勝手にバンド抜《ぬ》けちゃったよね」

急に面白《おもしろ》がる言い方に変わるので僕は咳《せ》き込む。

「い、いや、あれはっ、だから」

「わかってるけどね。ソロもちゃんとやってたし。今朝あげてたクリスマスソングもすごくよかったよ」

「……そりゃどうも」

「もうちょっと早くあげてくれてたらな！　明日のライヴで演《や》ったんだけど」

「全部ひとりでやる曲作り、長いことさぼってたから感覚思い出せなくて。めちゃくちゃ時間かかっちゃったんだ」

朱音《あかね》はくすりと笑う。

「まあ、クリスマスソングはべつのを用意してあるから大丈夫《だいじょうぶ》」

「べつの？」

「そう。カヴァーをね、アンコール用に。あんまり有名な曲じゃないから真琴《まこと》ちゃんは知らないかもしれない」

いつの間に用意していたんだろう。ここ二、三回のスタジオ練習には顔を出さなかったからそのときに練習したのかな。

「せっかく真琴《まこと》ちゃん抜《ぬ》きなんだから——っていうのも変だけど——真琴《まこと》ちゃんがまったく関わってないのも一曲演《や》ろう、って話になってね。急いで仕上げたんだ。絶対気に入ると思うから楽しみにしてて」

「……それは、うん、……すごく楽しみ」

やがて光の波濤《はとう》が落ち着き、涼《すず》やかな瞬《また》きになる。

集まっていた見物客たちが賑《にぎ》やかに談笑《だんしょう》しながら三々五々散っていく。

「終わっちゃったね」と朱音《あかね》がつぶやく。「次は九時にやるらしいけど」

「いや、もう、寒いし……」

「じゃあ、うち来る？　それともあたしが真琴《まこと》ちゃん家にいく？」

「何時だと思ってんだよっ？」

「昼間ならいいの？」

「そうは言ってないけれども！」

帰宅は十時過ぎだった。けっきょく、寒さに耐《た》えかねて駅前のファミレスに入り、しばらく朱音《あかね》とだべってしまったのだ。

家にはだれもいなかった。廊下《ろうか》もリビングも真っ暗でしんとしていた。

シャワーを浴びていると、髪先《かみ》から滴《したた》り落《お》ちるお湯の粒《つぶ》といっしょに、残っていた最後の体力が流れ落ちて排水口《はいすい》に吸《す》い込まれていく。

疲《つか》れた。

パジャマに着替《きが》えると、ドライヤーをかける元気も残っていなかったのでそのままベッドに潜《もぐ》り込む。こんなにしんどいクリスマスイヴは生まれてはじめてだった。四人の女の子それぞれと逢《あ》って何時間か過ごしてプレゼント交換《こうかん》して——もちろん楽しかったし新鮮《しんせん》な体験ではあったけれど同じ真似《まね》は二度とごめんだった。四日に分けてくれればいいのに。昔のヨーロッパみたいにクリスマスが何日間もあればいいのに……。

明日はいよいよライヴだ。

僕はただの客で、リハに出るわけでもないからそんなに早く家を出なくてもいいし、ゆっくり眠《ねむ》れる。とはいえ、遅刻《ちこく》するわけにもいかないので一応アラームをつけておこう。

スマホで、今朝のクリスマスソングの再生数を確認《かくにん》する。なかなかの出だしだ。

それから気づく。Ｍｉｓａ男チャンネルに新着マークがついている。

前回からきっかり七日。投稿《とうこう》時間もこれまでとぴったり同じ、午後六時ちょうど。

〝Advent #4〟は、知らない曲だった。

意外だ。ここまでの三曲、超《ちょう》がつく有名曲が続いたのに。

たぶんクリスマスの曲なのだろうけれど──それっぽく聞こえるのはトイピアノのきらきらした響《ひび》きのせいかもしれない──旋律《せんりつ》に聞き憶《おぼ》えがなかった。

でも、甘くて懐《なつ》かしい。

僕はイヤフォンをつけたまま目を閉じた。まぶたの裏の夜空から、星が降り注いでいた。ひとつひとつの煌《きら》めきが、地上に届いて鍵盤《けんばん》で弾《はず》み、砕《くだ》けて楽音に変わっていった。

8　楽園四重奏：CHRISTMAS DAY

起きると、もうだいぶ陽が高かった。

時計を見ると十二時。あれ？　なんで時間が全然経《た》ってないんだ？　なんてことを寝《ね》ぼけた頭で考える。それから真相に気づいてベッドから転げ落ちかけた。十二時間以上も眠《ねむ》りこけていたのだ。

着替《きが》えを済ませてから、スマホを枕元《まくらもと》に放置してあるのに気づき、あわてて充電器《じゅうでんき》につないだ。今日は華園《はなぞの》先生に電話経由でライヴを聴《き》かせる約束をしているのだった。途中《とちゅう》で充電《じゅうでん》が切れたら哀《かな》しすぎる。通信量は——足りるだろうか？　たしか音声のみなら気にする量じゃなかったはず。

リビングに出ていくと、両親と姉からそろって寝坊《ねぼう》を笑われる。おまえら全員朝帰りだったろうが？

昨日食べすぎたせいか、疲労《ひろう》がまだ残っているからか、食欲がまったくなかったので、紅茶だけで腹を満たす。

家族が昼食の用意をしているのをぼんやり眺《なが》めていると、チャイムが鳴った。

宅配便だった。一抱《ひとかか》えほどある段ボール箱。

伝票を見ると、僕宛《あて》だ。

送り主の『華園《はなぞの》』という名字を見た瞬間《しゅんかん》、総毛立った。でも下の名前が『美智代《みちよ》』だ。これはだれだ？　華園《はなぞの》先生の家族？　母親か姉妹《しまい》？

自室に荷物を運《はこ》び込み、開封《かいふう》した。

ぎっしり詰《つ》め込まれた緩衝《かんしょう》材の上に置かれた小さなメッセージカードがまず目に入る。かわいらしいウサギたちのイラストに囲まれて、手書きの一文がある。

『Merry Christmas from MISAO to MUSAO　』

華園《はなぞの》先生の字だった。音楽の授業はアルファベットを書く機会が多く、何度も見たから間違《まちが》いない。

緩衝《かんしょう》材の発泡《はっぽう》スチロールを取り除いていくと、その下から現れたのは、おもちゃのピアノだった。見憶《おぼ》えがある。先生の動画で使われていたのと同じだ。ノートPCでブラウザを開き、確認《かくにん》する。同じ商品——というか、そのものだ。蓋《ふた》についた細かい掻《か》き傷とか、鍵盤《けんばん》のひとつがわずかに曲がって凹《へこ》んでいるところとか、完全に一致《いっち》する。

クリスマスプレゼント、ということなのだろうか。

Merry Chr
from

もう一度伝票を見る。送り主の住所は八王子《はちおうじ》だ。華園《はなぞの》先生の実家だろう。入院していた先生の手元にあったはずのピアノが、どうして実家経由で送られてくるんだ？　だいたい最新の曲がアップされたのは昨日だぞ？

胸がざわついた。違和感《いわかん》が喉《のど》にこびりついた。

ふと気づく。

貼《は》り付けられた伝票が妙《みょう》に厚い。

これは——もともと伝票が貼《は》ってあったところにぴったり合わせて新しい伝票を貼《は》ったのだろう。送られてきた宅配便の箱を再利用するときによくやるやつだ。

ひょっとして、と思い、慎重《しんちょう》に伝票を剝《は》がしてみる。糊《のり》でしっかりくっついているので下のやつも一緒《いっしょ》に剝《は》がれそうになり、無理に引っぱると裂《さ》けてしまう。なんとか剝《は》がし終えたけれど、読める部分はあまり残っていなかった。

……12月3日。……シイレブン……病院店。……園美沙《ぞのみさ》……。

病院内のコンビニから、まず実家にこのピアノを送ったのか。それを家族のだれかが僕宛《あて》に転送した。なんでそんなに面倒《めんどう》なことを？　ああそうか、送付元がどこの病院かを知られたくなかったのかな。でもこれ、がんばれば読み取れてしまうのでは？　へばりついている部分をなんとか剝《は》がすか、あるいは光に透《す》かすか。

箱の蓋《ふた》に伸《の》ばしかけた手を、引《ひ》っ込めた。

やめておこう。知ってどうする。押しかけるのか？　見られたくない、って先生は言っていたじゃないか。

トイピアノを膝《ひざ》の上にのせた。鍵盤《けんばん》をたしかめる。ちゃんと音が出る。もう一度Ｍｉｓａ男チャンネルを開き、音色も同じであることを確認《かくにん》する。

たしかに、先生が弾《ひ》いていたピアノだ。

画面の中にあるのと同じものが現実に自分の手元に存在している、という実感が奇妙《きみょう》なねじれをつくっていた。自分と現実とが十五度くらいずれて、目にする様々な景色が微妙《びみょう》にちがう角度から眺《なが》めているような違和感《いわかん》を含《ふく》んでいる。

なんだろう、これ。なにかおかしい。

まだ疲《つか》れが抜《ぬ》けきっておらず思考が淀《よど》んでいる。なにがおかしいのか、わからない。

シャワーを浴びて着替《きが》えても、熱いコーヒーを立て続けに三杯《ばい》飲んでみても、喉《のど》に挟《はさ》まった違和感《いわかん》は消えなかった。


午後三時半に家を出た。

バンドのグループＬＩＮＥには、午前中のかなり早い時間から、会場に着いたこと、リハーサルを済ませたこと、控《ひか》え室《しつ》の様子、他の出演者のことなどが四人それぞれの視点から報告されていた。僕は出演者ではないので、開演時間に間に合えばいい。みんながアップしてくれている写真をぼんやり眺《なが》めながら電車に揺《ゆ》られ、お台場に向かった。

埋《う》め立《た》て地の海沿いに位置する、平たい造りの二階建てだった。手前には海浜《かいひん》公園の大観覧車がそびえ、十二月の早くも傾《かたむ》いた陽が灯《あか》り色にそれを照らしている。ホール入り口前には入場待ちの大行列ができていて、物販《ぶっぱん》ブースやフォトブースも黒山の人だかりだった。整理券ナンバーを示す数字プレートが列の先頭あたりに掲《かか》げられ、整理係のスタッフが大声を張り上げて客を誘導《ゆうどう》している。幾重《いくえ》にも折り返して張られたロープに沿ってのろのろ進む列は消化不良を起こした大蛇《だいじゃ》みたいに見える。

「村瀬《むらせ》さん！　どうもご足労いただいて！」

そう声がかけられ、駆《か》け寄《よ》ってきた大柄《おおがら》な人影《ひとかげ》は柿崎《かきざき》さんだった。

「裏から入ってください、あ、これ入館証です」

助かった。あれに並ばなきゃいけないのか、とちょっと気が遠くなりかけていたのだ。

「でも村瀬《むらせ》さん、いいんですか。二階席のいちばん後ろなんて。今からでも、もっと良《い》い席にねじ込《こ》めますけど」

「あ、いえ、いいんです。後ろから見たいんです」

僕が答えると柿崎《かきざき》さんは不思議そうな顔になるので、補足した。

「ええと、つまり、バンドも見たいんですけど、それ以上に、僕らを観《み》にきてくれてるお客さんがどんな人たちか見たくて。それでいちばん後ろがいいかなって」

「……はあ」

柿崎《かきざき》さんは腑《ふ》に落ちていない様子だった。無理もない。それ以上説明する言葉もなかった。

建物の裏に回る道すがら、柿崎《かきざき》さんはふと訊《き》いてきた。

「おかげん、悪いんですか？」

「え？」

「その、顔色が――あまり」

「いえ、大丈夫《だいじょうぶ》ですよ」と僕はごまかした。

胸の中にもやもやとわだかまっているものがある。息苦しい。原因もよくわからず、気のせいかと思っていたけれど、顔に出るくらいなのか。

「村瀬《むらせ》さんがバンド脱《ぬ》けるって聞いたとき、体調を悪くされたんじゃないかと心配したんですよ。あの、ソロ活動に専念するっていうのは表向きの理由で、とか、そういう」

柿崎《かきざき》さんは真剣《しんけん》に心配している顔だった。僕はあわてて手を振《ふ》る。

「ちがいますちがいます。ほんとに、あの、僕のわがままで」

「そうですよね。いや、変な勘《かん》ぐりして申し訳ないです。新曲もあげてましたもんね、聴《き》きましたよ昨日の！　いやもうほんと最高でした！　仕事仕事仕事で潰《つぶ》れた自分の24日もあれ聴《き》けただけでハッピークリスマスですよ！　アップのタイミングも完璧《かんぺき》でしたよね」

「は、はあ……。喜んでいただけてなによりです」その褒《ほ》め方は返答に困る。「タイミングっていっても、徹夜《てつや》でなんとか間に合わせてすぐにあげただけなので……」

「そうだったんですか？　いやあ、前々からレコーディングしてあって24日に予約投稿《とうこう》したのかと思ってました」

そういえば動画サイトにはそんな機能もあったっけ。使ったこともなかった。

建物裏手の機材搬入口《はんにゅう》から中に入った。インカムをつけたスタッフたちが狭《せま》い廊下《ろうか》を行き来していて、空気がぴりぴりしている。

「メンバーのみなさんに逢《あ》います？　まだ控《ひか》え室《しつ》にいるかと」

「いえ、もう時間もないしこのまま客席に行きます」

柿崎《かきざき》さんと別れ、階段を上った。

ホール内に入ると、むっとした熱気が僕を押し包む。

眼下の一階席はほぼ埋《う》まりつつあった。オールスタンディングで、格子《こうし》状の手すりが観客を大雑把《おおざっぱ》に二十人ずつくらいで区切っている。ステージに用意された楽器は、見憶《おぼ》えのあるPRSやサドウスキーの五弦やKORGとYAMAHAの二段重ね。

いつも横目で見ていた彼女たちの姿を、今日は真正面から見届けられる。

ずっとこの日を待ち焦《こ》がれていたはずなのに、なにかがまだ胸につかえている。さきほどの柿崎《かきざき》さんとの会話がなぜか耳にこびりついたままだ。

なにが引っかかっているんだろう？

顔色が悪い？　それはたぶん昨日、徹夜《てつや》の後なのにハードスケジュールすぎてまだ疲《つか》れが抜《ぬ》けきっていないせいだろう。いや、そこじゃないな。なにかもっと——柿崎《かきざき》さんは重要なことを言っていなかったか。新曲のこと。クリスマス。予約投稿《とうこう》。

ざらざらになった意識の表面を柿崎《かきざき》さんの言葉が引《ひ》っ掻《か》く。

予約投稿《とうこう》。そう、動画サイトにはそういう機能がある。

それで？

スマホが震《ふる》えた。

朱音《あかね》からLINEが入っている。真琴《まこと》ちゃん来てる？　まさか寝坊《ねぼう》してない？

凛子《りんこ》からもメッセージが入る。楽屋まで来ればいいのに。

詩月《しづき》からのはだいぶ前にすでに入っていた。出番前に真琴《まこと》さんの顔見たいです。

読み進めている間に伽耶《かや》からも来る。先輩《せんぱい》ひょっとしてもう客席行っちゃってます？

バンドのLINEグループに返信を打つ。

……もう来てるよ。時間ぎりぎりだったからそのまま客席入った。二階のいちばん奥だから多分そっちからは見えない。みんながんばって。

四人から不満そうだったりさみしがったりしているスタンプが次々投げつけられる。

華園《はなぞの》先生からは——まだなにもない。

こっちから電話かけていいんだよな？　ちゃんと出てくれるよな、約束したんだし。あの人今どうしてるんだろう、まだ入院中だよね？　でも動画を録《と》ったり僕へのプレゼントを送りつけたりしてるくらいだからそれなりに元気なんだよね？

動画。毎週一本ずつ、四本も。

僕の中のもやもやしたものが次第《しだい》に凝《こ》り固《かた》まりつつあった。

動画投稿《とうこう》。僕へのプレゼント。病院からの配送の伝票を、今朝僕は見た。受付日は12月3日だった。おかしい。動悸《どうき》がいつの間にか耳の中でがんがん響《ひび》いている。そこにジョージ・マイケルと山下達郎《やましたたつろう》とジョン・レノンの歌声が不協和に重なって意識を混濁《こんだく》させる。

会場内の照明がふっと落ちた。ステージだけが光を宿している。観客たちのざわめきが一気に持ち上がって熱の雲に変わる。

握《にぎ》りしめたスマホが再び震《ふる》える。

華園《はなぞの》先生からの通話が入っている。僕は液晶《えきしょう》画面の真ん中にでかでかと表示された受話器マークをしばらく信じられない気持ちで見つめる。

息を詰《つ》め、タップし、耳にあてた。

『……もしもし？』

聞こえてきたのは——待ち望んでいた声ではなかった。

もっと若く、頼《たよ》りなく、不安げな女性の声。

『村瀬《むらせ》さん――村瀬真琴《むらせまこと》さん、ですか？』

僕はスマホを左手で覆《おお》って返事をしようとした。声がかすれて出てこない。唾《つば》を飲み込み、こわばった息を喉《のど》から追い出す。

「……はい」

『華園美智代《はなぞのみちよ》といいます、あの、ええと、……美沙緒《みさお》の妹です。姉の、教え子さん……だと聞いてますけど』

そうです、という返事は、自分でもちゃんと声にできたのかどうかわからなかった。妹？　華園《はなぞの》先生の妹？　美智代《みちよ》というと、あのトイピアノを先生の実家から僕宛《あて》に転送してくれた人か。それがなぜ先生のＩＤからかけてくるんだ？　不安が耳の奥の方で蜜蠟《みつろう》のように固まって粘《ねば》り着《つ》く。

『ごめんなさい。ほんとうにごめんなさい』

電話口の向こうで美智代《みちよ》さんは泣きそうになっているのがわかる。

『姉に頼《たの》まれたんです。ほんとは、今日この時間に村瀬《むらせ》さんに電話かけて――なんにも喋《しゃべ》らずにつなぎっぱなしにしているだけでいい、って。なにも説明しないで、って』

妹に、頼《たの》んだ。

自分では――できないから……？

『姉は今日これから手術なんです』

言葉が冷え切った空気の刃《やいば》となって僕の眼球の底あたりにそっと差し込まれる。痛みもなく僕の中のなにか大切なものを上と下に斬《き》り裂《さ》く。

『先月くらいから、だいぶ悪化して、それで大きい専門病院に移ったんです』

「……そうでしたか」

自分の唇《くちびる》からぼとりとこぼれた言葉は、白々しく、他人の声みたいに聞こえた。

「でも、それで良くなるんですよね」

『わからないです』

ネットワークを介《かい》して届けられる美智代《みちよ》さんの声だけが、そのときの僕に唯一《ゆいいつ》感じられるリアルだった。会場の熱気も、パラダイス・ノイズ・オーケストラを呼《よ》び込むアナウンスも、観客たちの手拍子《てびょうし》も、深い靄《もや》の向こうの影《かげ》だった。

『すごく難しい手術らしくて。成功例も少なくて。……それでも、もう起き上がっているのも難しくなってて、ほうっておいたらどうせ、って、姉も医者と話し合って、……』

どうしてだろう、と思う。

上手《かみて》からステージに現れる詩月《しづき》は、凛子《りんこ》と伽耶《かや》は、そして朱音《あかね》は、こんなにもまばゆい光を浴びて生命の喜びにあふれているのに、どうして。どうして。

「……病院移ったのって、いつ頃《ごろ》のことですか」

そんなこと知りたくはなかった。でも訊《き》かずにはいられなかった。

『今月のはじめです』

今月のはじめ。

あのトイピアノが病院から先生の実家に送りつけられたのが、そうだ、隠《かく》された一枚目の伝票に記してあった。今月の3日。だとすれば。

華園《はなぞの》先生は一日で〝Advent #1〟から〝Advent #4〟までをすべて録《と》って、予約投稿《とうこう》したのだ。だから投稿《とうこう》日がぴったり七日間隔《かんかく》で、投稿《とうこう》時刻も四曲とも正確に18時ちょうどだった。そうしてもう使わなくなったトイピアノを実家に送り、クリスマスに僕の家に届くように手配し、なにも知らない僕は週に一度のクリスマスソングを無邪気《むじゃき》に喜んで、先生が毎週ベッドの上で楽しげに録音しているのだと思い込んで、浮《うわ》ついた心でクリスマスを待ち望んで——

なにも知らない間に、あの人は。

『なにも知らせないで、って言うんです』

美智代《みちよ》さんの声はもう濡《ぬ》れた砂の塊《かたまり》みたいに砕《くだ》けてしまいそうだ。

『容態のことも、手術のことも、なにも。元気だと思ってくれてるならそれでいい、って。電話には出られないけど、つながってるふりだけでもしてくれ、って。……でも、ごめんなさい、そんなのできないです。ひどすぎます。だって、姉はいつも村瀬《むらせ》さんのこと話してくれて、すごく大切に思ってるのが聞いててわかるんです、それなのに、だって、もう——……えないかもしれない、のに、そんな、なにもっ、知らせない、なんて——』

凛子《りんこ》と伽耶《かや》が、それぞれの楽器をスタンドから取り上げ、ストラップに肩《かた》をくぐらせている。詩月《しづき》がドラムセットの茂《しげ》みの中に身を沈《しず》める。凛子《りんこ》が高い椅子《いす》に腰《こし》を据《す》えて鍵盤《けんばん》に優《やさ》しく指を這《は》わせる。会場の熱が気化し始める。僕はまぶしさに目を細めた。暗く空虚《くうきょ》な無感覚がひたひたと僕を包《つつ》み込みつつあった。

『ほんとはっ、……姉の言う通り、知らせない方が、よかったのかもしれない、ですけど、だからわたしの方がひどいことしちゃったのかも、しれませんけど、でも』

「いいえ。いいんです」

どちらがよかったのかなんて、もうわからない。

どちらも等しく最悪なのかもしれないし、いずれにせよ僕は知ってしまったのだ。すでになんの選択肢《せんたくし》も残っていない。

今の僕にできること。

「この通話、つなぎっぱなしにすることって、できるんですか？　そこ、病院ですか？　病院だと電話禁止とか」

『いえ、あの、はい、できます。……家族控《ひか》え室《しつ》というのがあって、その中でなら』

「そうですか。じゃあ」

ハイハットシンバルの4カウントが僕の意識をぬるりと覆《おお》っていた非現実感をえぐり、引《ひ》き裂《さ》き、剝《は》ぎ取《と》り、むき出しにさせた。

「つないだままにしておいてください。僕らのライヴが終わるまで」

歓声《かんせい》とともに噴《ふ》き上《あ》がるフランジャーまみれのギターリフが裸《はだか》の僕を呑《の》み込み、ばらばらに嚙《か》み砕《くだ》く。音楽の力は残酷《ざんこく》なまでにリアルだった。現実の僕の肉体に突《つ》き刺《さ》さり、僕の脳を揺《ゆ》らし、その奥にある魂《たましい》だかエゴだか獣性《じゅうせい》だかよくわからないものを衝《つ》き動《うご》かした。どうしたってこの力からは逃《のが》れられない。スマホを握《にぎ》った手を下ろし、オルガンの吹《ふ》き荒《あ》れるオクターヴ跳躍《ちょうやく》の嵐《あらし》を全身で受け止めた。

内臓をつかまれる。

すがる楽器もないまま、ただの受け手として無防備なまま食《く》らう伽耶《かや》のビートはこれほどに重たいのか。地面に釘付《くぎづ》けにされ、容赦《ようしゃ》なく朱音《あかね》の吼《ほ》え声が浴びせられる。

僕たちはこんなにも罪深いものを世界中にばらまいていたのか、と思う。

恋《こい》と歌に耽溺《たんでき》するこの小さな小さな箱の外側で、今もだれかが産み落とされ、だれかが別れに涙《なみだ》し、だれかが声もたてずに絶望し、だれかが静寂《せいじゃく》の海の向こうへとひとり漕《こ》ぎ出しているだろう。

でも、知ったことじゃない。音楽はただ鳴り続ける。楽園の泉は人々の歓《よろこ》びも哀《かな》しみも関わり知らずにただその双曲線《そうきょくせん》の腕《うで》にからめとり、湧《わ》き続け、響《ひび》き続ける。いのちの向かう先には死が横たわり、死を踏《ふ》み越《こ》えた先にはまた別のいのちがあり、その円環《えんかん》を断《た》ち切ることはだれにもできない。

歌の切れ間に凛子《りんこ》が高く左手で上方を指さす。右手が激しい驟雨《しゅうう》となって鍵盤《けんばん》を掻《か》き削《けず》り、浸《ひた》し、まっすぐなギターソロに歪《ゆが》んだシンセリードのパッセージが雷光《らいこう》のように絡《から》みついてずたずたにする。

僕を指さしているのではないか、と感じる。

おまえを斬《き》り裂《さ》いてやる。おまえの中のものを残らず掻《か》き出《だ》してやる。凛子《りんこ》の指先からそんな言葉が放たれたのが見えた気がする。

もちろん錯覚《さっかく》だ。けれど今このホールにひしめく数千人が同じ幻《まぼろし》を共有しているのがわかる。僕らは快楽以外のすべてから目をそむけ、箱に閉じこもって狂騒《きょうそう》に溺《おぼ》れる共犯者だ。箱の外で世界はいくらでも萌《も》え立《た》ち、盛り、実り、腐《くさ》り落ちて滅《ほろ》びればいい。僕らはここで僕らの罪を火にくべる。

気づけば僕は朱音《あかね》の声に合わせて歌い始めている。

背景に染《し》みついたみじめなドットの一粒《つぶ》として、だれにも届かない歌を、とめどなく吐《は》き出《だ》している。

だれよりもよく知っている歌。

僕自身《じしん》が、真夜中のけだるい静寂《せいじゃく》の中で鉛筆《えんぴつ》とコーヒーの匂《にお》いに浸《ひた》りながらノートに書きつけた曲。ささやかでつまらない種火に、あの少女たちがよってたかって心臓を与《あた》え、手足を与《あた》え、言葉を与《あた》えて解き放った。僕から奪《うば》い去《さ》ったのだ。

あの楽園を外から眺《なが》めてみたいだなんて、なぜ考えたんだろう。結果はわかりきっていたじゃないか。こうして悔《くや》しさと憧《あこが》れと渇《かわ》きで溶《と》け落ちそうになる。

存在をなにより強く感じさせるのは不在なのだと、その日僕は知った。

僕がいない。

あのまばゆい光の中のどこにも、僕がいない。

遠く離《はな》れたこの沼辺《ぬまべ》で、だれにも届かない歌を口ずさむことしかできない。目を落とせばスマホの画面にはまだ通話中の光が灯《とも》っているけれど、どれだけの電波と回線と衛星とを乗り継《の》《つ》いだところで、たどり着くのは行き止まりの控《ひか》え室《しつ》だ。あの人のところにはつながっていない。願いも約束もむなしく宙にぶらさがったままで――

僕が名づけたオーケストラは、完璧《かんぺき》に美しかった。

四人の少女たちが形作る透《す》き通《とお》った結晶《けっしょう》。目まぐるしく角度を変え、宿す光の色を絶え間なく移ろわせ、それでいてひとときも歪《ゆが》まず、濁《にご》りもしない。朱音《あかね》のざらついた火酒のような歌声に伽耶《かや》の甘《あま》く柔《やわ》らかい蜜《みつ》の歌声が注がれて溶《と》け合《あ》い、ホールを満たす。もう息もできない。溺《おぼ》れるしかない。

僕が僕自身から遠ざかる。

気を失いかけている。立っているのか座っているのか倒《たお》れているのかもよくわからなくなる。視界の下半分でちらちら揺《ゆ》れているのは一階席の観客たちの手だろうか。土砂降《どしゃぶ》りの雨みたいな音は——拍手《はくしゅ》？

何曲ぶっ続けで演《や》ったのだろう。どれだけ時間がたったのだろう？　朱音《あかね》が、伽耶《かや》が、笑って客席に向かって手を振《ふ》っている。凛子《りんこ》は額の汗《あせ》をぬぐい、傍《かたわ》らのPCを操作している。詩月《しづき》はペットボトルの水を飲み干した。

乱れて降りしきっていた拍手《はくしゅ》が、やがてそろい始める。焦燥《しょうそう》をかきたてるリズムになる。

アンコールだ。

もう、終わってしまうのか。やっと終わるのか。渇望《かつぼう》と安堵《あんど》、二つの矛盾《むじゅん》した感情が僕の中でどろりと混ざり合おうとし、お互《たが》いに拒絶《きょぜつ》し、鈍《にぶ》い頭痛を呼ぶ。

なんにもならなかったな、と思う。

あの楽園を離《はな》れて、こんなに遠くの暗くて寒くて不毛な星までひとりでやってきて、なにも見つからなかった。今さら戻《もど》る場所もない。帰り道もわからない。どこにもつながっていないからだ。

「——ありがとう。それじゃ最後に」

朱音《あかね》がマイクに囁《ささや》きかける。

「クリスマスソングを一曲」

観客たちの手《て》拍子《びょうし》が再び沸騰《ふっとう》して千々に砕《くだ》ける。朱音《あかね》はそれが散らばって落ち着くのを少し待ってから言葉を続ける。

「これ、あたしの先生が大好きだった曲で。ほんとはその人に聴《き》かせたいんだけど、今ちょっと遠くにいるので。みんなも、大切な人がいたら、いま大切にしてくださいね。いつまでもいっしょにいられるとは限らないもんね。……じゃあ、露崎春女《つゆざきはるみ》で、〝Wish〟」

僕の喉《のど》で呼気が凍《こお》りついた。手の中のスマホを折れそうなほど強く握《にぎ》りしめる。

朱音《あかね》が左手の凛子《りんこ》を見やってうなずく。指が鍵盤《けんばん》の上にいっぱいに広がり、弦楽《げんがく》が鐘《かね》の音を引き連れてたなびきながら降りてくる。

伽耶《かや》が振《ふ》り向《む》き、詩月《しづき》と目を合わせる。二人は歩みをそろえ、そっと響《ひび》きの中に踏《ふ》み込んだ。朱音《あかね》が爪弾《つまび》くクリーントーンのアルペッジョは、火照《ほて》った土に降りしきる雪だ。そこにピアノが、それから鈴《すず》が、折り重なっていく。

朱音《あかね》の藍色《あいいろ》の歌声がマイクに吐《は》きかけられる。

僕の膝《ひざ》が崩《くず》れそうになる。

あの歌だ。〝Advent《アドベント》 #4〟。僕の知らないクリスマスソング。あの人が病《や》んだ身体《からだ》と萎《な》えた指とで織り上げた嘘《うそ》の待誕節の果てに、用意されていた答え。

僕だってさんざん嘘《うそ》をついてきた。たくさんの人を嘘《うそ》で傷つけて、損《そこ》なってきた。そのくせにあの人に欺《あざむ》かれて勝手に傷ついている。どうしてあんな手の込んだことをしてまで僕をだましたんだろう。それでだれがなにを得られたっていうのだろう？　聖夜までのふわふわした四週間。いずれ弾《はじ》けて消える泡《あわ》のような日々。後に残るのは、ただ祈《いの》りと願いだけだ。

願い——。

僕は唇《くちびる》を嚙《か》みしめ、左手を持ち上げた。

まだ通話中の画面のままだ。バックグラウンドで動画サイトにつなぎ、〝Advent #4〟を再生する。おもちゃのピアノにかぶさる瘦《や》せた両手が、視界でにじむ。

二コーラス目の始まりと、トイピアノの旋律《せんりつ》がぴったり重なる。朱音《あかね》の声にきらきらした氷の粒《つぶ》のような音が寄《よ》り添《そ》っている。冷たく澄《す》んだ響《ひび》きが大気に染《し》み通る。

つながっている。

同じ歌で、願いと現実はつなげられている。

あの人は今きっと手術室の中で、血管に薬を流《なが》し込まれて夢も安らぎもない粘土《ねんど》みたいな眠《ねむ》りの中にいて、時さえも止まったままで、そこから帰ってこないかもしれない。色も熱も無い永遠が僕らを遠く隔《へだ》てていて、だれの声も届かない。

でも、祈《いの》りと願いだけは。

ステージの光を、持ち上げたスマホの画面でそっと遮《さえぎ》った。

僕の手のひらでオーケストラとトイピアノが入り交じり、ひとつになる。みんな僕の手の中にある。

手を離《はな》してはいけないんだ。もう一方の手を持ち上げて添《そ》え、両手で優《やさ》しく包《つつ》み込む。これは僕のものだ。僕が始めた罪、僕が受け取るべき答えだ。だからこの果てなく凍《い》てつく真空の海を航《わた》って、あの楽園に戻《もど》らなきゃいけない。

青と白の照明が弾《はじ》け、燃え上がり、アンサンブルが転調し、朱音《あかね》と伽耶《かや》の歌声がいっそう高まる。シンバルの煌《きら》めきの向こう側で詩月《しづき》の手に咲《さ》く花々が開いては散り、また開いては散りを繰《く》り返《かえ》す。

凛子《りんこ》が、ペダルを解放して鍵盤《けんばん》から手を離《はな》した。

間断なく刻まれていた鈴《すず》の音もついに絶え、二つの声のハーモニーだけになり、それもやがては空気に吸《す》い込まれて消える。

束《つか》の間《ま》の静寂《せいじゃく》を置いて、雪崩《なだれ》のような拍手《はくしゅ》と歓声《かんせい》がホールを満たした。

手のひらの中で光が潰《つぶ》れて消える。通話は途絶《とだ》えていた。僕は最後にこぼれ落ちたいのちの残響《ざんきょう》を胸に押し当て、自分の鼓動《こどう》を数えた。見失わないように。メリークリスマス。だれかが遠くでささやくのが聞こえた。

9　楽園五重奏：EPIPHANY

朱音《あかね》の家でお泊《と》まり会をやっている――と詩月《しづき》からLINEで連絡《れんらく》が来たのは、大晦日《おおみそか》の夜だった。

続いて写真が送られてくる。中央下に朱音《あかね》、右半分を占《し》める詩月《しづき》、左側からおそるおそる覗《のぞ》き込んでいる伽耶《かや》、そして後方のやや離《はな》れた場所に興味なさげな凛子《りんこ》。クリスマスイヴのときとはちがってみんなラフな服装だった。全員いるのか、と僕は驚《おどろ》く。伽耶《かや》なんて中学生だし門限厳しいはずだし、よく親の許可が出たな。

今度は朱音《あかね》からのメッセージ。

［八幡《はちまん》に二年参り行こうよ］

八幡神社《はちまんじんじゃ》は駅から歩いて五分の距離《きょり》にある小さな神社だ。我が家と朱音《あかね》の家のちょうど中間くらいに位置している。

しかし、バンドメンバー全員とそろって二年参りだと？

僕は既読《きどく》だけつけて返信せず、しばらくベッドに突《つ》っ伏《ぷ》して悶々《もんもん》とした。

クリスマス以来、彼女たちと顔を合わせていない。

ライヴ後はそのまま帰ったたし、冬休みなので学校で逢《あ》うということもないし、バンドを離脱《りだつ》しているのでスタジオ練習の話にも加わらなかった。

といって、ソロ活動をしているわけでもない。

ここ一週間ろくに楽器に触《さわ》っていない。寝《ね》て起きて食事をして、ぼんやりゲームして、積んであった本を少しずつ崩《くず》して、特に観《み》たくもない映画を流して、そうした合間合間にＬＩＮＥをちらちら確認《かくにん》する。宿題すらやっていない。

まったく無為《むい》なまま冬休み半分が過ぎてしまった。

華園《はなぞの》先生とのＬＩＮＥは、25日で止まったままだ。通話が終了《しゅうりょう》しました、のシステムメッセージを最後に途絶《とだ》えているというのは、何度見ても胸がきゅうっとなる。

手術は——どうなったのだろう。

どうしてなんの連絡《れんらく》もないんだろう。枕《まくら》に顔を押しつけて考え事をしていると、悪い想像ばかりが脳をぐるぐるとかき混ぜる。先生の家族もいま色々と忙《いそが》しくて教え子の一人なんぞに気を回している余裕《よゆう》はないというだけの話なのかもしれない。でもそうするとそれは本人が連絡《れんらく》をつけられない状態だということでもあり——けれど……。

窓際《まどぎわ》に置いたトイピアノに目をやる。

クリスマス以来、手を触《ふ》れてもいない。こめられたものが重すぎて。ほんの一音鳴らしただけでも、あの四つのクリスマスソングが意識の底からあふれてきそうで。

欺《あざむ》かれていたと知ったときの痛みは、まだ胸に深々と残っている。

けれど、今になって、先生があんなに手の込《こ》んだ仕掛《しか》けを用意してまで僕にクリスマスプレゼントとして届けた意味がわかる気がする。

ほんとうに最後の贈《おく》り物《もの》になってしまうかもしれなくて、でもそのまま手術の準備に入ってネットさえもできない状態に押し込められてしまうのが怖《こわ》くて、夢の待誕節《アドベント》を計画した。僕をだます以上に、自分をだますために。教え子といっしょにクリスマスを楽しみに待ち望む偽物《にせもの》の自分を造るために。

妹さんが僕に知らせなければ、嘘《うそ》は聖夜の後もずっと続いていたかもしれないのだ。いや——あるいは今でも続いているのだろうか。壊《こわ》れかけの嘘《うそ》であっても、最後の結果さえ伝えなければ、永遠に続くフェイドアウトの中で響《ひび》き続けるのだから。

スマホがまたいらだたしげに通知音を吐《は》く。

またも朱音《あかね》から、写真だ。今度はなぜか凛子《りんこ》がアップになっている。見慣れた、不機嫌《ふきげん》そうな無表情が枠《わく》一杯《ばい》を埋《う》め尽《つ》くしている。

［スルーしてるから凛《りん》ちゃんが激おこだよ］

続くメッセージにはため息しか出てこない。

正直、今の精神状態でバンドメンバーたちに逢《あ》うのはつらい。単体でもエネルギーの塊《かたまり》みたいなやつらばかりなのに全員そろっているとなったら相互《そうご》作用で潰《つぶ》されてしまう。しばらくそっとしておいてほしかった。

でもなあ。

しばらくそっとしておいてくれたから、大晦日《おおみそか》なのだ。

四人は、あんなにすごいライヴを僕抜《ぬ》きで演《や》りきった。いや、この言い方は傲慢《ごうまん》にもほどがあるな。僕抜《ぬ》きだからこそ、というべきか。なのに僕は彼女たちになんの言葉もかけていない。直帰して布団《ふとん》に潜《もぐ》り込んでそのまま一週間だ。

察しの良《い》いやつばかりだから、なにか感じ取って放置してくれたのだろう。

そろそろ社会復帰しなきゃいけない。機会をつくってくれたのだし。なんといっても僕は白分のわがままでバンドを脱《ぬ》け、しかも今後の身の振《ふ》り方を保留している立場なのだ。

結論は——実のところ、すでに出している。

クリスマスライヴを聴《き》いて、自分がどうするべきかはっきりとわかった。

それを彼女たちに直接告げるのがまた気重で、これまでずるずると無音の日常に引きこもり続けてきた面もある。

いつまでもこれじゃだめだ。スマホを取り上げた。

［行く　何時？　現地でいい？］

十秒くらいですぐ返ってきたのでびっくりしてスマホをベッドの下に落っことす。

［日付変わるくらいで　てきとーに　あんま早いと待つのが寒いし］

ほんとにてきとうだった。

時刻を確認《かくにん》する。あと三時間くらい寝《ね》られる。

でもそのまま爆睡《ばくすい》してすっぽかしたりしたら最悪だし、久々だっていうのに寝起《ねお》きのぼんやりした顔でみんなに逢《あ》うのもどうかと思うし——なんてことを色々考えていたら、三時間なんてあっという間に過ぎてしまった。


神社に向かう道で四人と鉢合《はちあ》わせした。

最初に僕を見つけたのは伽耶《かや》だった。「先輩《せんぱい》!」という声が、乏《とぼ》しい街灯の照らす道の向こうから聞こえてきて、光の輪の中に四つの人影《ひとかげ》が現れる。

比喩《ひゆ》ではなく目映《まばゆ》くて僕は立ち止まって手で視界を遮《さえぎ》ってしまう。四人とも明るい色のコートで、しかも一人としてクリスマスイヴの日と同じのを着てるやつがいない。女子ってそういうもんなの? 冬物コート何着も持ってるもんなの?

「真琴《まこと》さん、ダッフル! やっぱりこっちもかわいくて安心しますね、ウィメンズのPコートも素敵《すてき》でしたけれどっ」

伽耶《かや》を追《お》い越《こ》すようにして詩月《しづき》が駆《か》け寄《よ》ってきて言う。競《きそ》って近づいてきた凜子《りんこ》がいきなり僕の手をとった。

「ほら、わたしが言った通り」

「え、な、なにっ？」

びっくりして手を引《ひ》っ込めようとするけれど、凜子《りんこ》にがっちりと手首をつかまれていて振《ふ》りほどけなかった。そのまま彼女は朱音《あかね》と伽耶《かや》を振《ふ》り返《かえ》り、僕の手を高く持ち上げて言う。

「わたしがあげた手袋《てぶくろ》、ちゃんとしてきてる」

してきてますけど？　冬だし寒いしせっかくもらったものだし？　だからなんなの？

伽耶《かや》は目を丸くしている。

「……すごいですね。ふつう隠《かく》すものだと思ってましたけど」

「あたしもちょっとは真琴《まこと》ちゃん成長したんじゃないかと思ってたけど、やっぱりそんなことなかったかあ。凜《りん》ちゃんとしづちゃんの勝ちだね。あとでコンビニでなんか奢《おご》るね」

「え、ちょ、あの、なに？」

四人が僕を取り囲む。朱音《あかね》がにまにま笑いながら言う。

「夕方から四人ずっと一緒《いっしょ》で話す時間いくらでもあったからね。真琴《まこと》ちゃんの罪状もみんなばれてるよ」

「……罪状て」

詩月《しづき》が包容力満点の笑《え》みで僕の肩《かた》に手を置く。

「真琴《まこと》さん。クリスマスイヴ、がんばりましたね？　ハードスケジュールでしたね？　来るときもお別れのときも妙《みょう》につらそうだと思ったら」

目だけ笑っていない。

凛子《りんこ》はいつもと変わらないいしたり顔のままだ。

「村瀬《むらせ》くんは大したものだと思う。一人も断らずに地雷《じらい》をすべて避《さ》けてさばききるなんて。ノーベル平和賞にふさわしい」

伽耶《かや》だけは余裕《よゆう》のなさそうな表情で僕を凝視《ぎょうし》してくる。

「あのっ、これ許容しなきゃいけないんですかっ、わたしこのバンドでやってく自信がちょっとなくなってきてっ」

「大丈夫《だいじょうぶ》、伽耶《かや》。そのうち慣れるから」

「真琴《まこと》ちゃん悪気はないしね」

「悪気がないのがいちばん悪いとも言いますけれど」

「ちょっ、待て！　な、なに？　なんなの？」

思わず僕は、大晦日《おおみそか》の深夜の住宅街だということも忘れて声を張り上げていた。

「な、なんか悪いことしたか？　だってほら、ちょっとは遅刻《ちこく》したかもしれないけど四人ともだいたい、なんとか、その」

「はい。真琴《まこと》さんはそのままでいいんですよ。それでこそ真琴《まこと》さんです」

「変に気を回せるようになられちゃったらこっちが困っちゃうしね」

「村瀬《むらせ》くんのそういうところがわたしは」

「はいはい凛《りん》ちゃんどさくさにまぎれないで！」

「先輩《せんぱい》たち心広すぎです！　信じられないです！」

けっきょく話題を強引《ごういん》に断《た》ち切《き》って僕を救ってくれたのは、遠くから響《ひび》く除夜《じょや》の鐘《かね》だった。何十回目かわからないが、夜のしじまに染《し》み通り、長く長く伸《の》びていく。そのままよくわからん煩悩《ぼんのう》をみんな吸い取ってしまってくれ、と僕は願った。

八幡神社《はちまんじんじゃ》への参道には、かなり長くて急な石段があった。

真ん中に手すりがあるだけで、毎年初詣《はつもうで》に来るたびにここに行列ができていて危ないなと思っていたのだけれど、夜となると加えて暗い。おまけに、こんなマイナー神社に二年参りする物好きなんてそうそういないだろうと思っていたけど見上げるとけっこう人の姿がある。

これ、並ぶのでは？

「どうせなら日付変わる瞬間《しゅんかん》ぴったりにお賽銭《さいせん》入れたいね」

「でも列できてますよ。タイミング計るの難しそうです」

「境内《けいだい》で少し時間を潰《つぶ》してからにすれば」

話し合いながら石段を登り切った。鳥居の向こうは電灯がたくさん設置されていて明るく、まばらながら屋台も出ていて、本殿《ほんでん》に続く石畳《いしだたみ》の道には数十人が列をなし、けっこう人気のスポットだったのだなと僕は認識《にんしき》を改めた。

朱音《あかね》がさっそく屋台であたたかい甘酒《あまざけ》を人数分買ってくる。

また遠くで除夜《じょや》の鐘《かね》が聞こえた。

「……今年は、たくさん、色んなことがありましたね」

甘酒《あまざけ》の紙コップを両手で包むように持った詩月《しづき》が、湯気の中でつぶやく。

「人生でいちばんたいへんな一年だった」と凛子《りんこ》がうなずく。

「あたしも。でも楽しかった。最高だった！」朱音《あかね》は紙コップで乾杯《かんぱい》して回る。

今年も、もう終わってしまうんだな。

手の中の紙コップ、白く濁《にご》った水面を見つめながら思う。

ほんとうにたいへんな一年だった。最低も最高も詰《つ》まっていた。高校に入るまでの十五年間すべてを足し合わせてもまるで及《およ》ばないくらいの濃密《のうみつ》な時間だった。

あと十分ほどで、終わってしまう。また新しいサイクルが始まる。

その前に――ここで、けじめをつけておくべきじゃないのか。

バンドメンバーがそろっている。遠くで鐘《かね》が鳴り、喉《のど》はなんとか潤《うるお》い、手袋《てぶくろ》と甘酒《あまざけ》で体温はわずかに回復しつつある。

今、ここで。

「あの」

乾《かわ》いた声を押し出《だ》すと、四人の少女が一斉《いっせい》にこちらを向く。

あのときとまったく同じだな、と僕は気圧《けお》される。伽耶《かや》をオーケストラに迎《むか》え入《い》れ、同時に脱《ぬ》けると宣言した夜。

みんな僕が始めたことなんだ。

「ライヴ、おつかれさま。すごくよかった」

暖かい視線しか返ってこないのが、痛ましい。

「そのまま帰っちゃったり、ずっと音信不通だったり、……ごめん。なんか、その、考えることが多くて」

「決めたの？」

凛子《りんこ》がそっと問いを差《さ》し込んできて、僕の萎《な》えそうな気力を掘《ほ》り起《お》こす。僕は唾《つば》を飲み込み、うなずいた。

「バンドに戻《もど》らせてほしい」

詩月《しづき》はうなずいて半歩近づいてくる。

「お帰りなさい」

「真琴《まこと》ちゃんのバンドだよ」と朱音《あかね》は言う。「そんな、お願いみたいな言い方しなくても」

満面の笑《え》みで僕の復帰を喜んでくれているのは伽耶《かや》だけだった。心がいっそう痛んだ。あとの三人は僕がこれからなにを言うかわかっているのだ。付き合いが長いから。

伽耶《かや》を正面から見据《みす》えて、再び口を開く。

「それで、伽耶《かや》。きみの今後のことだけど」

「えっ？　あ、はいっ」

「正式メンバーには採用しない」

可憐《かれん》な笑《え》みに亀裂《きれつ》が入ったような気がして、目をそむけそうになる。

だめだ。直視して、ちゃんと告げるんだ。

「ずっと練習を見てきて、ライヴも聴《き》いて、わかった。伽耶《かや》はたしかに僕の百倍上手《うま》い。でも、このバンドのベースは僕がやらなきゃだめだ」

伽耶《かや》の目に涙《なみだ》がたまるのがわかる。こぼれ落ちる前に僕は言葉を継《つ》ぐ。

「つまり、これは僕の——僕が始めたバンドで、……僕がリーダーで、だから、僕がアンサンブルの真ん中から見てるのがいちばんいいんだ。ベースは、僕がやる」

伽耶《かや》の頰《ほお》を涙《なみだ》の最初の一粒《つぶ》が伝い落ちた。僕は声が震《ふる》えないようにと必死に平静を装《よそお》いながら先を続けた。

「それに、伽耶《かや》を見てて思った。きみはソロで演《や》る方が映《は》える」

「……え？」

呆《ほう》けたような伽耶《かや》の、反対側の目からも涙《なみだ》がもう一筋こぼれる。

「志賀崎伽耶《しがさきかや》としてやるべきだ。そんで親父《おやじ》さんを真正面から殴《なぐ》り倒《たお》せばいい。僕も手伝う。というか、やらせてほしい。伽耶《かや》のための曲を書きたい」

いま伽耶《かや》の中で、種々の感情がぐちゃぐちゃになって渦巻《うずま》いているんだろう。無理もない。でも、だからといって僕は踏《ふ》みとどまらない。ここで欲望のすべてを彼女にぶちまける。そう決めた。

「……それで、たまには、うちのライヴにゲストで出てほしい。言ってた通り、ベースをきみに任せてツインギターで演《や》りたい曲もあるし、コーラスも三人の厚さがほしい曲もあるし」

訪《おとず》れた沈黙《ちんもく》に、除夜《じょや》の鐘《かね》が割《わ》り込む。

「……なんですか、それ」

伽耶《かや》の声はわななないていた。

「……わ、わたしをっ、勝手に引き入れといて、それで代役にして勝手に脱《ぬ》けて、戻《もど》ってきて、今度は要《い》らないって放り出して、でもたまにゲストで来いって、そっ、そんな、勝手すぎませんか先輩《せんぱい》っ」

なにもかも伽耶《かや》の言う通りだった。

こんなとき、凛子《りんこ》に人間の屑《くず》だと詰《なじ》られたら、朱音《あかね》に指さして笑われたら、詩月《しづき》になんの慰《なぐさ》めにもなっていない慰《なぐさ》めごとを言われたら、どんなに楽かと思った。でも三人ともただ黙《だま》って見守っているだけだった。わかっているのだ。僕がひとりで支払《しはら》うべき代償《だいしょう》だと。

「勝手だけど。でも、正直な気持ちなんだ。伽耶《かや》のこと、バンドメンバーとしてじゃなく、ひとりの女の子として——欲《ほ》しいと思ったから」

伽耶《かや》の顔はゆっくりと時間をかけて朱《しゅ》へと色づいていった。

「……え、な、な——」

唇《くちびる》は震《ふる》えている。出てくる声は言葉になっていない。さすがに言い方が正直すぎただろうか。いやこれ怒《おこ》ってるんじゃなくて——他の三人もあきれた顔で引いていて、僕はようやく過《あやま》ちに気づく。

「あっ、いやっ、ち、ちがう、あの、ひとりの女の子ってのはつまりソロシンガーって意味であって別に他の深い意味とかは全然ッ」

凛子《りんこ》の目つきは白々しい冷ややかさに変わり、詩月《しづき》は底なしの優《やさ》しさをたたえた笑《え》みを浮《う》かべ、朱音《あかね》は薄《うす》く開いた口から芝居《しばい》がかったため息を漏《も》らした。

伽耶《かや》は歯《は》噛《が》みして、たまっていたものを一気に吐《は》き出《だ》した。

「ほんとにもう！　先輩《せんぱい》はっ！　最低で最低で最低で最ッ低の人でなしです！　ああもうなんでわたしはこんな人にッ」

わめき散らすので他の参拝客の目が痛い。そのへんにしてください、頼《たの》むから。

「あとね、伽耶《かや》、もう一個ものすごく下世話なこと言うけど」

「なんですかっ！　これ以上ひどい話がまだあるんですかっ？」

「伽耶《かや》、受験生だよね？」

伽耶《かや》は石になった。

「うちの高校受けるって言ってたよね。うちはそんなに難しいとこじゃないと思うけど、あの、白石《しらいし》さんに聞いちゃったんだよね、ちょっと模試厳しかったって。三月までは勉強しなきゃだよね。バンドとかやってる場合じゃなくて」

「……あ、あ、ああ」

堪《こら》えきれなくなったのか伽耶《かや》は両手をばたつかせ耳まで赤くしてわめく。

「ずるいですよっ、さんざん自分勝手なこと言っといて最後にいきなりそんな現実的な話で締《し》めるなんてっ、卑怯《ひきょう》です！」

卑怯《ひきょう》と言われても。

そこで朱音《あかね》がごく自然に口を挟《はさ》んできた。

「伽耶《かや》ちゃん、大丈夫《だいじょうぶ》。あたし家庭教師やるよ。なんせ中二からずっと不登校だったけど合格したからね！　安心と信頼《しんらい》の実績だよ！」

伽耶《かや》は鼻白んで目をしばたたく。

「……あ、はい。安心……？　あの、それは、ええと」

「朱音《あかね》は数学が全然だめだからわたしも教える」と凛子《りんこ》も横から言う。

「私も！　古文とか任せてください！　我が家で勉強会しましょう」と詩月《しづき》も意気込む。

「凛《りん》ちゃん期末あたしよりだいぶ下じゃなかったっけ」

「あれは本気じゃないから。それに受験勉強を教えるなら範囲《はんい》がちがうし」

「じゃあ今度みんなで過去問やって勝負しましょう。いちばん点数良かった人がその科目を教えるということで」

「それ伽耶《かや》ちゃんに負けたりしたら笑えるよね！」

楽しげに言い合う三人を、伽耶《かや》は困惑《こんわく》しきった目で見つめる。

「どうして、先輩《せんぱい》たち、そんな」

「伽耶《かや》さんとまたいっしょに演《や》りたいんですよ、当たり前じゃないですか。同じ学校だったら便利ですし、ぜったいに楽しいですし」

伽耶《かや》の怯《おび》えた目が僕らの間を何度も往復する。

「……でも、わたしはバンドに入れないわけですよね……？」

「そう。うちのベーシストは村瀬《むらせ》くんだから。伽耶《かや》がベースをやると、ものすごく良《い》いプレイになるけれど、ＰＮＯではなくなる」

凛子《りんこ》が僕の胸中を代弁してくれる。そう——ＰＮＯではなくなるのだ。

「でも伽耶《かや》とはまた何度でもいっしょに演《や》りたい。ソロで演《や》るならバックバンドもやらせてほしい。こういうのは、なんといえばいいのか」

「姉妹《しまい》ユニットだよね。同じプロデューサーに見てもらってる。そんでしょっちゅうコラボするっていう」

「それです！　伽耶《かや》さんみたいな妹がほしいって思ってたんです！」

詩月《しづき》に後ろから抱《だ》きつかれ、伽耶《かや》は目を白黒させる。

そこで僕は朱音《あかね》の言葉に疑問をおぼえたので、そんな流れではない気がしたけれど、おそるおそる質問を挟《はさ》んだ。

「同じプロデューサー、って、それ、だれのこと」

「真琴《まこと》ちゃんだよ！」「真琴《まこと》さんですよ！」「村瀬《むらせ》くんにきまってるでしょう」

総攻撃《こうげき》で僕はぼこぼこにされた。詩月《しづき》の腕《うで》の中で、伽耶《かや》は涙《なみだ》をうっすらと浮《う》かべてむくれた顔になり、僕をしばらくじっとにらんできた。

やがて口を開く。

「……村瀬《むらせ》先輩《せんぱい》は、わたしをソロでプロデュースしたい。……そういうことなんですか」

しばらく答えに詰《つ》まる。

プロデュース？　僕が？　なに言ってんだ？　ただの高校生だぞ、ネットで自作曲をあげてただけなんだぞ？

……なんていう当たり前のつまらない言葉を必死で呑《の》み込む。

要するに、そういうことなのだ。いつもながら僕のことを僕以上に、彼女たちはわかってくれていたのだ。最初にセッションしたあの日、伽耶《かや》が朱音《あかね》にハーモニーをつけるのを聴《き》いた瞬間《しゅんかん》から、僕は直観していた。彼女が欲《ほ》しい。ＰＮＯのために差し出された彼女だけでは、満足できない。彼女の丸ごとすべてが欲《ほ》しい。

認めなければ。

「……そう。……うん。……プロデュース、させてほしい」

伽耶《かや》は手のひらで目をぐしぐしとこすり、それから詩月《しづき》の腕《うで》をぐっと持ち上げて抱擁《ほうよう》から脱《だっ》出《しゅつ》した。

「わかりました」

そう言って伽耶《かや》は振《ふ》り返《かえ》り、凛子《りんこ》たちに向かって深々とお辞儀《じぎ》する。

「お世話になります。受験、がんばります」

身を起こし、本殿《ほんでん》の方を見やった。

「では、合格祈願《きがん》してきますので！　あとは村瀬《むらせ》先輩《せんぱい》の天罰《てんばつ》をちょっとは軽くしてくださいってお願いしてきます！　わたし以外にも罰当《ばちあ》たりなこといっぱいしてるはずだし」

そう言い捨て、伽耶《かや》は大股《おおまた》で参拝の列の最後尾《さいこうび》に向かっていった。めっちゃ怒《おこ》ってた。しかたない。天罰《てんばつ》を食らっても文句は言えない。

でも、とにかく――

ひとつ荷物を下ろせた。

先送りにするわけにはいかない話を、年が変わらないうちにひとつ済ませられた。みんなにさんざん手伝ってもらって、ようやく。

胸をふさいでいる重たいものは、それでもさっぱり動かないままだけれど。

「おつかれさま」

伽耶《かや》の背中を見やって凛子《りんこ》がつぶやく。

「これで話はおしまい？　まだ話さなきゃいけないことがある？」

凛子《りんこ》の目を見られない。

自分の爪先《つまさき》に視線を落とす。

もちろん、まだあるよ。たくさんある。ぐしゃぐしゃのまま、空き部屋に押し込んで途方《とほう》に暮れているところだ。扉《とびら》を開けたら言葉にならないままの感情がただあふれ出てきてしまいそうで、鍵《かぎ》をかけ、扉《とびら》に背中を押しつけ、廊下《ろうか》にへたり込んで足を投げ出して、立ち上がることもできないでいる。

「……今は、まだ」

それだけなんとか声に出せた。

だれかがうなずく気配がある。

顔を上げられないままの僕の耳に、詩月《しづき》の声が触《ふ》れる。

「それじゃあ、お参りにいきましょうか。そろそろ零時《れい》ですし」

首を振《ふ》った。

「……僕は、いいよ。みんなで行ってきて」

神様になにかお願いするという行為《こうい》を、どうしても心が拒《こば》むのだ。

だって、願ってもなにも起きなかったじゃないか。

あの人が最後に残した歌は《願い《WISH》》のままで――だれもそれに応えなかった。

馬鹿だな、と自分でも思う。ここで意地を張ってもみんなを嫌《いや》な気分にさせるだけじゃないか。ただの風俗《ふうぞく》慣習だろ。みんな本気で信じてるわけじゃない。五円玉と数分間を浪費《ろうひ》するだけだ。言う通りに列に並んでおけばいいのに。

でも、だめだった。僕の胸の中のものは硬《かた》くこわばったままだった。

「うん。じゃあ真琴《まこと》ちゃんのぶんまでお賽銭《さいせん》入れてくるね」

朱音《あかね》の声。

玉砂利《たまじゃり》を踏《ふ》む三人分の足音が、遠ざかっていく。

僕は屋台の明かりに背を向け、燈籠《とうろう》のつくる影《かげ》の中に踏《ふ》み込む。雪でも降ればいいのに、と思う。もっともっと冷《ひ》え込んで、夜を白く埋《う》め尽《つ》くして、僕の内側も外側も区別がつかなくなるくらい凍《こお》りついてしまえばいいのに。

星のない空を見上げたとき――

ポケットでスマホが震《ふる》え、通知音をささやいた。

取り出し、画面に表示されているＬＩＮＥのユーザー名と、受話器のアイコンを見つめる。

胸がざわついた。通話が入っている。

右手の手袋《てぶくろ》を外し、震《ふる》える指先でタップし、耳にあてた。

『──あけましておめでとう』

少しかすれ気味の、吐息《といき》混じりの声。

懐《なつ》かしい声。

ふさいでいた扉《とびら》が、もろく壊《こわ》れて、熱がこぼれ出てくる。止《と》めどなく。あごが震《ふる》えて、喉《のど》にも伝わってしまう。

『あれ？　ムサオだよね？　猫《ねこ》が間違《まちが》ってタップしたんじゃないよね？』

「……僕ですよ。大丈夫《だいじょうぶ》です」

ちゃんと声に出せたかどうか自信がなかった。

『よかった。元気してた？』

「……それはこっちのせりふですよ」

なんなんだ。もっと、他にもっと言うべきことがあるだろう？　どうして肝心《かんじん》なときに僕はひねくれるんだ。

電話口の向こうで、ひそめた笑い。

『そりゃそうか。……昨日ようやく一般病棟《いっぱんびょうとう》に戻《もど》ってきてね。病院で年越《としこ》しなんてほんと最悪だよね。一応、明日のご飯はなんかそれっぽいメニューになるらしいんだけど』

「いいじゃないですか、それくらい」

生きてるんだから、という軽々しい言葉を僕は呑《の》み込む。

なにか下手なことをひとつ言ってしまうだけで、この通話が、このつながりが、みんな嘘《うそ》になって消えてしまいそうで、怖《こわ》かった。

『今どこにいるの、なんか風の音とか足音とか笛の音？　聞こえない？　外？』

聞こえているのだ。僕を取り巻く現実の音が、僕以上にちゃんと聞こえている。

「神社ですよ。二年参りに来てるんです。あ、そうだ、バンドのみんなも全員そろってますよ。話しますか」

『ううん。今はいい』

ささやき声に変わる。

『話したいこと、訊《き》きたいこと、いっぱいありすぎてね。夜が明けちゃうよ。ムサオの声聞けただけで今日は満足しとく』

「僕の声なんかでよければ、いくらでも」

『そう？　それならもうひとつ頼《たの》んじゃおうかな。カメラＯＮにしてくれない？』

「……え」

『顔が見たいんだよ。動画では見てるけど、もう半年も生ムサオを見てないからね』

ネット経由の画像なんだから動画と同じでは？　というか僕だけ？　そっちはカメラＯＮにしてくれないんですか？　と言おうとして、やめる。なんか気持ち悪い。こっちも顔を見たがってるみたいじゃないか。

いや、もちろん見たがってるのだけれど。

察したのか、言いにくそうな小声が返ってくる。

『あたしの方は、ちょっとごめんね。髪《かみ》ぼっさぼさだしガリガリに痩《や》せてるし肌《はだ》もぼろぼろだし化粧《けしょう》もしてないしね？　見せられる顔になったら、ね』

見せられる顔になったら。

そんな約束とも呼べない約束ひとつで、僕の心は少しずつ融《と》け出していく。

スマホを耳から離《はな》し、カメラのアイコンをタップした。

しばらく、なんの反応もなかった。でもたしかに視線を感じた。むちゃくちゃ恥《は》ずかしい。

『大人になったね』

「なってないですよ。なに言ってんですか。まだ半年でしょ」

返ってくるのは、梢を鳴らす夜風のような笑い声。

『ありがとう。じゃあ――また今度』

通話は切れた。

思い出せない夢の続きみたいな気分のまま、僕はスマホの画面を見つめる。

現実の証《あかし》として、ほんの数分前の着信履歴《りれき》が表示されている。

また今度。

生きているから。まだつながっているから。大丈夫《だいじょうぶ》。自分の足で歩ける。

だいぶためらったけれど、顔を上げて、明るい方へと向けることもできる。光の中でたくさんの人影《ひとかげ》が揺《ゆ》らめき、笛や太鼓《たいこ》の音が折り重なり、油のはぜる音と焼《や》け焦《こ》げたにおいが混じる。振《ふ》り向《む》き、手を振《ふ》る少女たちの姿が、視界でぼやけ、にじむ。

スマホをポケットに戻《もど》すと、まぶたに手のひらを押し当て、自分の身体《からだ》の熱をたしかめる。いのちはここにあって、また巡《めぐ》り始める。僕はそんな円環《えんかん》の軋《きし》みをかすかに聴《き》きながら、夜と火の境目に立ち、彼女たちの足音が戻《もど》ってくるのをじっと待った。茫漠《ぼうばく》とした鐘《かね》の音が彼方《かなた》から響《ひび》いてきて、僕を束《つか》の間《ま》やさしく包《つつ》み込んだ。

〈了〉

あとがき

シリーズが始まって、もう一年以上たちました。

初巻の刊行から現在に至るまでまったくだれにも気づかれなかったので自分でも少々驚《おどろ》いているのですが、本シリーズのタイトルはアーサー・C・クラークの『楽園の泉』に由来します。由来というか、最後の一文字を取り除いただけであとはそのままです。今回、三巻まで出せたことで『楽園ノイズ3《み》』となってめでたく駄洒落《だじゃれ》が完成したことをここに祝っておきます。僕以外だれもめでたいと思わないので。

それにしても、SF作品というのはどうしてこうも詩的なのでしょうか。軌道《きどう》エレベーターを巡《めぐ》る本格的考証がっちがちの工学小説に、どこからどうアプローチしたら『楽園の泉』なんていう雅《みやび》な名前が出てくるのか。おまけに日本SF界にはなぜだかよくわかりませんが最高級の翻訳《ほんやく》者がずらりとそろっており、原典が詩的なら五倍くらい詩的に訳され、原典が味気なければ強引《ごういん》な手腕《しゅわん》で五百倍くらい詩的に意訳され、結果として水色の背表紙にもピンクの背表紙にも詩情をそそるフレーズばかりがずらずらと並ぶことになったのです。そりゃインスピレーションに飢《う》えている我々としては喜んで引用するというものです。

今巻で新キャラとしてベーシストを出そうと思いついたとき、参考資料としてベース関連の本や雑誌を何冊か買ったのですが、ベースマガジンの買った号がちょうど五弦《げん》ベースの特集号でした。五弦《げん》を使っている様々なプロベーシストのインタビューが載《の》っていて、全員がほぼ共通して言っているのが「五弦《げん》ベースは四弦《げん》ベースとまったくちがう楽器で、四弦《げん》にはないデメリットもある」ということでした。単純に音域が下に広くてお得なだけだと思っていた僕としては目から鱗《うろこ》の話でした。曲によって四弦《げん》と五弦《げん》を使い分けるのが理想だがステージ上ではそうもいかない、という発言を目にしたとき、今巻の全体的な構想がまとまったのです。

僕は普段《ふだん》、資料と称《しょう》して買うだけ買って満足して作中に有効活用できないことがほとんどなのですが、今回は例外的にかなり役立てたので経費で落とす証拠《しょうこ》を残す意味でもここに書いておくことにします。

新キャラのデザインでは春夏冬《あきなし》さんに多大な苦労をおかけしました。その甲斐《かい》あって素晴《すば》らしく可愛《かわい》い後輩《こうはい》キャラができあがってきました。担当編集の森《もり》さまにもスケジュール面でまたしてもご迷惑《めいわく》をおかけしました。重ねて御礼申《おんれいもう》し上《あ》げます。

二〇二一年七月　杉井《すぎい》　光《ひかる》

◉杉井 光著作リスト

「火目の巫女 巻ノ一〜三」（電撃文庫）
「神様のメモ帳1〜9」（同）
「さよならピアノソナタ」シリーズ計5冊（同）
「楽聖少女1〜4」（同）
「東池袋ストレイキャッツ」（同）
「夜桜ヴァンパネルラ1、2」（同）

「恋してるひまがあるならガチャ回せ！1、2」（同）
「楽園ノイズ1～3」（同）
「すべての愛がゆるされる島」（メディアワークス文庫）
「終わる世界のアルバム」（同）
「終わる世界のアルバム」（単行本　アスキー・メディアワークス刊）
「死図眼のイタカ」（一迅社文庫）
「さくらファミリア！1～3」（同）
「シオンの血族1～3」（同）
「ばけらの！1、2」（GA文庫）
「剣の女王と烙印の仔Ⅰ～Ⅷ」（MF文庫J）
「ブックマートの金狼」（NOVEL 0）
「花咲けるエリアルフォース」（ガガガ文庫）
「生徒会探偵キリカ」シリーズ計7冊（講談社ラノベ文庫）
蓮見律子の推理交響楽　比翼のバルカローレ」（講談社タイガ）
「放課後アポカリプス1、2」（ダッシュエックス文庫）
「電脳格技メガフィストガールズ」（同）
「神曲プロデューサー」（単行本　集英社刊）
「六秒間の永遠」（単行本　幻冬舎刊）

本書に対するご意見、ご感想をお寄せください。

ファンレターあて先
〒102-8177　東京都千代田区富士見2-13-3
電撃文庫編集部
「杉井　光先生」係
「春夏冬ゆう先生」係

本書は書き下ろしです。

電撃文庫

楽園《らくえん》ノイズ3

杉井《すぎい》 光《ひかる》

◇◇◇

2021年9月10日　初版発行

発行者　青柳昌行
発行　株式会社KADOKAWA
〒102-8177　東京都千代田区富士見2-13-3
0570-002-301（ナビダイヤル）
装丁者　荻窪裕司（META＋MANIERA）
印刷　株式会社暁印刷
製本　株式会社暁印刷

●お問い合わせ
https://www.kadokawa.co.jp/（「お問い合わせ」へお進みください）
※内容によっては、お答えできない場合があります。
※サポートは日本国内のみとさせていただきます。
※ Japanese text only

※定価はカバーに表示してあります。

ISBN978-4-04-913682-1　C0193　Printed in Japan

電撃文庫　https://dengekibunko.jp/

電撃文庫創刊に際して

文庫は、我が国にとどまらず、世界の書籍の流れのなかで〝小さな巨人〟としての地位を築いてきた。古今東西の名著を、廉価で手に入りやすい形で提供してきたからこそ、人は文庫を自分の師として、また青春の想い出として、語りついできたのである。

その源を、文化的にはドイツのレクラム文庫に求めるにせよ、規模の上でイギリスのペンギンブックスに求めるにせよ、いま文庫は知識人の層の多様化に従って、ますますその意義を大きくしていると言ってよい。

文庫出版の意味するものは、激動の現代のみならず将来にわたって、大きくなることはあっても、小さくなることはないだろう。

「電撃文庫」は、そのように多様化した対象に応え、歴史に耐えうる作品を収録するのはもちろん、新しい世紀を迎えるにあたって、既成の枠をこえる新鮮で強烈なアイ・オープナーたりたい。

その特異さ故に、この存在は、かつて文庫がはじめて出版世界に登場したときと、同じ戸惑いを読書人に与えるかもしれない。

しかし、〈Changing Times,Changing Publishing〉時代は変わって、出版も変わる。時を重ねるなかで、精神の糧として、心の一隅を占めるものとして、次なる文化の担い手の若者たちに確かな評価を得られると信じて、ここに「電撃文庫」を出版する。

1993年6月10日
角川歴彦